许辉长篇小说典藏

尘世 CHENSHI

时代出版传媒股份有限公司
安徽文艺出版社

许辉，安徽省作家协会主席，中国作家协会全国委员会委员，中国作家协会全国散文委员会委员，安徽大学兼职教授，曾任茅盾文学奖评委。著有中短篇小说集《夏天的公事》《人种》等，长篇小说《尘世》《王》等，散文随笔集《和地球上的小麦单独在一起》《和自己的淮河单独在一起》《又见炊烟》《涡河边的老子》等。短篇小说《碑》曾作为全国高考、高校考研大试题，中短篇小说《碑》《夏天的公事》等被翻译成英、日等多国文字，收入大学教材。作品多次获国内文学大奖。

许辉长篇小说典藏

尘世
CHENSHI

许 辉 ◎ 著

时代出版传媒股份有限公司
安徽文艺出版社

图书在版编目（CIP）数据

尘世/许辉著. —合肥：安徽文艺出版社，2018.10
（许辉长篇小说典藏）
ISBN 978-7-5396-6301-2

Ⅰ. ①尘… Ⅱ. ①许… Ⅲ. ①长篇小说－中国－当代
Ⅳ. ①I247.5

中国版本图书馆CIP数据核字(2017)第323926号

出 版 人：朱寒冬	出版策划：朱寒冬
责任编辑：黄 佳	装帧设计：徐 睿　张诚鑫

出版发行：时代出版传媒股份有限公司　www.press-mart.com
　　　　　安徽文艺出版社　www.awpub.com
地　　址：合肥市翡翠路1118号　邮政编码：230071
营 销 部：(0551)63533889
印　　制：安徽新华印刷股份有限公司　　(0551)65859551

开本：880×1230　1/32　印张：9.125　字数：200千字
版次：2018年10月第1版　2018年10月第1次印刷
定价：30.00元(精装)

（如发现印装质量问题，影响阅读，请与出版社联系调换）

版权所有，侵权必究

目录

卷外　秀梅／001

卷一　春梅／024

卷二　云梅／088

卷三　云梅／136

卷四　沈鹏飞／161

卷五　云梅／222

淮北（代后记）／288

卷外　秀梅

一

春天,当新汴河河滩里的土地变得暄软了的时候,我从河堤上下来,走在河滩里。

雁正落在远处的麦地里叫唤着。阳光照着发青的刺槐林。老远的地方有一辆架子车从堤外翻了过来,一个扎红围巾的女孩子拉着车,一个大男人跟在车后头走。他的头脸前冒出一阵阵青烟,他一定是吸的烟袋,烟袋一定是一直叼在嘴上的。远远地望去,河床上有很小的一只渡船,渡船上有一个很小的撑着船的人,正把船撑过来。因为离得远了些,水声半点都没有——听不见。西边不太远的地方,还有一个年轻的男人,吆着一头黄牛,耕河滩里的地。新鲜的土气随着风飘过来,是一种很熟悉、很亲切的感觉。我不想马上就回到村子里去。我在阳光充足的发青的地头坐下来,点着一根烟吸。太阳晒得我身上暖暖的。我一边吸着烟,一边看着远处的一切。

风把很远很远的地方的气味都运送了过来。

又一点一点地运送过去。

还有打号子的声音,曲里拐弯的,半听见半听不见的。草芽拱地的气味都能闻见。

二

这时我就想起了秀梅。

秀梅叫杨秀梅,是速州城里的杨秀梅。

我和杨秀梅是高中同学。那时已经是高二了,那是中学生活的最后一年。杨秀梅本来不是我们学校的,她是高二的第一学期从外校转来的。她刚一转来,我们班的刘新民就在男同学里说她是学校的校花。后来我们就都这么认为了。她用红皮筋扎着短短的小辫。我们当时称这种小辫子叫"刷帚把",就是刷锅刷碗用的那种东西。她个子不太高,最多最多一米五六、五七的样子。当然她年龄也不大,在我们班算小的。

她刚转来,不知道因为什么,我立刻就被她吸引了。有一次我找她登记一张团员的申请表,那时她还不是团员。但我非常想让她入团,我那时候还是班里最小的团干部:团小组的副组长。我把她填的表带回了家,在床上翻来覆去看了半夜,把她表上的每一个字都背熟了。从那时起我就知道了她只有十六岁。那一年我是十八岁。我们班的大部分同学也都是十八岁。

那张表填过之后也差不多就不了了之了,因为那本来就不是组织的决定。虽然我一厢情愿地做了一些工作,但团支部没能通过。另外填过表之后,我的副组长也突然被改选掉了,原因是我太散漫。我不知道这件事对杨秀梅的事有没有什么大影响。总之,我成了一个普通团员。

可能就是从那时候起,我更加散漫了。实际上我本来就不是正儿八经当团干部的料。

三

我也确实太散漫了。我经常逃学。当然逃学并不是什么太大的过错,除少数同学外,大部分同学都逃过学。我们经常几个人一起步行到附近的农村去钓黄鳝。那都是天热的时候。再不就一起到沱河游泳去,一游就是半天,到中午了或天快黑了才背着书包回家,家里人根本不知道我们在干什么,只是发现我们一天比一天变黑了,变结实了。要是家里大人问起来,我们就说身体是革命的本钱,我们每天都在学校跑一万米。大人就再也不怀疑了。

晚上我的精神也好。那时我是自己一间屋的,其实就是个很小很小的半间。我把门一关,把课本往桌上一摊,就开始看小说或其他文学作品。那一两年里我实实在在地看了不少乱七八糟的书。假如这时候家里人——一般都是俺妈——在门外敲门,问我在干什么,我立刻就说我在写作业,这样就应付过去了。要是她坚持要进来,我马上就把小说书掖到被窝底下去,然后打开门。俺妈在房间里扫视一眼就走了,我从没被她发现过。有一段时间,俺妈好像发现了什么问题,她不准我写作业时把门关上,她的理由是:天气都比较热了,还关什么门!我就只好不关。

但在那段时间里,我总是早早就说"困了"。既然"困了",我就得睡觉了,睡觉是我最应该得到的权利吧。俺妈只好同意我睡觉。于是我就关了门睡觉。我上了床,却并不睡,我打着手电筒在被单里看书。有时我能一直看到下半夜,家里的其他人一点都不知道。

但是这样一来,上课的时候,我大部分时间都只好用来睡觉了。其实我也不是全睡。我用书挡住脸,睡一会醒一会,醒来的时候就坐得笔直地看着老师。这样轮换两三次,一堂课也就过去了。就这样,我的功课在班里也还说得过去。这很叫我有点自信。

四

我刚才说的是我们班的女同学杨秀梅。杨秀梅虽然个子不太高(她还在长个子的时候),但她长得非常漂亮。她的脸就是书上经常描写的那种椭圆形,像春天树上的一颗青杏。她的两只眼睛大大的,水汪汪的,她要是看人的时候,那种滋味根本说不出来。——我觉着我是说不出来,不知别人怎么样。她的皮肤非常细白,一点点疤痕都没有,一点点小毛病都挑不出来。她的身段也非常好:她不胖不瘦的,平常看起来她很苗条,可夏天穿裙子时她又显得很丰满,腰是腰,腿是腿的。我刚才说了她的年龄,她的年龄在我们班算是小的,但她却又显得有点成熟,我不是说别的,我是说她给人一种成熟的印象,她不是那种扭扭捏捏,小里叭气的女同学。我记得有一次我们班为了参加一个歌咏大会排练大合唱,我们男同学站在后排,女同学站在前排,杨秀梅正好站在我前面,我低头时正好能看见她的一头乌黑发亮的头发。排练时有一段高音,非常高,男同学都唱不上去,全靠女同学往上顶了。其实女同学也大部分唱不上去。唱的时候,全班同学差不多都不行了,这时,女同学里有一个非常高的高音,一直把这一段全顶了过去,叫人激动不已。当然她就是杨秀梅。那真是一个激动人心的时刻。排练过后我们还议论了很长一阵子,我觉着我永远都不会忘掉的。总之,我是被杨秀梅迷住了,而且是在她刚一转到我们班时就被她迷住的。

五

填过那张表以后,有一天中午,我到杨秀梅家去找她,告诉她一个消息。不是什么好消息,是告诉她支部没通过。(我想可能是她来得比较晚,大家还不太了解她的缘故。另外,我还百思不解,就是像杨秀梅这样漂亮的姑娘,就冲着她的漂亮,谁还会不同意她,还需要什么了解不了解的!)其实,我觉着我可能是借这个借口去找她的。当时我还不知道她家住在哪里,只知道一个大概的方位,在球场巷那附近。

那是夏天,差不多就是盛夏了,六月份,天正是热的时候。大晌午的,我顶着烈日,跑到了球场巷,并且盲目地询问起来。当时一般的家庭都吃过饭了,有些可能已经上床午睡了。我沿街一个院一个院地问过去,一点都不知道疲倦。当然我是问的杨秀梅父亲的名字,问杨秀梅的名字一定不会有人知道的。最后我问到了一个大院。大院里前是平房,后是楼房,两层的楼房。我问到平房里的时候,平房里的人告诉我:"就住在楼上。"说着他就出来了,并且用手指给我看,说就在二楼的第三个门里。

从平房那里可以很清楚地看见楼房的二楼。我抬头一看,二楼第三家的那个门关着,门上贴着一副红对联,对联上写着:读毛主席的书,听毛主席的话。我连忙说:"谢谢你。"但是那个人热情得有点过火了,他还是一个劲地大声嚷嚷道:"杨公再,就是这家,就是这家。"其实我这时特别特别怕别人嚷嚷,再说我找杨秀梅也不算有什么十分靠得住的理由……我赶忙离开了那个人,走上了二楼。这时我的心突突直蹦。我努力控制住自己。我走到二楼的第三个门前,用手敲了敲门。我说:"杨秀梅在家吗?"门很快就开了。来开门的是个戴眼镜的四十岁左右的男人,可能是杨秀梅的父亲。他的眼镜框是象牙色的,他的面孔也又白又细。他穿着一条带条纹的棉睡裤。不知怎么的,从看到他的第一眼开始,我就有点敬畏他。我觉得他非常像知识分子。他一开门,我立刻就看清了里面的全部。原来杨秀梅家只有一间房子,房子里家具不多,但非常干净,房子的中间摆了一张床,这种摆床的方法我还是第一次看到(还有淡白色带条纹的棉睡裤,我也是第一次看到),我觉得非常新奇。床比较宽,床上半靠着一个女的,手里正捧着一本书在看,不过当门打开的时候,她不是在看书,而是在看我。我记得我当时脸上滚热,我差不多都说不出话来了。我的气好短。我当时紧张得说话差不多都结巴了。我气虚地说:"杨秀梅在不在家?"杨秀梅的爸爸看着我说:"你是她同学吧?"我说:"是的。"这时我就好点了。杨秀梅的爸说:"杨秀梅不住在这儿呀。"我吃了一惊,我以为出什么事了呢,一家人怎么会不住在一起呢。我说:"俺是来告诉她一件事的。"其实杨秀梅的爸爸也没问我找杨秀梅干什么的。我自己先就招了。他说:"你进来坐一会吧。"我当时好像很固执。我说:"杨秀梅在哪里?"他说:"她吃过饭走了。"我说:"上哪去了?"这时他好像有点明白过来了,他说:"噢,杨秀梅回旅社去了。"我说:"她住在哪个旅社?"杨秀梅的爸说:"就住在东方红旅社,109号房间。"

后来我才知道,杨秀梅家房子不够住,杨秀梅爸爸的单位给他们家在旅社里租了一间房子。杨秀梅就一个人住在那里。

六

东方红旅社离他们家并不远,只有三四百米。我当时下了楼就直接去了。

东方红旅社都是平房。旅社一进门的地方有个值班室,值班室里有两个虎视眈眈的女服务员,一个正侧着头在看报纸,另一个正透过服务台的大窗口和旅社大门呆看着热辣辣的街面。那时候旅社都管得特别严。而且中午这时候又正是午休睡觉的时候。我一走进去,那个呆看大街的服务员就打量着我问:"你找谁?"我立刻老老实实地站住了,并且凑到值班室的大窗口跟前说:"俺到109找同学。"那个人扬扬下巴就放我进去了。临走她又追了我一句:"一直往后走。"我赶忙点头答应。

我一直往后走。其实很好找。数着门牌号码走就行了。109房间在后面一个好窄的小巷子里。这时整个旅社以及整个城市都在午睡,死气沉沉的。109房的门也关着。我知道杨秀梅肯定在睡觉。但我一点也没想到别的。我一点也没想到替别人想想。我走上去就敲起门来。敲了几声之后,里头杨秀梅好像醒了,她说:"谁呀?"她的声音很平常,可能她完全没料到是一个她绝对想不到的人来了。我半低着头,离门有一尺远。这时我特别怕有人出来看见我。幸好旅社里一个人都没有,更没有说话、走动或别的什么响动。我站在门外面说:"是俺。"话一出口,我立刻又觉得我的这个回答可能会让杨秀梅反感,好像我跟她很随便一样,她也许会误解的。我连忙又补充了一句:"俺是陈军。俺想跟你说一下入团的事。"房间里一下子静了。可以想象杨秀梅当时的心情是怎么样的。——假如在屋子里的是我,我也会惊得不成样子的。再说,那时候男女同学之间根本不会有那种事的,男同学不敢单独去找女同学,怕被女同学骂"不要脸",女同学更不敢单独和男同学在一起,那连想都不敢想。——其实当时我什么都没想,我只想如果杨秀梅不给我开门,那我就难看了,那我就得马上走掉,以后再也不来了。我低着头大气不敢吭地在门外站着。可是杨秀梅很快就来开门了。109房间的门是双扇门,也就是从中间开的那种门。杨秀梅开门是一下子把门打开的。她站在门里,上身穿一件的确良短袖衫,下身穿一条的确良花裙子。看样子她正在午睡,她的脸上还有淡淡的几道篾席印子。

我有点难为情地笑了一下说:"你在睡觉吧?"杨秀梅也笑了一下说:"不要紧的,进来吧。"我一点都没想到女同学会这么大方。我进了屋。屋里有一张桌子,有一个小方凳,桌子上方的墙上钉着一面小镜子,紧靠着桌子有一张床,另外还有一个盆架,盆架边有一个红壳的暖水瓶,一个木盆,别的差不多就没什么了。我在桌边坐下来。杨秀梅马上就倒了一杯开水给我,然后她在我的身后很快洗好脸,并且在靠桌子的床沿边坐下来了。她坐的地方离我很近。当然,她除了坐在床上以外也没有别的地方可以坐。但在我的想法里,她至少应该坐在床的中间,而不是坐在靠近桌子离我这么近的地方。不过我非常喜欢她坐的位置,因为这样我就有了一种非常特别、非常强烈的感觉。

我说:"团支部开会了,他们有几个人闹派性,没通过。"杨秀梅很坦然,她平静地说:"俺继续努力就是了。"我像犯了什么错误一样,只敢低着头坐着,根本不敢抬头,更不敢看杨秀梅的脸。她的房间里是黑土地,就是没有水泥也没有别的东西的泥地,十分凉快。杨秀梅也低着头,但她不时借甩头发的机会,抬头看看我。——我是感觉到她经常看着我的。有时我的眼光一斜,正好能看见她的两条光光的腿。她的腿又光又白。但她立刻就感觉到了,她马上就会象征性地使劲往下拉拉裙子,或者往一起并并腿。我们说了很多班级里的事,一直说到该上学了,我才走。

我们是分别离开的。我离开旅社时,旅社里已经有人在院子里洗脸和走动了。我走到大太阳的街上。心里禁不住阵阵狂喜。我像干什么坏事得手了一样,心里的那种感觉真是说不出来。另外我觉着我们分别离开去上学也是一件叫人欣喜的事,因为这样好像是我们两个人共同编织了一个什么秘密,只有我俩知道的秘密,这就有点那个了。

七

第二天中午,我控制不住自己,又去了东方红旅社。

这次我没跟服务员打招呼,她们看见了我,但我装作没看见她们,径直就进去了。杨秀梅又睡觉了。我把她从梦乡里喊醒。她很快就来给我开了门。我说:"你又睡觉了。你这么喜欢睡觉。"她什么也没说。只是笑了笑。我在原位上坐下来。杨秀梅到外面打来水,在我的身后洗脸。我坐在桌子边。当我不经意地一抬头时,我突然从墙上的镜子里,看见了杨秀梅轻软、柔和的后背。我吃了一惊,急忙把头低下,心里乱跳了半天。为了掩饰慌张,我连忙说:"你这里真凉快。"杨秀梅在我身后说:"这房子老早就盖了,都有十几年了。"说话的时候,我觉着她并没有回过头来,她仍然在洗脸,我能听见哗哗的水响。我大着胆子,再一次抬起头从小镜子里看她。这次我看得比较清楚了。她洗好了脸,正在匆匆忙忙地梳头。现在她的头发是披散下来的,黑黑的,很浓密的样子。她这样披散着头发的样子我以前还从没见过,她上学时总是扎小辫的。看到这些,我心里有一种强烈的异样的感觉,我觉着她在做这些事的时候并不避我,这使我觉得和她很亲近。她一下一下梳着,有时候歪歪头,有时候用左手在后面捋捋头发。我觉着她的这些动作把我吸引得不得了。

做完这些以后,杨秀梅就到床边原来的位置上坐下了。她显得精神很好,她又轻松又大方,说话的时候她经常看着我。这次我也比昨天轻松多了,偶尔在说话的时候,我也敢抬头看看她了。我觉着她现在更漂亮了。她的大眼睛好看得不得了,就像一汪清水一样。我完全被她迷住了。但是我俩,或者说我,一点也没想到别的。我用有点佩服的口气说:"你爸肯定很有学问吧?"杨秀梅说:"俺爸以前上过大学。不过学的东西多了也没什么用处,首先要站稳立场才行。"我说:"那当然了。你爸的立场站稳了没有?"杨秀梅说:"站稳了。他以前还在农干校干过活哪。"我说:"哪个农干校?"杨秀梅说:"老农干校。"我说:"干了几年?"杨秀梅说:"大概有一年半。"我们说了好多话,然后快到上学的时间了,我就先一步离开了。

八

第三天中午,因为几个同学约好了出去玩,我没有办法拒绝,只好不去杨秀梅那里了。

我们都没去上学。我们到东关的一个建筑工地转悠了大半天才回家。临离开工地的时候,刘新民在一间盖得半半拉拉的房子里发现了一小捆电线,他说:"咱们把电线拿走卖铜去。"张小军说:"外头塑料皮人家不收呗?"刘新民说:"塑料皮拿火一烧就化完了。"我们都说好。于是每个人都分了一点藏在裤腰里。电线看起来不少,但五六个人一分,就显得很少了。刘新民脑袋瓜子转得快,他说:"你们先走,俺再搞一点。"我说:"你怎么搞?"他走到墙边,抓住钉在墙上的插座一拉,墙上很长的电线都被他拉下来了。我们都高兴得差点大叫起来。我说:"刘新民,真有你的!"刘新民特别得意。拉得更起劲了。我们把附近好几间正在施工的房间里装好了的电线都拉下来了。然后我们挤在一起,打打闹闹的,互相掩护着出了建筑工地。出了建筑工地我们就跑,我们跑到二中后面的一个废砖窑里,拾了些干柴,点火把电线外面的那层塑料皮烧掉。烧完后我们到废品收购站卖铜卖了五块六毛钱。这时我们的肚子早已等得咕咕叫了。我们拥进饭馆,拣便宜的要了四菜一汤。大吃一顿后我们就散了。

九

　　这天晚上我好像有点兴奋。我回家转了一趟,声称我下午在学校参加团的义务劳动,晚上还得去。为了不让家里人看出什么破绽,我又在饭桌边坐下来,匆匆吃了两个馍,喝了一碗稀饭。那时候正是长身体的时候,多吃一点觉不出来。吃完了饭,我擦擦嘴就上东方红旅社找杨秀梅去了。走在路上的时候,我想,杨秀梅肯定没料到我会晚上来。不知道她会不会不高兴。

　　东方红旅社晚上人好像有点多,有点杂乱。大家都在胡乱地走。我趁乱就进去了。我走到109房间的外面。门关着,但里面亮着灯。我敲敲门,里面有人走过来开门了。但开门的是杨秀梅的妈,就是那天我在杨秀梅二楼家里看见的半靠在床上的那个女的。这是我完全没料到的事。我一下子愣住了,站在门口不知道怎么才好,进也不是,退也不是。其实这时候我已经看到杨秀梅在屋里了,但我还是问:"杨秀梅在不在家?"杨秀梅立刻在屋里说:"这是俺同学。"杨秀梅的妈倒是很那个的,她热情地说:"杨秀梅在家,你进来吧。"说完,她从床上拿了几件衣服就走了。

杨秀梅在我身后把门重新关上。这时我看见地上有一些水印,水印形成了一个圆圈,我想杨秀梅肯定是刚洗过澡的。从她的衣着上也能看出来。她上身穿着一件白色短袖衫,短袖衫的袖子很短,才刚刚把她的肩膀遮住。她的胳膊特别白。她的脸上红润润的。她的头发也是潮的,长长的,往下披散着。当时不知怎么了,我突然脱口而出,说:"你这屋里好香。"听了我的话,杨秀梅什么也没说,只是抿着嘴笑了笑。

杨秀梅的情绪看起来很好。我们又在老位子上坐了下来。杨秀梅说:"你今天下午怎么没去上课?老师点你们几个人的名了。"我说:"哪个老师点的?"杨秀梅说:"戈老师。"我说:"他就喜欢管闲事。"我有点得意地说:"俺们几个上东关玩去了。"杨秀梅羡慕地说:"你们男同学真自由。"我说:"俺们到处跑着去玩。符离集你去过没有?"杨秀梅摇摇头说:"没去过。俺只去过北教场。"我说:"俺们那次去符离集,是走着去的。好几十里哪。回来的时候俺又爬的拖拉机。"杨秀梅睁大眼睛,啊了一声。她睁大眼睛"啊"的样子给我留下了很深的印象。我觉得她有一种非常深的漂亮。我又说:"你妈显得好年轻。"杨秀梅直截了当地说:"她是俺继母。"我有点吃惊。我说:"是你继母啊!"杨秀梅说:"俺有俺母亲的照片。"说着她就把上身倾了过来。我当时身上一热。连忙坐直了身子。杨秀梅伸出的胳膊,在我的身前拉开了桌子的抽屉。她的胳膊几乎就要碰在我身上。我心里怦怦怦直跳。杨秀梅从抽屉里拿出一个小的相片夹。她的手在抽屉里犹豫了一下,然后就出来了。

她妈在照片上显得很洋气,跟解放前的一些电影演员差不多。杨秀梅像她妈像得很。

十

我和杨秀梅的这种关系一直延续到这一年的秋天和冬天。那时候马上就要高中毕业了。我记得除了夏天的那一次以外,在秋天以后的很长时间里,我都是在中午到杨秀梅那儿去的。但是到了初冬的时候,有一天我突然强烈地想晚饭后到杨秀梅那里去。这个念头一冒出来,我就再也控制不住自己了。晚上吃过饭以后,我又开始说谎了。我对俺妈说,我要到刘新民家里去拿一本叫《牛田洋》的书。俺妈说:"早点回来。"我答应一声,就出去了。

我来到了东方红旅社。因为天气有点冷,旅社里冷冷清清的,但灯火都还有一些。我径直来到杨秀梅的住处。杨秀梅一开门,我就发现她完全没料到我会这时候来。她的第一句话就说:"你怎么现在来了?"我说:"我上刘新民家拿书,正好从旅社门口路过,就进来了。"我觉得我撒谎撒得真快,都有点可耻了。

杨秀梅只好让我进去。其实我觉着她也挺高兴的。

屋里光线明亮。我在桌子边坐了下来。杨秀梅穿得很暖和,脸上白里泛红,两只大眼睛炯炯有神。当她看我时,我觉得她非常有精神,五彩缤纷的样子。我说:"听刘新民讲,你不用下放的,是不是?"杨秀梅说:"文件上规定的,父母身边只有一个孩子,就不用下放了。"我说:"不下放你准备干什么?"当时我对下放很积极,就想马上上山下乡去接受再教育,锻炼自己。杨秀梅说:"俺也不知道,到时候再说吧。"

杨秀梅说这话时很随便很轻松。我们似乎靠得有点近。杨秀梅突然说:"你看看俺的照片吧。"我太想看了。我兴致勃勃地说:"给俺看看。"她把影集从抽屉里拿出来。影集里的照片都是用相角精心地固定起来的。相角有各种颜色。有红色,有黄色,还有绿色、粉红色、紫色等等。因为这些相角的原因,影集显得五光十色的,十分诱人。影集里的杨秀梅黑白分明,非常清纯。她照相一点花架子也没有,但她照得非常好看,就跟仙女一样。我抬头看看她。再加上屋里很安静,也很暖和,我觉得杨秀梅非常漂亮,对我好像也非常近,非常贴心,这是我的直觉。当时我觉得有一种永远忘不掉的感觉留在心里。那种气氛,那种情绪,那种关系。当时我确实感觉杨秀梅非常非常漂亮,非凡的漂亮!其实我一点别的念头都没有,我只是有一种巨大的幸福感。杨秀梅确实非同凡响。她当时也许正好处于女孩子最辉煌的鼎盛时期,她没有一点不是最完美的。我不由自主地说:"你照得真好看。"听了我的话,杨秀梅脸一红,但她什么也没说出来。倒是我听了自己的话,浑身起了一层鸡皮疙瘩。真有点肉麻。

十一

到夜里好晚了,也许都有十点多了,我才回家。我激动得不知怎么办才好,只好在街上乱走。

紧接着第二天,可能是晚上迷了眼我又不停地揉的缘故,我的左眼突然红肿起来。

这件事来得真不是时候,真倒霉,我无法到杨秀梅那里去了。我也没去学校,在医院里热敷吃药,但治疗了好几天都没能治好,眼肿得像个小馒头。正好那时有一支上海来的医疗队在任桥公社巡回医疗,医疗队里又正好有一位眼科专家。父亲跟他们熟,父亲说:"你抓紧上任桥看看眼,不能耽误下放。"任桥公社离城有六十多里路,我坐慢车就去了。我也很想出去跑跑,看看外头是怎么回事。我到了任桥,很快就找到了医疗队,一检查,原来患的是"麦粒肿",做个小手术就好了。对医生来说,这可能是非常小的手术,但对我来说,却是平生第一次,我身上还从未挨过医生的刀,我非常勇敢因此心情也就非常平静地躺在手术台上。手术台旁边有一两个女护士,她们给我打麻药干什么的。手术完了以后,医生问我有没有不舒服,我马上就很镇静地说:"很舒服。"

三天以后,我到任桥复查,半分钟就完了,"麦粒肿"差不多等于过去了。我从医疗队院子里出来,外面的天干干的,很冷。我穿过小街,走上小站。我站在小站的一个人都没有的站台上,这时我忽然想起杨秀梅说过的她父亲曾经在老农干校干过一年半的事。老农干校就在任桥,但不知具体在任桥的哪个地方。这时我立刻非常强烈地想到农干校去看看了,我也说不清为什么,但跟杨秀梅有关的一切,我都非常感兴趣。我马上就到站里问路,问老农干校在什么地方,后来问到了,原来老农干校不在公社里,而在东边离公社七华里的一个地方。我一点都没犹豫,拔腿就去了。我走得精神抖擞的。走在路上,我碰到一家人,一个男的和一个女的,带着一个小女孩,男的拉着一个破架子车,女的和小孩坐在上面,车上有一床破棉被捆子,还有倒扣过来的黑瓷碗什么的,他们好像是要饭的。路上有两道很深的车辙印,男的拉车拉得很费劲,我马上就从后面帮他推车,把车推得飞快,一直到农干校我才松手。

农干校已经不像农干校的样子了,只有几排草房和草房北面的一个比较大的公用厕所,才有点能看出来这不完全是农村,因为农村不会有这样整齐的房子和公用厕所的。我花十分钟就把老农干校转了一圈。虽然这里已经什么都没有了,但我还是觉得无比亲切。天气很冷,外面连一个人也没有,后来有一个女的出来倒水,我赶忙问她:"有一个叫杨公再的,以前可在这里住过?"我想知道一点有关杨秀梅父亲的情况。那个女的说:"他是干啥的?"我说:"他以前就是农干校的。"女的说:"农干校早八辈子就撤了。老早的人俺都不认得。"我什么也没问到,只好掉头往回走。快走到路上时,我停下来,绕着那些房子又转了一圈。然后我站在两排房子之间的干空地上想:这里就是杨秀梅的父亲和杨秀梅住过的地方呀。我的心里充满了亲切的感觉和激动。

十二

  但是星期一我到学校以后,发现情况发生了我一点都没想到的大变化。

  我发现杨秀梅没来上课。我心里想,她可能有什么事情请假了。我也没怎么太在意。第二天她还是没来。这时我就想得有点多了。我想她可能生病了,我得赶快去看看她。中午吃过饭我就去了。但是她的房间锁着门。我很泄气。我在门口站了一会,胡思乱想。那时马上就要放寒假了,我们下放的手续都快要办完了,人心都开始有点乱了。班里的同学也有不来的,还有几个当兵走了的,还有几个听说已经开始上班干活了。班级好像已经崩溃了一样,连集体照都不太能凑到一起了。但我不能老在门口站着。我离开旅社,在旅社外面一个别人不容易看到的地方等她。但一直等到很晚也没看到她来。我想上她父母那里去问问,却又找不到合适的理由。她父母一定会盘问我的。我离开东方红旅社。失魂落魄地回了家。后来,我每天都到旅社去一趟,每次又都会很失望地回来。

  我好像是突然一下子就见不到杨秀梅了的。

十三

  后来放假了。其实也就是毕业了。开春我就要下乡了。我蹚着雪水,最后一次到东方红旅社去,我一点都不抱什么希望

了。那是晚上,天黑黑的,很冷。我准备了一个日记本,上面写着:

杨秀梅同学:
愿我们的革命友谊长存!
      同学:陈军

我打算把这个日记本送给她做纪念,另外如果能见到她的话,我打算向她要一张照片,我要带着她的照片到农村去。但我不知道能不能见到她,也不知道她会不会同意给我照片,我一点信心都没有。

我走进旅社,一直往后走,一直走到她的房门前。我突然发现她的房门没锁,而是从里面插上的。我兴奋得差点跳了起来。我的心怦怦怦直蹦。我连忙敲起门来,一边敲,一边小声喊道:"杨秀梅,开门。杨秀梅,开门。"我喊了好几声,里面的灯才亮。一个成年女人的声音在里面说:"谁呀?"听声音,像是杨秀梅的妈。我的心一下子就凉了。我一点都不明白这是怎么一回事。但我又不能不回答。我只好说:"俺是杨秀梅的同学。杨秀梅在吗?"门开了。开门的果然是杨秀梅的妈。她对我点了点头。她穿着睡裤和毛线衣。我说:"杨秀梅在吧?"她说:"杨秀梅不在,杨秀梅回老家去了。"我说:"上浙江去了吗?"我简直不敢相信这是真的。但杨秀梅以前确实对我说过,她老家在浙江嘉善,她的入团申请书上也是这样填的。杨秀梅的妈点了点头。我接着又问:"那她什么时候回来?"杨秀梅的妈说:"还得一个多月才能回来。"我立刻就绝望了。我没有一点办法。但我还有理智。我把日记本拿出来递给杨秀梅的妈,我说:"请你把这个交给杨秀梅。"我相信杨秀梅肯定会收下的。我离开旅社走到大街上。我用一种几乎是诀别的心情最后看了一眼东方红旅社。然后我就走了。

我走得很悲壮,但也很坚强。农村的广阔天地,在猛烈地吸引着我。

十四

过了春节,我就在立春那天下乡了。

十五

春天的日子确实很好。我待在地头都不想起来了。我的胳膊肘子和脚旁边长出来一些青鲜的野草。我想起去年看见的一种情景:一种野草在二月底发出了嫩芽,在三月里长出了茎叶,在四月里开出了花朵,结出了果实,但在四月底就开始软耷了,它们匆匆忙忙像是在赶什么时光的一样,也许是因为它已经开过花,结过种子,完成了它一生的任务的原因吧?我还想起高二第一学期时,我偶然在姐姐的抽屉里看到的一本缺页书。书里的那种内容,我从来没读到过,我对那里面提到的地名、节日什么的都半懂不懂的,但它留给我的印象非常深,我偷偷地把它带到郊区野外,在春天的田野里读了很多遍。那其实是一些我看不懂的曲谱下边的一小段文字介绍。

恩格尔柏特·洪帕丁克,德国作曲家,1854年9月生于齐格堡的莱茵省。有一天,他的姐姐韦特夫人根据格里姆的神话故事《汉塞尔与格雷特尔》写了一组诗,想给她的孩子们在圣诞节家庭庆祝会上用。她把这组诗交给弟弟配乐。作品十分有趣。后来他们把它扩充成一整套三幕的歌剧。洪帕丁克在写总谱时经常用德国民歌。1893年12月23日在魏玛的演出立即成功,1895年10月8日在纽约的演出也是如此。

从前,在树林旁的一所小房子里,住着一个穷苦的做扫帚的人和他的妻子以及两个孩子:汉塞尔与格雷特尔。因为缺粮,父母亲去卖扫帚,留下孩子们干家务活。孩子们很快就感到疲劳和饥饿。格雷特尔为了要使汉塞尔高兴,唱起了《兄弟,来和我跳舞》。母亲回来时,责备他们不好好干活,叫他们到林子里去采草莓。

夜幕降临,他们把所有的草莓都吃光了,在森林中迷了路,累了,在一棵树下休息。睡仙来了,他们念了晚祷就睡着了,当时,仙女们下凡,守护着他们。

露仙把他们唤醒了,当他们看到附近有一所糖果做的房子,感到很惊奇。这是坏女巫易尔森斯坦的家。女巫对汉塞尔施魔法,把他锁在一只笼子里,自以为能吃上一顿美餐,得意扬扬地跳起舞来。然后她又去找格雷特尔,想把她扔进大火里去烤。可是,格雷特尔找到了一根魔杖,反而把女巫给推进炉子里去了。瞧,魔法解除了,火炉爆炸了,原来已变成姜饼的孩子都恢复了原形,他们的父母找到了他们,一起欢乐地跳舞。

十六

耕地的黄牛现在已经歇下来了。远处的渡口重又聚了几个人,他们蹲在河边,或者站着,看着对岸。

春天的这种日子确实是最没说的了。我还记得有一次我从公社回来,我下了大路,又下了小路,沿着月亮河走。河水有点浅,河边的许多地方都变成了湿地,就像书上说的那种沼泽地。刚长出来的芦苇芽尖尖的,紫红,一片片地冒在湿地里。我想去掐一支尝尝滋味,但是鞋子很快就往下陷了。我赶紧退回来。然后放弃了这个想法。河水很平静。圆叶子的水生植物长得很好,它们悬浮在水里,像一柄柄小圆伞,水灵灵的。许多黑色的蝌蚪聚在水湾里游上游下,癞蛤蟆则潜在水底,缩成一团,一动不动,像一块灰色的砂礓。我停住了脚步。拣一块平地歪下去。点上一根烟吸起来。像任何时候一样,青烟慢慢地升了起来,一直缠绕着升上刚冒芽的刺槐树树顶。

青烟继续从渡边那几个人的身边袅袅升起。我想:错不了,这就是春天了。我在河滩里一直懒懒地躺了很久,才爬起来向渡口走去。但我知道,春天的日子很快也就会过去的。我爬起来向渡口走去。我现在走在青麦田里了。麦苗正在回青,土地经过一个冬天的水渍、冰冻和雪浸,现在变得又酥又软。我走近了渡口。我看见一个穿土红色小棉袄的姑娘站在河边上。那是我们村里的春梅。其他几个人我一个也不认识,他们肯定都是巩村或别的村的。我说:"春梅,进城啦?"春梅回过头来看见了我。她的脸因为走路发热而变得红红的。她的棉袄扣子也解开了。她说:"就是的。"我说:"俺听人讲,你要办事啦。"春梅脸一粉,眼光往旁边看看,旁边也没人留意我俩说话。春梅说:"还早呢。"我一时间没有什么话说出来。春梅看了看我说:"你也进城啦?"我说:"俺进城买了两本书。"春梅说:"买的啥书?给俺看看。"我说:"列宁的《国家与革命》。"说着,我就把书从书包里掏出来递给了她。春梅接过去翻了翻说:"真深。俺看不懂。"我说:"俺也不懂。不过学学就懂了。不懂了才要去钻。"春梅说:"你真爱学习。"

春梅的胳膊弯里挎着个竹篮子,竹篮里有一些针头线脑的零用东西。我们站在阳光暖照的河岸边。船很快就过来了。

卷一　春梅

一

第二年的初夏。天热了。

早上吃过饭,我正打算去东北湖,队长良元吸着烟进来了。他进了院。我说:"吃过了?"他说:"吃过了。"这时他看见了院里长着的泡桐树,就走过去,昂头往树上看,又用脚踢踢树干说:"这东西长得真快。"确实,泡桐树去年跟今年就不一样,明显粗了。良元在树下站住了说:"小陈,刚才公社管秘书打俺庄过,叫捎个话给你,县知青办抽人写材料,点名叫你去,你明个就上县里报个到。"我说:"管。"

这时太阳升起来了,阳光从泡桐树的叶子里漏下来,漏了一地。我把裤腿挽起来,把鞋脱了扔到屋里。良元说:"你还在东北湖稻地里呗?"我说:"就是的。东北湖稻地就俺跟学有两个人。"良元说:"俺叫胜元去换你。"我说:"管,胜元也懂点机子。"

说着我就锁了门,和良元一起往外走。我们这个院,又是队屋,又是知青小组,后排有六间房子,西边两间连在一起,是女知青住的,现在女的差不多都走了,只剩下曲霞一个人在;中间两间也是通的,由我和小冯住着;东边两间做了仓库,既有队里的农具,也有我们知青点的农具。中间是一个大院。前排却只有三间,都通在一起,里头有一盘石磨和一排锅灶,算是我们的锅屋,平常我们吃饭也在这里。出了锅屋门,就到村中间的大路上了。

我们走到了村路上。曲霞正拄着一把锨站在路上往东看。良元说:"小冯在家还没回来?"我说:"也就这一两天吧。"曲霞插话说:"说不定小冯这次回家就把回城搞好了。"我说:"咱们这里人是越来越少了。"不知怎么的,我觉着我们这个小组快要散伙了。其实我来的时候,小冯和曲霞早就在了,当时还有小巩、胜利好几个人,他们有的都来五六年了。但是说实话,我从心里不希望我们这个集体散掉。

二

我转身往村东走去。我赤着脚,上身什么也没穿,下身的裤腿被我挽得老高。我一点都不怕太阳晒,相反我倒想晒得越结实越好。我走出村子。走到了村东的土路上。太阳升得有点高了,田野上的路又干又白。不过田地里的庄稼,红芋、高粱、黄豆、大蜀黍什么的,一夜里得了凉气、潮气的滋润,都显得青鲜鲜的。

东北湖稻地离庄约有三里路。我到的时候,学有正在水里洗脚。抽水机嘭嘭嘭地响着。我说:"学有,你家去吧。"学有说:"不急。"我俩在地埂子上坐了一会,吸了一根烟,这时天已经有点热了。学有说:"饿啦。俺回啦。"他站起来,打塑料棚里拎了衣服,摇摇晃晃地往庄里去了。

我坐着没动。

太阳又升高了一点。我爬起来各处看了看,一切都很正常。这种时候什么事也没有。我在小路边的一棵小树的树荫里半躺了下来,摸出一根烟来吸。吸到小半截的时候,我看见打庄的方向过来了几个娘们,她们都扛着锨,是上东南湖撒粪的。果然她们在半道上就扭身往东南方向折了去了。紧跟在她们的后边,往东北方向拐过来一个拎篮子的娘们,大热的天,她还穿得一板一眼的:上身是素黄花的长袖小褂,下身是蓝布长裤子,头上顶着一块方格毛巾。我看着她往这边走,心想:这一准是个走亲戚的,不然不会穿成这样。那人拐过了弯,我才认出她来。原来不是个娘们,是个大姑娘,是我们村里的春梅。

春梅走近了,我坐起来说:"春梅,上哪去呀? 穿得板板整整的。"这时春梅已经走到我跟前了。她对我笑笑,笑着说:"上东庄俺二姨家去。"说话时,她就走到了小树的树凉荫里,在我跟前站住了。我想跟春梅讲讲话。我又问:"你篮子里拎的啥好吃的? 还盖得严密实缝的。"春梅说:"是俺娘腌的咸鸭蛋。打腊月里腌,腌到现在也没臭,还都腌出油来了。俺留俩你尝尝。"说着她就在我跟前蹲下来,把篮子放到地上,要从里面往外拿鸭蛋。我赶忙拦住她说:"俺不能要。"春梅说:"为啥不能要?"我说:"你那鸭蛋都有数,要是到你二姨家少了,你就讲不清啦。"春梅说:"那怕啥? 俺就说俺在路上吃了。"我说:"大热的天,你也不嫌躺得慌?"春梅说:"俺就说俺在路上喝过水了。"我说:"在哪喝的水?"春梅说:"在俺庄东北湖稻地机井边上喝的。"我说:"那你给俺留俩吧,俺这两天正馋得慌。"

三

春梅留下两个咸鸭蛋走了。

我在小树荫底下看着她越走越远。她一路往东去了。再往东就走到了泗州的地方了。我一直望到春梅走远了,才把眼光收回来。稻地这里很清静。北边是树木葱茏的新汴河大堤,西边、东边、南边,都是庄稼地。我把两个咸鸭蛋磕了吃了,在机井边上灌了一肚子凉水,然后又倒在树荫底下望天了。

望到小半晌,我一翻身,看见东边的庄稼地里,一摇一摆地又过来一个娘们。我想,这又是哪个?便仔细瞅着。过了大蜀黍地,那个娘们脸上一亮,我才看清她是春梅。我想春梅咋这样早就回来了?我坐起来。等春梅走近了,我说:"春梅,咋这样早就回来啦?没在你二姨家吃晌午饭?"春梅脸上晒得红通通的。走到我跟前,在树凉荫底下放了竹篮子,拿头上的毛巾擦擦汗,说:"没吃。吃饭耽误事。俺娘叫俺早去早回的。下午还得下地干活挣工分哪。"

现在已经快到晌午了,树凉荫很小。我往旁边让让,把树凉荫让给春梅。春梅说:"小陈,你吃香瓜呗?俺二姨家种的。甜得跟蜜罐子样。"我急急慌慌地说:"啥样的香瓜?"春梅在树凉荫里蹲下,掀开篮子上的盖布,篮子里真是大半篮子香瓜,青皮金道的,看了就叫人淌口水。我说:"你这瓜有数呗?回家你娘问起来你咋讲?"春梅说:"俺就讲,俺在路上吃了。"

春梅打篮子里拿出两个香瓜,我俩一人一个吃了,又说了好一会话,春梅才站起来,挎上篮子回家去。

四

春梅是我们庄里最好看的姑娘。她懂礼节,人又大方,和一般的乡下姑娘都不一样。

春天我们在西湖地里撒化肥时,天气突然变冷了。西湖的地很大,空旷无边。几十个社员撒在地里,显不出多少人样来。

那天我穿的衣服很少,冻得直打哆嗦。这时春梅上地头挖化肥去。我们不是一个小组的。春梅从我们附近走过,看见我冻成那个样子,她连忙说:"哎,小陈,你下地咋没带棉袄来?"春梅跟我说话,我就觉得暖和多了。我说:"俺哪知道天一下子变这样冷。"春梅小声对我说:"你等着,俺那还有个棉袄,俺去拿来给你穿。"

说完,她挖了化肥就往回走了。我听了她的话,心里完全暖和了,而且也觉到了一种被人疼着的感觉。这时我听见春梅一边往回走,一边大声喊她娘的声音:"俺娘,俺娘,你把咱闲着的那个棉袄拿来,你看人家小陈冻得。人家娘又不在这里。"我一听就知道春梅是有意喊的。她是怕别人讲闲话。春梅娘直起腰来讲:"你看这孩子,下湖也不多带件衣裳,冻着咋弄?"说着,她就打地头把棉袄拿起来递给了春梅。地里的人都笑起来。春梅走回来,把棉袄拿给我。她说:"快穿上。"我一看,就知道这是春梅的棉袄,她以前经常穿的。我把春梅的棉袄穿在身上。春梅的棉袄上有一股很好闻的味道。我穿着它,一直到收工才脱下来还给春梅。但棉袄上的那股气味,在我的身上,很长时间都没散掉。

五

到了四月中旬,地区来的工作组调选好大队党支部班子以后,又开始调选团支部班子。我们那个团支部在全公社的十几个大队里,团员人数是最多的,集中到大队部时,黑乎乎的一片,屋子里根本坐不下。马组长是从地区来的,他说:"到外头开吧,外头敞亮。"他这么一说,大家都到外头去了,有坐在河坡上的,有坐在田埂子上的,姑娘们都靠墙根坐成一排,晒着太阳。姑娘们和小伙子之间都偷偷地看,但谁也不敢明目张胆。

一选举,我才知道我和春梅都被选成团支部委员了。分工时,我被分工成宣传委员,春梅成了文体委员。接着公社团委书记就通知我们,第二天早晨到社集大队开会。这是我下乡后第一次参加这样的会。

和春梅讲好时间以后,第二天早晨天还没亮,春梅就来喊门了。我赶紧下床去开了门,然后手忙脚乱地穿衣服。

春梅站在外头没进来,只是说:"小陈,快点穿噢,俺在外头等你。"小冯在床上喊道:"春梅,进来进来,俺们能把你吃了?"

春梅笑着说:"俺站外头凉快。"说完自个扑哧一声笑出声来。我赶紧三下两下穿上衣服,然后用凉水往脸上抹几下,我们就上路了。

社集离我们庄大约有十五里地,我以前从来都没去过,春梅也只是路过了一两次。我们出了庄。因为两个人都是空着手的,所以走起来就有点快。天还是黑乎乎的。也许只有五点钟不到。空气又潮又凉。路边的树下湿漉漉的,树叶上的露水还在不断地往下滴。出庄后,我们顺着村外的大路一直往东走,在土埂那里过了月亮河以后,四周就看不见村庄了。到处都是庄稼,地也显得有点荒,有时候路边还有零零星星的坟地。春梅说:"这里还有点怕人呢。"我说:"那怕啥?"春梅说:"没有鬼呗?"我说:"哪有鬼!"四周里半点人声都没有。春梅找话跟我说。春梅说:"在城里你没走过这样的路呗?"我说:"没走过。城里哪有这样的路。城里到处都是人,挤都挤不动。"

走着走着天就亮了。但田野上却有点雾气腾腾的,除了几声鸟叫外,还是看不见一星半点村庄和人形。这时我俩走到了一个大洼地里,洼地里的路都疙疙瘩瘩的,深一脚浅一脚的不好走。我说:"咱们没走错呗?"春梅说:"没走错,就是这条路。前头还得蹚水哪。"我说:"咋还得蹚水?"春梅说:"也不知道桥修上没有。"现在我能很清楚地看清春梅了。春梅个子矮墩墩、结实实的。她的头上扎着一块紫色的围巾。再往前走,果然就遇到水了。路一直栽进水里去。水哗哗地往下直淌。四周还是一点声音都没有,要是一个人走,还真有点叫人害怕。我们在水边站住了。这时我突然有了一个念头。我说:"春梅,你先在这边等着,俺先蹚一遍看看。"春梅很听话地点了点头。我挽起裤腿,一直挽到大腿上,然后就往水里蹚去。水很宽,中间有一小段能淹到腿弯子。我蹚到头,又蹚了回来。

回来的时候,我看见春梅已经把鞋脱掉,把裤腿挽到腿弯子上了。她的两条腿虽然不太白,但肉墩墩的,很结实。春梅见我看她的腿,脸登时红了。我说:"春梅,你脱鞋干啥?"春梅说:"蹚水呀。"我突然变得很勇敢了。我说:"不用你蹚,俺背你过去。"春梅听了我的话,没同意,但也没反对。我说:"你拿着俺的鞋。"她把我的鞋和她自个的鞋都拿在手里了,拿得像一家人一样。我在岸上蹲下来。这时的情形有点叫人不太自然。但很快也就过去了。春梅走到我身后。她突然站住了,轻声说:"俺怕叫人看见。"我理直气壮地说:"那怕啥,咱这又不是啥不好的事。"她听了我的话,就不说什么了。她轻轻地趴到了我的背上。那样的感觉我还从来没经受过。我觉得她身上,就是胸脯上,软软和和的,也很暖和,像是有许多肉的样子。我浑身是劲,我用两只手拦住她的两条腿,一下子就把她背起来了。春梅的两只胳膊搂住我的脖子。开始我觉得她的头和脸离我还有一段距离,但是蹚着蹚着,她的头和脸就贴在我的肩膀附近了。就这样,我们一句话也没说地过了河,然后在岸上洗了脚,穿上了鞋。

赶到社集时,会议已经开了一半了。我和春梅坐下来,屁股还没焐热,会又散了。会议的内容我几乎一句都没记住。

六

晚上我从东北湖回来,吃过晚饭,洗过澡,就上庄东头春梅家去串门,因为第二天我就要进城了。

天上的星出得齐整,明天准又是个响晴天。夏夜里有点凉快,风一阵阵打庄稼地里吹过来,穿庄而过,又回到庄稼地里。我走到了月亮河边。月亮河边更凉快,水里的清气一层层地洇漫上来。河畔的黑暗里有一些东西在动,原来是卧在地上的牛。牛看见有人过来了,都默默地看着,嘴里仍在不停地磨动。我到的时候,春梅家已经有几个人在拉呱了,正脸红脖子粗地争论什么。

胜元说:"叫咱们摆队里的资本主义表现,谈问题,摆事例,那些事哪个社员不知道。就讲不合理开支吧,队里经常拿集体的东西送人,社员看到一袋袋花生、一包包大米送了人,哪个不憋一肚子气?那是咱们自个的劳动成果呀!再说阶级斗争抓得松,以前对四类分子管得可严了,白天强迫他干活,晚上开会学习,散了学习命令他站岗放哨,他敢说个不字?现在倒好,四类分子活不干也没人问,咱们开会,他在家睡大觉。嗨,咱讲这也没用!"

春梅娘讲:"知道没用你还讲。"

宁元讲:"老鸡巴叫你闲操心的。你没听社员讲:茶壶、酒壶、马马虎虎。啥意思?有过不去的事了,把干部往家里头一拉,递烟,敬酒,好生招待,一吃一喝,啥事都能办成。"

春梅的弟弟学家,高中才下学,他接上讲:"你这话讲得不对,一吃一喝,干部就放弃斗争,放弃原则了?那样的干部是极少数,只占百分之零点五。俺问你,'三项指示为纲'的要害在哪里?就是不要阶级斗争。你这句话的要害也是放弃阶级斗争。这可能是两种思想的斗争,也可能是两条路线的斗争。"

小产娘撇撇嘴讲:"这样严重。"

胜元讲:"再拿咱公社的平坟运动来讲,要求所有耕地里的坟都平掉。有些队的干部重视,就完成得好;有些队的干部马马虎虎,就完成得不好;还有些队只把坟的上边给平了,往后这个事抓得松了,坟主马上又能把坟再添起来,你讲讲这叫啥?"

春梅说:"小事情里也能看出大问题来。"

胜元说:"咱们叫小陈讲讲。"

我啥也没想,张口就说:"这就跟咱们点化肥一样。点化肥是为了使小麦长得更壮更旺盛,假如化肥撒到了窝窝外头,就起不到作用了,就会白白浪费掉,所以化肥点得好坏,直接影响到小麦的成长,影响到午季的收获,这是重要的一环。咱们国家从半封建半殖民地社会进入共产主义,必须经过社会主义这个过渡时期,社会主义能不能搞好,也直接影响到共产主义到来的早迟,影响到无产阶级艰苦奋斗得来的成果的好坏。"

春梅娘讲:"看看人家小陈讲的。你们那都是瞎讲。"

宁元说:"那现在人的思想还有很多达不到的。就像前庄,干部才讲要收回自留地,社员就说了:那咱们往后就前院子开瓷店,后院子开棍厂。啥意思?瓷店就是要饭碗,棍厂就是要饭棍,就讲要出去要饭了。"

小产娘讲:"人家还有讲的:天天都有三高兴,三不高兴。哪三高兴?吃饭高兴,睡觉高兴,打牌高兴。哪三不高兴?干活不高兴,捞不到上集不高兴,没钱花不高兴。这可是资本主义?"

春梅说:"这是最狭隘的资本主义思想。"说着,就站起来把鞋底放在小板凳上出去了。看到春梅出去了,我一点都坐不住了。但我又不能马上就出去。我接上春梅的话说:"社会主义建设、共产主义理想,在这种人身上哪还有半点地位。"学家说:"这是最典型的小资产阶级思想,私有制的残余在他们的身上死灰复燃,农民的革命不彻底性就表现在这里。"

小产娘讲:"哟,你不是农民。"

学家说:"俺是学生。"

小产娘讲:"你不是农民也是农民后代。"

我站起来,假装伸伸懒腰,就慢腾腾地出去了。我走到院子里。屋里的辩论还在继续着。

七

院子里凉风习习。天上的星也显得更亮了。

我看见春梅家的地震庵子里有灯光,我想春梅肯定在里边,就走过去拉开庵子门,叫了她一声:"春梅。"春梅正坐在床边上干什么事,看见我喊一声进来了,她好像吓了一跳,连忙站起来,匆匆把一件东西塞进了红木箱。我说:"春梅,你在弄啥?"春梅脸上红粉粉的。她拉拉衣襟,重又在床上坐下来,说:"俺啥也没干。"但我觉着她肯定在干什么事。我看看红木箱,又看看床。我突然看见了床上有一丝丝的血迹。我心里一惊,连忙问:"春梅,你哪里淌血了?不要紧吧?"春梅的脸更粉了。她瞥了我一眼,说:"姑娘家的事,小伙子不要乱问。"我被她说得有点不好意思。但我又很想知道是什么事,因此心里觉得很神秘。春梅说:"听队长讲你要上城了。"我说:"县知青办抽俺去写材料,写完材料就回来了。"春梅说:"那得多长时间?"我说:"十天半月吧。"春梅说:"俺上城里能找见你呗?"我说:"那当然能。你上知青办就能找见俺。"春梅说:"到时候你别讲认不得俺。那俺就丑啦。"我说:"俺哪能那样讲!"春梅低着头想了想说:"不早啦,歇去吧,屋里的人也快散啦。"说着她就往院门看了一眼。我只好说:"那俺走啦。你也歇吧。"

我出了春梅家的地震庵子,在庵子外的黑影里站了一小会,然后就转身顺来路往回走。我又拐在了月亮河边,从那些磨牙的牛的身边走过去。夜气清爽,整个平原都睡了。虫在地里唧唧唧地叫着。田野的深处半黑半暗。回到家,曲霞的房间早就吹灯插门,看不见一星光亮了。我把凉床搬到院子里,躺在床上看着天,想着春梅神秘地往红木箱里塞东西的情景。春梅往红木箱里塞的什么呢?她当时看样子非常慌张。

我想不出来。但我使劲想想出来。我睁眼看被夜风吹动的泡桐树的树枝。后来我一下子就睡着了。我梦见我睡在春梅的大木床上。春梅也睡在床上。春梅的红木箱放在床头。……我突然醒了,下半身又黏又湿……但心里还是梦里那种痒抓抓无比舒服的感觉……我一动不动地睁着眼躺在床上,体味着刚才的滋味。我觉着春梅的小棉袄好像就盖在我身上。

八

早上吃过饭,我挎上书包,带了粮票、钱物和几本薄薄的小书,跟队长良元打了招呼,就进城了。

到知青办报了到,有一位丁秘书负责我们。他对我说:"你们都是从全县挑选出来的,可得好好干。"我立刻觉得心里沉甸甸的。我说:"俺一定好好干。"丁秘书说:"你们住在凤凰饭店里,俺带你去。"我说:"他们都来齐了吧?"我想问问另外一些人是不是都来了。丁秘书说:"昨天来了三个,刚才又来了两个,还差一两个,今天都能来齐。"

凤凰饭店我知道,但是还从没住过呢。它是我们县里最高最好的旅社,有四层高,县里开大会,一般都在这里住。我跟着丁秘书到了凤凰饭店。上了二楼,一见面我们都大叫起来。我说:"哎哎哎哎哎哎哎!"大家热火得不得了。我跟他们差不多都认识。李孟一是城东公社的,郑小江是尤集公社的,袁志强是渔沟公社的,还有两个,一个叫蔡家生,另一个叫张新华,马上就都认识了。虽然大家认识,但见面的机会却很少。郑小江大喊大叫地说:"这下咱们能好好在一块玩了。"我们都兴奋得不得了。

丁秘书看我们的话不像马上就说完的样子,他就打断了我们说:"好好好,现在大家都听我的。你们几个差不多都到齐了,也都认识了。今天你们先准备准备,说说话,办办自己的事。"丁秘书人说话带笑,看起来挺随便的。办事也很细。他说:"吃饭你们就在饭店食堂吃,咱们知青办统一结账。明天咱们学习文件,布置任务。"

九

丁秘书一走,我们几个人就坐在床上聊了起来。郑小江说:"陈军,可能要分你到黄湾公社写材料。"我说:"你咋知道的?"李孟一说:"俺们几个来得早,听丁秘书说的。"我说:"那你们几个上哪去?"郑小江说:"志强上韦集,孟一上尹集,家生上界沟,新华上高楼,俺上浍沟。"张新华我是刚认识的。张新华插话说:"哎,陈军,你认识泗州的刘新民呗?"我说:"俺俩是高中同学。"张新华说:"他对象出事了。"我听了吃了一惊。张新华的这句话,对我来说太突然了。我说:"出啥事啦?"李孟一说:"俺们也都是听丁秘书说的,他对象在屋里叫人害了。"我更不相信了。我说:"啥时候的事?他前两天还上俺那吃过饭。还讲他对象这个对象那个的。"郑小江他们几个好像都知道了。郑小江说:"就是前两天的事。公安局正在调查。公安局说可能晚上作的案。公安局还上泗州找刘新民问了情况。"我对这件事的一点一滴都想知道。我说:"问得咋样?"袁志强说:"没有刘新民的事,他队里给他开了证明,讲那几天他天天都在队里干活,天天都在家里睡觉,哪天都有人给他证明。听讲还要上你那问情况,还没去呗?"我说:"没去找俺。"

郑小江撇撇嘴说:"咱县的女知青就是好出事,不是叫人搞大肚子了,就是叫人害了,要不就农药中毒了,尽是事。以后办了五七农场就好一点了。"张新华说:"五七农场是咋回事?"李孟一说:"咋回事?五七农场是半工半农的,上海来人帮俺们建厂,原料来源是上海,产品销路也是上海负责。每个公社都要建一个,农场建好后,知青要全部进去。"蔡家生说:"要真是那样,跟贫下中农不就远了?不在生产队,还咋样接受贫下中农的再教育?"张新华讲:"俺也觉得不一定是方向。不在生产队,对缩小三大差别不利,另外知识青年也不能普遍地把知识传授给贫下中农,对于普遍改变农村的落后面貌也起不到多少作用了。"袁志强说:"这件事俺也没咋样想好。"

十

话题都转了老半天了,但我还在想着刘新民对象的事。我还是觉得很突然。我一点都不能相信。刘新民这个人就是这样,他的事都是突突然然的。我对刘新民一直摸不到底,他的许多事都看不出一点兆头。从学校里开始就是这样。

刘新民的父亲是地区保卫组的一个头头。有的同学说,他父亲爬得非常快,前两年还是一个办事员,眨眼之间就升上去了。不过刘新民对我还是很好的,他知道我喜欢看书,他有什么书都先拿给我看,有时候我们还一块到沈鹏飞那里去。我到刘新民家去过。见过刘新民的父亲。他父亲看上去很年轻,只有四十岁左右。他不跟我们说话,只顾皱着眉头吃饭,总像是不太高兴的样子。

刘新民在高一和高二第一学期很有点活跃。高一第二学期考试时,发生了一件事。物理老师戈广大拿着考卷走上了讲台。戈老师是个矮个子。肉嘟嘟的,显得很严厉。他抓学习也抓得最紧,许多同学都对他有点反感,因为他给学生的自由太少了。他腆着肚子站在讲台上,说话时拿卷子的手一扬一扬的。

"今天考试,有规定,不准讨论,不准研究,不准交头接耳,不准互相对答案,独立完成。"

他的话音刚落,同学们就嗡嗡起来。平常考试都是开卷,有时候还提前发给大家,拿回家做好,第二天再交来的,戈广大又想出什么馊主意了?坐在我身后的刘新民大声说:"说清楚,为什么不准讨论?"

戈广大老师依然腆着肚子,居高临下地看着下面乱哄哄的场面,是一副不放学生在心上的面孔。他不耐烦地说:"吵吵什么?吵吵什么?有意见的站起来说。"他这一招果然有效,大部分同学都静下去了。刘新民从我后面站起来,大声说:"为什么不准讨论,不准研究?谁规定的?说清楚!"

戈广大老师说:"教研组决定的,不准讨论,不准研究,独立完成。你们还有什么意见,都讲出来。"

刘新民说:"俺们不会做,就是要讨论,要研究!"

戈广大老师大概没料到会出这个岔子,也气了,啪地一拍桌子:"俺说不准,就是不准!如果有偏题、怪题,你们可以到学校去提!"

刘新民当时一反常态,表现得十分勇敢。他没有被戈广大的气势所压倒。他也大声说:"你说的不算数!对,你说的不算!"

戈广大老师没有办法,只好说:"好,你们哪几个要研究,你们研究。俺说过了,不准讨论,不准研究,不准交头接耳。"

底下的同学都嚷了起来:"研究,大家都研究!"

讲过之后,发卷子。卷子发下来之后,大家一看,容易得很。刘新民对周围的同学说:"不会就要研究,不能让资产阶级教育路线回潮。"

高二第一学期末,我们以前的班主任生病住院,新调来一个班主任,原来是刘新民的亲姑。当时同学们都已经在议论毕业下放的事了,听说上面和学校里也抓得很紧。在课堂上,刘新民的亲姑刘老师说:"下放时,要首先动员刘新民下去,让刘新民带个头。"

但是到第二学期开学时,刘新民却没到学校上课,谁也不知道他到哪里去了。

后来,有一次学校秋忙假到城郊劳动,大家突然在一个农机修理厂见到了刘新民,刘新民正在搬轮胎。短短的几个月,刘新民完全变了,他晒得又黑又壮,讲话也粗粗拉拉的。同学们都说他变了,完全变了,变得一点也不像个学生的样子了。大家私下里议论纷纷,说知人知面不知心,刘老师原来当着全体同学的面说的话,现在被事实否定了,刘新民肯定是想躲避下放。可是过了一个多月,刘新民突然又到校上课了,大家都弄不清楚是怎么回事。接着就毕业下放了。刘新民下放到了泗州的旗杆庄,跟我虽然是两个县,但离得并不太远,二三十里地,骑自行车个把小时就到了。

十一

我们一直聊到中午。吃过中午饭,天气很热,大家还是非常兴奋,一点都不想睡觉,又接着吹了一会。袁志强突然说:"哎,陈军,听说你在学校时还是年级队的主力哩,咱们打篮球去怎么样?"我们立刻被这个大胆的主意激动了,大家都嗷嗷嗷地叫了起来。我说:"咱们上哪打去?"我还是好几个月以前在公社中学的篮球场蹭过一回,一点都不过瘾。袁志强说:"上体委篮球场。"李孟一说:"篮球呢?"袁志强说:"上体委借。俺有个亲戚就在体委。"大家一致说好。爬起来就出了饭店。

盛夏的正午,太阳火辣辣地晒着。我们这几个人,都跟黑泥鳅似的,在大太阳底下走得十分带劲。到了篮球场,袁志强去借了个八瓣球,大家背心一脱,只穿一个裤头,一双凉鞋,就冲上球场干了起来。

县城的球场比公社中学的就是好些。是水泥地。但正响午打球,就觉得连鞋底都发烫。我们六个人,正好分成两队,我们不顾一切,打得挥汗如雨、热火朝天。这时候正是午休的时候,没有任何人来打扰我们。整座县城都晒得蔫了,几乎没有什么声音。球场外面就是街道,街道上差不多就没有人。我们一丝不苟地呼呀、喊呀、传球、带球、上篮,非常认真。最后,我们那个队以三比二胜了袁志强他们那个队。

比赛刚一结束,郑小江就说:"咱们下河洗澡去吧。你看咱们这一身汗。"我们又大叫起来。这个主意出得跟袁志强的一样好。张新华说:"上哪洗?"郑小江说:"那还用说,上新汴河呗。"大家都叫好,叫道:"走噢!走噢!走噢!"还了篮球,大家拿了背心就往外走,兴冲冲地奔磬西闸去了。

十二

磬西闸离城还有三四里路。我们都把背心撂在肩膀上,甩着手,走得十分带劲。我们沿着公路走。公路上的柏油都叫太阳晒化了,软稀稀的。一出城,我们就看见城外不远处墩墩实实的凤凰山了。凤凰山是传说以前有凤凰落过,所以才叫凤凰山的。

经过半个小时的疾走,我们来到了磬西闸。

闸上游的水又深又清,我们看见这么好的水,禁不住又欢呼起来:"乌拉!乌拉!"——这是我们看《列宁在一九一八》等苏联电影看多了的缘故。水里有一些小孩和小伙子在游泳。但是一个女的都没有,要是有女的,游起来就放不开了。水里的人看见我们来了,赶紧都一个个上岸避开了。我们甩掉手上和身上的衣服,只穿一个裤头,一个饿虎扑食,扑通扑通都跳进了水里。

水面有点温,但水里很清凉。我们几个人像发疯了一样,把水搅得乱翻,一个个都往河中心游去。游了一会,陆续又都回去了,只剩下我、李孟一和袁志强。河面非常宽阔。我的劲头非常大,我使劲游着,不一会就游到了河对面,接着李孟一和袁志强也游过来了。

我们三个人站在水里,搓搓身上的灰泥。李孟一说:"晚上咱们看戏去。"我说:"啥戏?"袁志强说:"泗州戏,《送粮路上》,地区泗州戏剧团来演的。"我说:"俺不去了。俺晚上还得上一个亲戚家去。"他俩咂咂嘴。歇了一会,我们三个人又哗啦哗啦往北岸游去。游到河中间时,袁志强说:"河当中水干净,喝几口水解渴。"他这么一说,我们还真都觉着渴了。我们三个人踩着水,用手把水皮子上的一层水拨开,然后把嘴贴上去,咕嘟咕嘟喝了个痛快。水喝到肚子里真舒服,又凉快,又甜丝丝的。

十三

晚上凤凰饭店的食堂开饭早,吃过了饭太阳才刚想往下落。吃过饭我就上邮电局我的远房亲戚家去了。

我一边在街上走,一边想着我以前在书里看到过的一个破案的故事。不知因为什么,一听到刘新民的对象出事的消息,我就老想到那些破案的事。

那个故事是这样说的:树林里发生了一场战斗,一辆新式坦克被击毁了,侦查机关估计敌人一定会来偷取里面的零件的,于是就派人埋伏在坦克附近,等待敌人上钩。侦察人员在树林里埋伏了三天三夜,敌人也没来。指挥机关觉得奇怪,派人到坦克里一看,零件已经被敌人偷走了。原来敌人是从坦克背后侦察员看不见的角度来的。

到了邮电局,我进门就喊了一声:"大哥。"大哥一家都才刚坐下来吃饭,大嫂见是我来了,高兴地说:"陈军来了,赶紧坐下吃饭吧。"我找个地方坐下说:"俺吃过了。"大哥说:"咋吃过了?"我说:"俺被知青办抽来写材料,住在凤凰饭店,吃住都是统一的。"大哥和大嫂"噢"了一声。我说:"大哥,想骑你车子出去一会,明早就送来,你不骑呗?"大哥说:"你骑你骑,看在邮电局里,还能没有车子骑?"

我骑着车子上了街,出城一直往汴河闸骑去。

骑到闸桥边上,我下车找了个戴手表的,问了他一声:"请问现在几点了?"

那人抬起手腕看看表说:"七点半。"我谢过他。推着车子上了闸桥。这时天色离我设想的时间早了些。天蒙蒙的,刚想往黑里头去。我站在闸桥上看了一会水,然后到了桥南,在花池边上扎了自行车,点了根烟来吸。

桥头边凉快不少。河里的凉气往上升,四下洇散,人身上就舒服多了。我半声不吭地吸了一会烟,眼见着天色往黑里去了,路边的几个小店都拉着了电灯,公路也不大能看得清了,公路上的人、车都稀溜多了。我觉着这时候还有点早。我又摸出一根烟来,把一头弄空,接在刚才吸的那根烟的烟屁股上,接着吸。我身后的白杨树飒飒地响着。

十四

我吸着烟的时候,路边商店里有一家人,先把店门前的空地拿凉水浇透了,然后搬出桌椅板凳、稀饭馒头,就着小店里的灯光,吃起晚饭来。那是两男两女,原来就是夫妻俩带俩小孩。

我坐的地方离他们不远。听见那一家人香喷喷地吃饭。一边吃,一边那个男人讲:"小官,俺出个题考考你,看你在学校里到底学得咋样。"那个小男孩一点都不在乎,把腿跷在板凳上说:"你考你考。"男的说:"是个破案的事。有一个大仓库,仓库里啥都有,吃的、喝的、用的、玩的,想要啥有啥。仓库前头有个值班室,值班室里挂着一个大钟,值班室里有个老头看仓库。"

男人停了停,接着说:"这一天是大年初二,仓库一家伙叫小偷偷了,全部偷了,吃的、喝的、穿的、用的、玩的,都偷完了。公安局来调查,问老头:夜里你可看见有啥人来过?可听见有啥大动静?老头说:夜里俺听见仓库里有响动,俺爬起来打窗户往外一看,只见月光底下有十几个小偷正往外扛东西,俺回头看看墙上挂的钟,正好十二点整。公安局的人对老头说:小偷就是你自己,抓起来!小官,俺问你,公安局凭啥讲小偷就是老头?"

男孩歪头想了想,叫道:"那老头态度不好。"男人慢吞吞地说:"不对,老头态度好得很。"男孩又叫道:"老头出身不好。"正在吃饭的女人扑哧一声笑出声来。男人顿了一下,板着脸说:"也不对。老头出身好,根正苗红,解放前受过地主资本家的压迫,是个苦出身。"男孩想了想,又叫道:"他没锁好门。"男人道:

"不准瞎猜!"男孩"咩"地做了个怪样,想一想又叫了起来:"他变修了。"男人说:"他是变修了。俺问你公安局咋知道他变修了的?"男孩接上叫道:"公安局有照妖镜!"男人没说话。男孩接着喊道:"拿照妖镜一照,啥都能照出来!"男人勃然大怒,啪地一拍桌子:"笨蛋,照你个猪脑子!"男孩吓得扔了饭碗跑多远。跑到了闸边的堤上站着,继而就无所谓地嚎起了歌子:

狱警传,似狼嚎,我迈步出监——

十五

我扔了烟头,起身往小店去,唤女人买一包烟。

烟买好了,我做成顺嘴的样子问:"现在几点了?"那女人往商品架后面去了一趟,回来说:"八点二十。"我谢了她,出来装好烟,骑着车子上路了。我先是顺着大公路骑了三四里地,然后车头一拐,下了大公路,上了乡间的一条土路。土路也不算小,只是不很平整。初始我骑得稍慢些,等适应了,就骑得快了,哗哗哗地往前直蹬。

夜色浓郁。但到底是夏夜,天晴得好,有些星在天上,天地之间就有些微弱的光亮,路上也朦朦胧胧能看见发白的路形。

我使劲往前骑着。乡间的路上一个人也没有。一路骑过去,过小桥,过洼地,打村庄边擦过去……忽然就望见前头的千湖庄了,过了一两块红芋地,又望见千湖庄庄头的一排房子了。我下了车,把车扎在路边,到路边的沟沿上坐下,估摸了时间,就打口袋里摸出一根香烟来吸着了。

这段路不近,又是拼命骑的,现在我还有点发喘。我吸着烟,眼望着蒙蒙黑影里的村庄。

村庄里的灯火已经很稀了。庄里的人家差不多都吃过饭,歇着了。我想起刘新民带我来的情形。那是冬天,其实那时候刘新民跟她认识才一个多星期,刘新民对我说,他俩是在回速州的公共汽车上认识的,第二天她就上刘新民家去找刘新民了。我们进村时她正在案板上擀面条。她人不算太漂亮,但两个眼睛很大。吃过晚饭以后,刘新民明目张胆地对我说:"陈军,你先走吧。"刘新民小声跟我说这句话的时候,她正背对着我们,拿一把大木梳子梳头发,好像就是在准备干什么事的一样。我一点办法都没有,只好一个人赶夜路回了月亮滩庄。

我吸完一支烟,又掏出一支来接着吸。其实我并不是非吸烟不可,我是想用这种办法来计算和消耗时间。烟火在夏夜的田野里一红一红的。现在田野里渐渐起了一些凉快的夜风。风吹在田野的庄稼地里,发出沙沙的声响。

吸完两支烟后,我就站起来了。我觉着我吸烟的这段时间差不多够了。干什么都够了。我爬起来上了车子往回骑。像来时一样,我仍然拼命地骑。夜色更浓了。路确实不太好,车头经常拐到坑洼的地方,并且蹦跳起来。

十六

我回到了大公路上。回到了闸桥南端的花池附近。其实我在学校里就听说了月光破案的故事。答案再简单不过了：大年初二怎么会有月光呢？

现在花池边的那几家小店早就关门睡觉了，有一个人睡在外面的凉床上，打着呼噜。我一点都没停，嚓嚓嚓就骑过去了。很快就过了闸桥。

过了闸桥我还是一点都没停。我一个劲地往前猛骑。很快又进了城。

进了城我继续往前猛骑。城里除了很少的乘凉人以外，路面上很空。我一直冲，一股劲地冲出了城市。

现在我又来到了野外。我夸张地"嗨哟嗨呀"地打着号子往前骑。

我一直往泗州的方向骑去。大公路平坦多了，虽然路有点弯。我在拐弯的时候使劲把身体往里倾，就像杂技师的那种把戏。田野显得又深又远。整个大地都在睡觉。一到这种时候，我的心情就激动起来。我觉得我的路，我自己的路，还很长很远，还有很多我想都想不到的事情会出现。我渴望它们的到来。我要张开双臂迎接未来。

公路边现出了一片黑黑的影子。我知道那是虞姬墓，就是项羽的女人虞姬死掉的地方。但我没有停下。我还是拼命地往前骑。过了虞姬墓就是泗州的县界了。我一直冲出县界，一直冲到上马铺。

上马铺是公路边的一个小集。在上马铺的村东有一条往南拐的土大路。我拐到了土大路上。路又不好走了。只是这一段路并不长,只有三四里地。我歪歪倒倒地往前骑着。很短的时间,我就看见前面黑黝黝的村庄了。那就是旗杆庄。我气喘吁吁地在庄外停住,看着村庄。我现在差不多都相信我的判断了。我想时间对刘新民来说是足够了。我甚至想立刻就进村去找刘新民,立刻把他喊醒,问他个明白。但是我控制住了自己。我看着村庄,呼吸着平原深夜里庄稼棵子的气息。然后我就上了车往回骑。

现在我骑得慢多了。我也觉得饿了。我回到上马铺。上马铺的一家稍大些的店还开着门。但并不是为了卖东西而开的门:店里的人搬了个凉床堵在店门口,正在呼呼大睡。我喊醒他,对他说:"买一盒饼干。"

那人迷迷糊糊地起来点着了灯,灯光昏昏黄黄地在乡村的夜里闪着光亮。"二两粮票,九分钱。"我把粮票和钱递给他。"请问现在几点了?"那人把灯端在货架上瞅了瞅说:"一点半了。"我谢了他,拿着饼干上路了。我一边骑车,一边吃饼干。我慢慢骑着。村庄一个一个地过去。已经很晚了。我回到了凤凰饭店。我先把自行车扛到楼上,又到洗脸的地方喝了一肚子凉水。我的眼睛快要睁不开了。我轻手轻脚地回到房间,上床就睡了。

十七

第二天早上一起来,郑小江就问我:"陈军,昨晚你啥时候回来的?"我说:"一两点吧。"郑小江说:"昨晚你刚走,丁秘书和乔主任就来了,说时间紧,会议可能要提前召开,叫咱们今天上午就下去,昨晚又组织俺们学了个把小时的文件。"我说:"昨天咋没通知。"李孟一说:"不要紧的,昨晚俺们差点都看戏去了。"我说:"今天上午都走?"郑小江说:"都走。"袁志强说:"等一会咱们一块上知青办去,还得开介绍信,还得借钱。"

吃了饭,我赶紧先走一步去邮电局还了自行车,然后又回来跟大伙一道去知青办。

早上天气还不太热,知青办的人都已经上班了。丁秘书一见我,就对我招招手说:"陈军,你来一下。"我跟着丁秘书上了二楼,进了主任办公室。主任办公室里坐着一个胖胖的中年人。丁秘书说:"陈军,这是咱们乔主任。"我说:"乔主任。"乔主任一连声地说:"小陈,坐吧。"我觉着他很亲切的。我找了个地方坐下。乔主任说:"小陈,昨晚你不在,大家学习了文件,布置了任务,决定你到黄湾公社去,写黄湾公社青苗大队的知青小组,他们叫青年队。你从丁秘书那里领几份学习材料,你自己学学,多领会领会精神实质。再从会计那里领三十块钱,再开一张介绍信。到黄湾公社以后,先去找公社的郭秘书联系。"

我一个劲地直点头。

交代完以后,丁秘书领我下了一楼。开了介绍信,借了三十块钱,又领了几本学习材料:两本上海出版的《上山下乡》,一本地区知青领导小组编印的《知识青年先进事迹材料汇编》。手续一办完,我们马不停蹄就去了长途汽车站。这时已经是上午九点了,还不知道能不能走得掉。

十八

盛夏时节,坐车的人少了许多,但因为长途汽车班次太少,大部分又都是过路车,所以人还是显得拥挤。

我算是幸运的。我刚买过票,售票窗就啪的一声关上了。后面的都得等下午的车了。郑小江、李孟一他们都是另一路的。他们的车根本就没来。我说:"那俺先走了。"袁志强说:"你先走吧。俺们继续排队,要是现在不排,下午都走不掉。"

我拿着车票去了检票口。又排了一个队。候车室里闷热难熬,空气里一股酸馊味。我的衣服早湿透了,但我依然兴奋得很,因为这是我第一次花公家的钱,为公家办事,又是独立去办一件事。我什么样的苦都能吃,也愿意去吃。

车终于来了。是从泗州发来的车。车上有许多人,上了车只能站着了。我找了个靠近窗户的地方。车慢慢开出车站,开出了城,开到了磬西闸上。我看着窗外的景象,看着那个开着门的小店。车转个弯下了大堤上的公路,上了另一条公路,一直往南开,开到了田野里。

现在又到乡下了。看见乡下的田地和庄稼,我就觉着有一种亲切感涌了上来。车上的人都晃来晃去的,虽然路不好,但大家都没有说什么的。

十九

黄湾离县城不太远。汽车开开停停,停停开开,上人下人,没用多长时间就到了。我跳下车,问了第一个人,就找到了公社。公社院子很大,很深,非常安静。我以前也经常到我们公社去。我们公社的院子也不小,大部分时间也很安静,如果不是逢集或开会,那就只有公社后院的食堂里热闹一点。

我一直往后院找去。在后院我看见了一排办公室,办公室里总共只有一个人:五十多岁,农民模样。他正忙着往一个黑提包里拾掇东西,看样子是准备走了。我说:"请问公社的郭秘书在不在?"那人抬头看看我,说:"俺就是。你是打哪来的?"我说:"俺是打县里来的,俺这有介绍信。"说着我就把介绍信拿出来给他看。他接过去坐下看了一遍,连忙又站起来,握着我的手,用恍然大悟的腔调大声说:"噢,你就是陈军同志,昨天县里就来过电话。你刚到吧。"我是第一次受到这样的接待,我激动地赶忙说:"刚到,刚下车。"

郭秘书叫我坐下,想了想说:"俺家里有点急事,刚跟书记请了假,得家去几天。这样吧,俺给你写个条子,明天你自个就上青苗石了。青苗石离这里不远,就四五里地,打公社出去,一个劲往西走,见到庄子,那就是青苗石。"说着,郭秘书打开锁着的抽屉,从里面拿出纸和钢笔,拧开笔帽,唰唰唰写了个条子:

王红军、张庆才二同志：你们好！

县里的先进知青代表大会很快就要召开了。这是我县知青的一个盛大会议。县里派陈军同志来帮助你们写典型材料，希望你们积极配合，把这项工作做好！

敬祝毛主席万寿无疆！

此致

革命敬礼！

郭秘书　即日

郭秘书把纸条递给我，又从抽屉里拿出几个红绿纸牌，站起来说："吃饭你就在公社食堂吃，吃一顿，给他一个纸牌。住，你就住在供销社招待所，咱公社自家没有招待所。你回去能报销呗？"我说："能报，知青办给报。"说着话时，郭秘书已经往外走了。我也跟着往外走。他一边走，一边说住一晚上五毛钱，啥都有，也有蚊帐，俺先带你去住下。走到门外，郭秘书转身锁了门。我说："你啥时候回来？"郭秘书说："俺三两天也就回来了。你在这里要有啥事，就来办公室找通信员小宋，叫他替你办，等会俺跟他打个招呼。"

我一边说话，一边跟着郭秘书，在公社大院里拐弯抹角地走。忽然出了院子，又回到我刚才下车的公路边了。路边有一排房子，其中一个门上写着：黄湾供销社招待所。原来是个三大间相通的住处，里头摆着十几张床。

安排好住宿，郭秘书就走了。

二十

住下来时差不多已经到中午了。我先洗了把脸,然后上食堂去吃了饭。回到招待所,坐不住,急着想去工作。

我走到门口。门外就是通县城的公路。虽然太阳已经往西偏了不少,但仍酷烈难挡。把公路照得白花花的,直闪眼。这时公路上也没有什么车走动。黄湾这地方尽是一片沉寂了。只有知了在高昂地嘶叫着。公路的对面,是老长老远的杨树苗林子,看上去像是有几里路长。又像是长得望不到边。我以前从没看到过这样大片的林子,我的心情立刻就激动起来。我的脚不由自主就往公路上走,也顾不得太阳的毒热了。

一时间,我感觉到了身体的结实和强壮。我走上公路,在公路的中间站住,往两头远远地望着,心里充满了很远的想法。我感到浑身都是力量;这种力量能打败一切侵略者,能改天换地,能肩负起一切革命的重担。看了一会,我就越过公路,往杨树苗林子里走。

杨树苗长着很大的肥嫩的叶子。林子里有人踩出来的小路,曲曲弯弯地伸进林子的深处。我走进林子里。林子里静极了,虽然有点闷热,但树叶的青气还不少。我喜欢极了。像是立刻离开了原来的世界,进入了另一个境界。我情不自禁地"啊啊啊啊啊啊"地叫了几声。但因为离住处很近,我没敢大声叫唤。我在林子里一点一点地走着,东钻西看。我不敢走快,怕一下子就把林子走完了。但苗林像没有边际的一样,浩浩瀚瀚。

杨树苗林子里偶尔有小片的空地和野草地。野草暴露在太阳光下,被太阳晒得温软了。我从草地上蹚过去的时候,有几只红蜻蜓飞出来,飞不多远,又落在草地边缘的杨树叶子上。天气太热,太晒,连蜻蜓都懒得不想活动了。我想伸手去捉它们,现在捉它们肯定很好捉。但是我又改变了主意。我觉得天气太热了,不如让它们好好地休息,不应该去招惹它们,去碰它们的生活。我还从草地上蹚起了一些发绿的和发灰的蚂蚱。我扑倒身子,用手去捂住几个。这地方的蚂蚱肯定没怎么见过人,所以很好捂,一捂就是一个,一捂就是一个。把它们捉住之后,我又一一放了它们。

离开草地,我又走进杨树苗林子里。地很干。我在树苗底下坐下,汗水从我的脸上吧嗒吧嗒往下掉,掉在土里,但我觉得心里舒服极了。我觉得生活的彩景正在我面前展开来,前景无比辉煌。我有力量去干一切事情!别人都干不了的,我也能干!

这时,树林里起了一阵小风。肥嫩的树叶都微微地晃动了起来。我想起了春梅慌慌张张往红木箱里塞东西的情景。她塞的是什么呢?一定是什么不寻常的东西,一定是!我又站起来在林子里走动起来。走了一会,我看见前面有一棵稍微大些的树。我走过去一看,原来是一棵泡桐树,跟我们知青院里的差不多。它比其他的树都大些。树下的树荫也大些。泡桐树的树根在地底下发胀,把地面都撑起了一道一道的土包。树林里安静极了。我突然想到:这里是学习的好地方呀!我被我的这个发现大大地激动了。我急忙往回走,穿过公路,回到招待所,从黄书包里拿了一本书和一支圆珠笔。又跑了出来。

二十一

公社的几排房子和公路上,仍然静悄悄的。

太阳又斜了一点,但还是酷烈晒人。我匆匆忙忙地回到泡桐树下,靠着树干坐下,摊开书来读。

这是一本列宁写的书,书名叫《国家与革命》。是春天我制订学习规划时,专门上磬城买来的。这本书我已经看过好几十面了,我还用红圆珠笔在我认为重要的地方划了线。我翻到折角的那一页,接着上一次读断的地方往下读。

> 国家是特殊的强力组织,是用来镇压某一个阶级的暴力组织。无产阶级要镇压的究竟是哪一个阶级呢?当然只是剥削阶级,即资产阶级。劳动者需要国家只是为了镇压剥削者的反抗,而能够领导和实行这种镇压的只有无产阶级,因为无产阶级中唯一彻底革命的阶级,是唯一能够团结一切被剥削劳动群众,对资产阶级进行斗争,把资产阶级完全铲除的阶级。

我觉得列宁说得对极了。列宁的每一句话,每一个字,都说到我的心坎里去了。我握紧拳头,在地上捶了一下。又拿起圆珠笔,在有关的句子下划了红线,并且在"强力组织""暴力组织""镇压""反抗"、"铲除"等词的下面划了双横线。

我接着读下去。

　　剥削阶级需要政治统治是为了维持剥削,也就是为了极少数人的私利去反对绝大多数人民。被剥削阶级需要政治统治,是为了彻底消灭一切剥削,也就是为了绝大多数人民的利益去反对极少数的现代奴隶主——地主和资本家。

我又用拳头在地上捶了一下。
我看一会,抬起头来想一会,在书上划上一些道道,有时还把一些精彩的段落或句子重复地念上几遍,仔细地揣摩其中的含义,偶尔也站起来在树底下来回地走一会。

二十二

　　读了两个多小时,树凉荫逐渐拉得很远了。
　　我也已经在树凉荫下挪了好几次位置了。我觉得有点疲劳,就合了书本,站起来,在林子里随便走走,活动活动。我觉得这里真是个读书学习的好地方,我真喜欢这里,一定要多住几天! 我走到刚才没走到的地方。这里的风略微大些。我感到前面可能会有不同的东西。我继续往前走,突然走出了林子。我的眼前陡然一亮。啊,我差点喊出声来。在我的面前,是一个偌大无比的荒原。荒原望不见边际,也望不见村庄,望不见人烟。啊,我激动极了! 我以前读过的一些小说里,有关于荒原的描写:荒原广大无边,令人激动万分。但那都是在边远偏僻的地区,我从来没见到过。想不到在这里碰到了。我激动得要死,我马上离开杨树苗林,一下子跑到了荒原上。

　　荒原上到处都长着野草,无遮无拦,连一棵树都没有。荒原上风也大一些,野草在风里抖动。这是真正的荒原!我在荒原上一边走动,一边四处看,什么都在吸引我的视线,什么都像是看不够的样子。荒原上有一些小小的起伏,有的地方高一些,有的地方低一些。荒原上被踩出来的毛毛道,通向好几个地方,但大部分都是通向荒原的深里的,显得既吸引人,又神秘。太阳已经偏到很西的地方去了。荒原上傍晚的风开始刮起来,刮到很远很远,看不到的地方去。荒原上还有一些水洼子,水洼子有的大,有的小;有的深些,一下子看不见底,有的浅些,一眼就看见水底的泥地了。水洼里的水大部分像是下暴雨时留下的,比较混浊。我选了一条较大的毛毛道,顺着毛毛道向着荒原的深处走去。走了几十步以后,路边就出现一条小沙河,河水清凌凌的,水量不大,因为地形的高低不平,小沙河也时高时低,一会儿水流平缓了,一会儿水流湍急地直泻下去,有时候水流能把地面切割成一个很深陡的大沟,水就在沟底哗哗哗地急速地流泻。

二十三

　　我一步一步地走着。我的心情振奋极了。我有时蹲下去摸摸荒草,有时到沙河边去看水流,有时站在高处往荒原的最深里看。夕阳的余光还在水洼里闪动,远近连一个人都没有,很远处的一些荒草丛里,有些鸟的影子在飞起落下。这时我的心里充满了激情。我在荒原上大步地走着。我的两只胳膊不时地在空中挥动。我的胸中塞满了东西。我决定朗诵毛主席的词:《水调歌头·重上井冈山》。

我记得非常清楚,毛主席这首词的发表,是在一个元旦的晚上,当时已经快要离开城里了。那天晚上,我和刘新民几个人从沈鹏飞那里出来,一道回家。天气冰冷,下着大雪,地上已经积了好厚的一层雪了。

正是中央人民广播电台的联播节目时间,街上的高音喇叭在冬夜里很响。同行的一个同学突然说:"听。"大家注意一听,广播里是一个男播音员的声音,他正在朗诵毛主席新发表的两首词。我们都激动不已,站在大雪里一直听到结束。街上的行人也都站在原地认真地听到结束。听完以后,我们激情澎湃,议论了很久。第二天我就到邮局的读报栏把两首词抄下来背熟了。下乡以后,当我一个人走路时,我不是唱歌,就是背诵毛主席诗词,而毛主席的这首词,我背诵的遍数最多。我很喜欢那个男播音员的声音,每次背诵,我都学习他的声音,并且都会激动不已。现在,又是我背诵毛主席诗词的大好时候了。我觉得,在这种环境下,天高地阔,只有大声地朗诵毛主席的诗词,才能最大限度地表达胸中的无限激情。

我四下里看了看,荒原上野草逶迤,苍茫一片,一个人也没有。我放开喉咙,用最大的声音,背诵起来。

久有凌云志,

重上井冈山,
千里来寻故地,
旧貌变新颜。
到处莺歌燕舞,
更有潺潺流水,
高路入云端。
过了黄洋界,
险处不须看。

风雷动,
旌旗奋,
是人寰。
三十八年过去,
弹指一挥间。
可上九天揽月,
可下五洋捉鳖,
谈笑凯歌还。
世上无难事,
只要肯登攀。

朗诵完毕,我心潮起伏,毛主席的诗词横贯在我的胸中,那种气势和眼前的苍茫景象混合在一起,我怎么也不能平静下来,我激动得都有点热泪盈眶了。我的胸中充满了坚定的必胜信念。我觉得这个地方真是太好了。我直想扑在大地上去拥抱它。

我决定,在黄湾的每一天,都要到荒原来。

二十四

晚饭后,黄湾慢慢在夜幕的笼罩下睡去。

夜晚很清凉,可能跟这里大量的树、空旷的荒原和广大的田野有关。我点灯熬油,在灯下写了很长一段日记,又读了一会列宁著作,才睡觉。睡以前我开门到公路边解了个小便。夜非常深静。偏远荒僻的黄湾,四处都是清寂的虫鸣。虫鸣声此一声彼一声汇成一体,响得深远、和谐。我回到屋里,睡在床上。夜更深凉了,这时身上甚至需要盖上被单或小薄被了。黄湾愈加沉入厚实完整的自然里去,一点人工的声音都不存在了。

我睡得又深又沉。第二天早上天才刚亮,我顿然醒来,一点睡意都没有了。我起床洗了脸。时间很早,吃早饭还得好一段时间。我在公路边活动了一下身子。乡村清晨的空气干净清爽。公路上已经有一些农民在走动了。有一些拉板车的农民,车上拉着西瓜,往县城的方向走,他们中有男人,也有女人,有中年人,更多的是青年人。我看着他们走过去。我觉得他们生产队的革命和生产形势一定很好,这从他们不怕困难的坚毅面孔上能看得出来。公路上还没有汽车,也许太早了,汽车还没开动。我穿过公路,走进杨树苗林子里。我想看看清晨的杨树苗林和荒原是什么样子。

二十五

  杨树苗林子里凝重而清凉。夜里大概有很多露水,肥嫩的树叶上湿漉漉的。风也都被夜的潮气沾湿了,刮不动了,因此一点风都没有。我走在林间的小路上。小路被树苗挤得太窄,太矮,我不得不时时低头弓腰。即使这样,肥嫩的树叶仍不时扫在我的身上和脸上,每扫一次,我的身上和脸上都会增加一道湿湿的水痕,都使我觉得更沁凉。

  林子的深处传来咕咕的鸟叫。虫的叫声现在比较少了,比初入夜时少得多了。我向鸟叫的方向找去。走了几步,咕咕的鸟叫声改变了方向。我站住听了一会,就向新的方向找去。走了几步之后,咕咕的鸟叫声又改变了方向。我知道我不可能找到它们了。我径直向荒原的方向走去。树林很快就走完了。面前一亮、一阔,荒原又一次出现在我的面前,荒原真大,真宽畅。我的心里舒坦极了。我伸开双臂,做了几个深呼吸。荒原上的空气也是湿漉漉的,有一些很薄的小雾,在这里、那里聚成一片。

  荒原上还是一个人也没有。我决定在荒原上跑步,这一方面是锻炼身体,另一方面也是抒发革命激情。

  我跑了起来。

  开始我跑得较慢,活动开了,我跑得就快了。拐过水洼,穿过草地,我跑到昨天走过的小毛路上,就顺着小毛路一直往荒原的深处跑去。咕咕的鸟叫声在荒原上的某些地方也响起来了。

鸟大都在沙地上、草丛里咕咕地叫,唱着晨曲,很少有飞起来的。偶尔有起飞的,也扑噜噜显得很深重。东边的天上青白了一片,朝霞可能很快就要升起来了。荒原上的薄雾在悄悄地流动着,细微细微的风慢慢滑动起来。我跑出了汗。我来到小沙河边,停住了脚步。抄起小河中的水在脸上洗了洗。朝霞马上就出来了。我向着东方走去,去迎接朝霞的到来。我在荒原上尽快地走着,不时"啊啊啊啊"地对着荒原、天空大叫几声,我还不时伸直双臂在空中挥动,像是要拥抱天空的样子。

朝霞终于升起来了,五彩缤纷,气势非凡。荒原上的薄雾很快就散掉了。我在荒原上活动了很长时间,觉得快到吃早饭的时间了,我才恋恋不舍地往回走。我穿过杨树苗林子,走上公路。公路上有汽车的声音了,一辆长途客车和一辆解放牌货车开过去了。

在穿过公路时,我又给自己增加了一条决定:每天早晨都要早起,到荒原上去跑步,锻炼,不准睡懒觉!

二十六

但是,吃过早饭,我准备好本子和笔,正打算到青苗石去,公社的通信员小宋找来了。

小宋留着和我一样的小平头,年龄也跟我差不多,但是他的个子很矮,大概只有一米六左右。他一进门就说:"你是县里来的陈军呗?"我说:"就是的。"小宋说:"俺是公社的通信员。"我连忙说："你是小宋呗?"他点点头。我俩拉拉手。小宋说："刚才县知青办打电话来,说情况有些变化,叫你立刻回去。"我有点吃惊。我说："县里也没讲啥事?"小宋说："电话里没讲,只是讲会议可能推迟了。叫你上午就回去。"

我马上把书包收拾好,结了账,出门在公路边等车。一直等到快中午,才坐上车回到县城。

二十七

下了车,我吃惊地发现,和昨天上午我离开时比较,县城里的气氛完全不一样了。虽然天气很热,但街上的人明显比以往多。大街上贴了许多标语和大字报、小字报,有些标语是由一整张纸上写一个字组成的,十分醒目。标语上写着:

千万不要忘记阶级斗争!
阶级斗争是纲,其余都是目!
思想上政治上的路线正确与否,是决定一切的!
把批林批孔运动进行到底!
人人口诛笔伐,个个挥戈上阵!

街道两边不间断地有人在围着看大字报和小字报,人们在行走时也三三两两地议论着,有两个工人模样的行人,边走边说："就是要发动群众,发动群众才能彻底揭开阶级斗争的盖子!"

我非常兴奋。虽然我还不知道是怎么回事，但我已经感觉到了扑面而来的硝烟和炮火。我走着，看着，听着，来到了县委大门外。这里人更多，都三五成群地聚在一起。

县委大门口的一段街是老街，五六十年代种的两排梧桐树，现在已经长得枝繁叶茂了。树两边的墙壁上，贴满了标语、大字报和小字报。梧桐树树干上也贴满了红色、绿色和白色的标语。我挤进人堆里看了一眼，大字报的标题十分醒目，题目叫：彻底揭开我县阶级斗争的盖子！围观抄写的人都全神贯注，也都很认真、很严肃。

看了一小会，我恋恋不舍地走出了人群。因为已经是中午了，我怕知青办下班了找不到人。我进了知青办的小楼。没想到知青办里还有不少人。知青办的会议室里，有几个人正铺开纸用毛笔写字。我来到办公室，丁秘书也没走，他一看见我，就站起来招呼我坐下，直截了当地说："小陈，咱们县，咱们省，以至全国的形势都发展得很快。县委通知，知青先代会推迟召开，你们先住下，还是住在凤凰饭店里，下一步咋办，等研究以后再决定。"丁秘书说得很快，他一点都没笑，我也被他的神态和口气感染了。我感觉到问题很重大。我问："他们几个回来了没有？"丁秘书说："差不多都回来了。"我说："那俺就先过去了。"丁秘书说："你先过去吧。先好好休息休息。"

二十八

我回到了凤凰饭店。他们几个除蔡家生以外,都回来了,正在屋里谈得热火朝天。我一进去,郑小江就说:"啊哈,陈军回来啦。没吃饭吧?赶紧去吃饭,食堂快关门了。"

我放下包去吃了饭,回来后大家还在眼明耳热地谈着。我说:"哎哎,到底咋回事?一回来就变样了。"张新华说:"运动开始了。"李孟一说:"这一次真是轰轰烈烈了。这次一定能把批林批孔运动推向一个新的高潮。"郑小江说:"以前都是'所谓'的群众运动,都是'所谓'的发动群众,这次是真正地发动了群众。咱们县的阶级斗争盖子一直捂得铁紧,这次一定要轰开!"袁志强说:"对,一定要轰开!"

听了他们的话,我身上的血早热起来了。我捶了一下床说:"走,咱们先上街看大字报去!"郑小江说:"对,看大字报去!咱们不能老窝在旅社里当中间派、老好人!"大家群情奋发,说走就走,每个人都拿了本子和笔,噔噔噔到了街上。街上太阳晒得很热。走了几步,看见有一个卖冰棒的站在路旁,袁志强问:"冰棒咋卖的?"卖冰棒的说:"三分钱一根。"袁志强买了五根,一人一根,大家得到补充,热情更高,一边吃着,一边一鼓作气走到了县委大门口。这时已经是下午了,县委大门口的人正在增多,有工人,有农民,有干部,有学生,有商店营业员,各行各业,一齐上阵,不时有三五人,或五七人,从街外奔来,把大字报、小字报或者标语刷贴在墙上。刚一贴上,立刻就会围上一圈人,大家边看边议论,还有匆匆摘抄的。

我们挤在人群里,一边看,一边拿着本子抄录标题和要点,一会就被挤散了。我一会在这堆人里,一会在那堆人里,我觉得形势发展得真快,要是在乡下,就不会看见了。到下午四五点钟的时候,街头的广播喇叭突然都响了。我一听就知道有什么情况。因为从时间上来说,现在不是第三次播音的时间,广播喇叭不正常地响了,一定有事。街上的人都严肃认真极了,各自站在自己的位置上,一动不动,侧耳聆听广播喇叭里的话。

原来这是县广播站转播省广播电台的节目。省委要在会上做深刻检查,检查在这次批林批孔运动中犯下的方向性、路线性错误。会议还没开始,播音员反复地播送着毛主席语录:

伟大领袖毛主席教导我们:这次无产阶级文化大革命,对于巩固无产阶级专政,防止资本主义复辟,建设社会主义,是完全必要的,是非常及时的。

思想上政治上的路线正确与否是决定一切的。

路线是个纲,纲举目张。

千万不要忘记阶级斗争。

形势大好的重要标志,是人民群众充分地发动起来了;从来的群众运动都没有像这次发动得这么广泛,这么深入。

播送毛主席语录的时间很长。在这个过程中,我旁边站着的几位戴工宣队袖章的人,小声地议论起来。有一个说:"省城的运动发展比咱们这里快,铺天盖地都是大字报、大标语。揭省委的阶级斗争盖子,也揭得大胆、彻底。省里没有哪个工厂、单位不上街的。现在的规模,就跟"文化大革命"初期一样。""听说都是点名道姓的。""都点名道姓。某某某,犯了什么错误;某某某,迷失了政治方向;某某某,是林彪死党。激烈得很。阶级斗争嘛,就是不能温良恭俭让!""对,绝不能手软!"

我站在旁边认真地听着,心里激荡着一股奇特的感觉。有一种非常强烈的冲动和愿望。大街上到处都是人,黑压压的。我感觉这么多人聚合到一起,就有了不可战胜的力量。任谁也无法阻拦!

二十九

下午五点半左右,省里的大会开始了。

省委在大会上做了深刻的检查,并且接受了各单位代表对省委所犯方向性、路线性错误的批判。其中有一位代表,发言干脆利落,直指要害,火药味特别浓,让人听了心里痛快淋漓,倍受鼓舞。大会还没结束,袁志强、李孟一和郑小江就挤过来了。他们一见我就说:"陈军,到处找你。群众运动轰轰烈烈,咱们不能袖手旁观呀!"我跟他们想的一样。我说:"对,咱们一定得参加!"袁志强说:"咋样参加?"我说:"写标语,写大字报。刚才俺听几个人讲,省城运动发展得很快,都是指名道姓。"郑小江说:"咱们也得指名道姓。咱县的阶级斗争盖子还是捂得铁紧,不行!一定得砸开!"李孟一说:"向汪余农开炮!"我说:"对,向县委开炮！向汪余农开炮！"郑小江说："猛烈轰击汪余农的修正主义路线！"袁志强说："干！"四个人情绪激昂。我们又找到了张新华，一谈，一鼓动，大家的意见完全一样：决不能袖手旁观，立刻向县委开炮！张新华说："说干就干，上哪找纸笔去？"郑小江说："咱们现在是知青办的人员，就上知青办去要。"我觉着郑小江说得对。我说："对，知青办应该支持咱们参加群众运动。"袁志强说："走，咱们上知青办去！"

我们五个人一窝蜂地进了知青办的小楼。丁秘书、乔主任以及知青办的不少人都在。

郑小江迎头就说："乔主任，丁秘书，刚才省里的大会都听到了吧？"乔主任说："都听到了。"丁秘书说："还做了笔记。"我说："运动发展得很快，群众都发动起来了，俺们不能袖手旁观！"袁志强说："知青办支持不支持？"乔主任说："坚决支持！"丁秘书说："俺们知青办也参加了群众运动，大家的革命积极性都非常高！"李孟一说："俺们需要毛笔、排笔、纸和墨汁。"乔主任说："都有，都有，要是不够用，再去买。"丁秘书说："俺现在就去买一些来，今天中午文具店就没有纸了。"乔主任说："会议室的钥匙也留一把给你们。"丁秘书从裤腰上把钥匙解下来，袁志强说："哪个拿着？"我说："你拿着吧，咱们晚上就在这里干。"郑小江说："对，晚上就在这里干了。"

三十

一切安排妥当，我们五个人就去了会议室。

会议室里有纸,有笔,有墨,有糨糊,有大会议桌,还有不少藤椅。我们占据了这个地方,都兴奋极了,准备彻夜长干。李孟一说:"咱们还得派人去打点饭来吃,夜里争分夺秒,就没有时间再出去了。"张新华说:"那俺去吧,保证大家满意。"袁志强高呼:"乌拉!"张新华出去了。不到二十秒他又回来了,后头跟着一个人。张新华大声宣布:"俺们又增加了一个生力军。"大家一看,原来是蔡家生到了。大家高兴得不得了。我说:"家生,城里大变样了吧。"蔡家生说:"旧貌换新颜,简直不敢相信自己的眼睛。"郑小江说:"形势发展得很快,慢一步就落后于时代了。"袁志强说:"来,一块干吧!"

我们很快做了分工。蔡家生和李孟一毛笔字好,他俩义不容辞地负责抄写,剩下的人拟标语口号和大字报内容。刚分好工,丁秘书和知青办的另一个工作人员,送来了两大卷红纸和几张白纸。大家都"噢噢噢"地欢呼起来。丁秘书他们走了以后,整个小楼上就我们几个了。我们围在大桌子旁边。袁志强说:"咱们写啥?"李孟一说:"写一般的标语口号和大字报,也没啥意思了。"我说:"咱们就指名道姓,向县委开炮。"郑小江说:"向汪余农的修正主义路线宣战!"袁志强说:"好,俺记下来,这就算是一个:向汪余农的修正主义路线宣战!"我说:"汪余农向革命群众检查交代!"袁志强说:"好,汪余农向革命群众检查交代!"他又记下来了。李孟一说:"坚决撬开县委的阶级斗争盖子!"袁志强说:"'撬'字用得好!"又记了下来。郑小江说:"坚决打倒修正主义路线在我县的黑代表汪余农!"袁志强又记了下来。这边议着,那边蔡家生和李孟一已经铺开纸,蘸上墨,挥笔写了起来。

正议着,写着,张新华进来了。他端着两个大脸盆,一个脸盆里是馍和筷子,另一个脸盆里是菜。张新华一进来就叫道:"外面更热火啦,到处都是人。"郑小江急急地问:"形势有没有新发展?"张新华说:"有新发展。一日千里!"我们都有点急了。我说:"咱们赶快去看看,不然就跟不上形势了。"李孟一说:"干脆咱们把写好的带出去贴上,给斗争的火焰添些柴草。"大家都说好。拿了标语口号,提了糨糊桶,一齐涌出门来到了街上。

县委这附近是县城的中心,天正微微地往黑里去,街上到处是人,男的,女的,高的,矮的,年纪轻的,年纪大点的,火热得很。大部分人都挤在一起看大字报、小字报,看标语,连热都忘了。有几个工人装束的人,大概是怕路灯不够亮,正爬在树枝上挂大电灯泡。袁志强说:"咱们赶紧贴吧。""贴!"我们找好一块对着三岔路口的地方,看好大小尺寸,蔡家生和袁志强刷浆糊,我们余下的几个人往上贴。

我们这边才一有动作,身后立刻围了一圈人,贴上一个字,大家自发地念一声,全部贴完了,大家也念完了,人群里还有人"噼里叭啦"地鼓掌。我们每个人都激动得不得了。袁志强脸都白了。张新华满脸发红。我们抽身出来,心里还激动得怦怦直跳。

出来后我们沿街浏览了一遍。形势的发展果然很快,街上贴的标语已经跟下午贴的完全不一样了。街上新贴的标语上写着：

彻底揭发、批判×××(副主席)、×××(省委书记)在我省推行的修正主义路线！

打倒林彪的黑干将×××(副主席)！

林彪死党×××仓皇出逃苏修,被我人民解放军逮捕并押送北京处理！

街上还有不少漫画像。

我们转着看了一圈,发现在汪余农的问题上,我们是走在前头的,心里很有点自豪。李孟一说:"咱们还不算落后。"袁志强说:"真来劲!"我说:"越看越来劲!"我们一边看,一边议论纷纷的。我们从县委大门口看到文化馆,又从文化馆看回来。掌握了形势发展的新动向之后,大家的情绪更加高涨了。郑小江兴奋地说:"咱们回去继续干吧!"大家立刻都同意了。"不过,"张新华说:"咱们回去的第一件事是先吃饭,吃完饭就更有劲了。"这个提醒太好了,我们不由都"嗷嗷"地叫了起来,惹得大街上的人直看。

三十一

我们一直干到深更半夜,晚饭剩下的馍也都在夜里被吃光了。会议室里是大电棒,一夜通明。

半夜时,外面安静了一些,我们不时有人出去到街上转一圈,看街上有什么动静,有什么新的进展。外面街上一直有人在看、在抄,每一个出去又回来的人都带来一股新的精神力量。我也出去跑了一圈。城市就像个不夜城一样,夜游的人特别多。回来后我又继续开始工作了。我说:"要在家早睡着了,现在一点都不困。"袁志强说:"革命行动就是能激发人的热情。"我们都觉得袁志强的话像诗歌。也都觉得他的话说得很对。

我们嘴里说着话,手里却在不停地干事。气氛紧张而有秩序。我感觉我好像从来都没有经历过这样的集体行动,大家心情专一,团结一致,所以工作起来格外有精神。

半夜以后,街上似乎安静了。窗外起了一阵阵的小风,暑热也消退了不少。

三十二

天快亮的时候,我们靠在椅子上稍稍迷糊了一小会,但很快就被窗外的喧嚷声吵醒了。

天已经亮了,知了在树上叫着,天晴得发白。郑小江把我们都喊醒了。郑小江说:"这样早,外面在叫啥?"李孟一说:"哟,天不早了,咱们赶紧出去看看,正好也把大字报和写好的标语带去贴出来。"我们跳起来就到走廊上的水龙头那里洗脸刷牙。张新华说:"肚子饿得咕咕叫,早饭咋吃?"李孟一说:"早饭不好带,稀饭、咸菜一碰就洒,不如咱们贴过大字报,回凤凰饭店吃。"我说:"就是不知时间可能来得及。"袁志强说:"咱们贴过了就去吃,吃过了再回来干,不吃饭真受不住,俺肚子饿得直发瘪。"

我们前后相跟着出了小旧楼。真没想到,楼外的大街上,墙边,树下,已经人头攒动,喧喧嚷嚷了,大字报和大标语从墙角一直贴到两人多高的墙上,有的标语和大字报,把临街的窗户都糊住了,地上也贴了不少。我们出来的时候,还有不少人正蹲在地上挥笔书写。标语和大字报的内容也跟昨天晚上不一样了,比昨天具体多了,主要是揭县里的阶级斗争盖子的。

我们在街上走了几步,郑小江说:"坏了,咱们的标语和大字报,都有点保守了。"蔡家生说:"真没想到运动发展得这样快,人民群众一发动起来,啥势力也阻挡不住。"

县委大院旁边的墙上,齐刷刷贴了一溜新的大字报,这是五张纸的连续性的大字报,大字报的黑标题是:

揭开修正主义黑干将汪余农的丑恶嘴脸!

我们没及细看,但觉得这是一颗重型炸弹,心里不禁暗暗叫好。大字报的旁边贴了一条大标语,上书:

县委的老爷们滚蛋吧!

看到的人都觉得很过瘾。还有一张大字报的标题是:**讨汪**

檄文!

在县委对面的街墙上,除了一些大小字报外,不知是谁辟出了一块专栏,上面贴着一些退工申请书和上山下乡申请书。退工申请书上都详细地写着自己用不正当的关系当上了工人,或参加了工作的情况,对自己进行了批判,并且坚决要求退掉工作;上山下乡申请书都写得慷慨激昂,决心要做反修防修的尖兵,响应毛主席的号召,立刻到农村去,打起背包就出发,决不讲半个条件!围观的人都看得激情澎湃,不能自已。专栏的外面新贴了一张很大的红纸,上面写着一个通知。通知说,上午九点整,县工会在县委大门口召开群众大会,县委、县革委会的头头汪余农等人,将在大会上做检查。李孟一说:"咱们赶快贴了大字报去吃饭,吃过饭来参加群众大会。"

三十三

上午八点钟,我们六个人赶到县委门前大街的时候,那里已经人潮汹涌,川流不息了。大小字报和标语沿街一直往四外辐射出去。跟早上相比,又出现了很多新贴的大、小字报和标语,现在的斗争矛头大部分都直指汪余农等人。天热,人热,心热,人人心里都像揣着一团旺烧的火。我们置身于这种火热之中,已经忘记了个人的存在。我们挤在人流中,这看看,那看看,开始还互相呼应着,但后来不知不觉就被冲散了。

我被人流带到离县委大门不远的地方。我想,这么多人,找郑小江他们不太可能了,我先自己看吧。我从身上掏出小本子和笔,一边看,一边抄,一边听别人的议论。在百货大楼的南墙上,我看到一张写法很特别的大字报,我不知不觉就被它吸引了,一口气把它读完。

工人同志们,刚才咱们柴油机厂的书记老宋同志说:"请县委书记汪余农同志给大家讲话,一定要注意听。"这话不妥当吧。咱们不要论职位高低,谁讲得对,咱们就认真听谁的。

今天这个会,名字叫:大干快上动员大会。可它的实质呢,是某些厂领导在县委个别人的支持下,想歪点子,要走资本主义道路,要搞"物资刺激"。怎么刺激?他们的法子是看产量给钱。这样一搞,质量肯定会下降,你任务完成了,可废品一大堆,有啥用!

说到这里,俺倒想起了一件事。六二年,俺去沱河下游一个村子办一件事。那时候,正当刘少奇一伙推行资本主义路线的高潮,这个队顶住了邪气逆风,决心大干社会主义。为了更好地发展生产,他们打算买一台柴油机。柴油机在农村的用处是很大的。当时队里底子薄,资金成问题,可广大社员说:"这有啥了不起,干社会主义还能被这点小困难吓住?缺资金,咱们大家凑!"广大的社员,为了干社会主义,把一切资金来源都调动起来了,一个白发苍苍的老大娘,手端着几个鸡蛋,硬往队长怀里塞:"收下吧,你就收下了吧,买来了机子,好好地干哇,要不,咋对得起毛主席,咋对得起共产党哪,是毛主席、共产党把咱们救出苦海的呀!"像这样出自心窝里的话,像这样的老大娘,有很多很多哇!资金凑够了,满村的男女老少都涌到了村头,给买机子的人送行。很久很久,他们都不肯离去。他们怀着一颗怎样的心呀!

当时,只有咱们这个厂生产柴油机,那时候,厂领导执行了县委的资本主义路线,也是搞的"物质刺激",出了很多废品,那个村的柴油机,就是从咱们厂买的。他们买走的,是个废品哪!

庄稼人失望了,他们看着那台停停转转,转转停停的柴油机,心都要碎了。伤心哪!社员们一腔的热情被扑灭了,但是继之而来的,是更大的干劲,这干劲,是由对资本主义路线的痛恨转化而来的!

(云水怒)

三十四

正抄着,看着,突然有一行大字标题进入了我的眼帘,标题是:彻底砸烂磐城县公安局!彻底揭开磐城县公安局的阶级斗争盖子!字体很熟。我猛地有了一种预感。那个贴大字报的人贴好了正要转身离去,我定睛一看,果然是刘新民。我脱口就叫了一声:"刘新民!"

刘新民显然吃了一惊,转着头四处看。我扑上去抓住他。我说:"刘新民,你咋来了?"刘新民兴奋得很:"来贴大字报。"他用手指指刚贴好的大字报。我使劲拍拍他的肩膀:"太好了,你也来参加俺们县的群众运动了!"

我们往街边站着,点了根烟吸。刘新民说:"哎,陈军,钱丽的事你知道了呗?"我说:"才听说。你俩咋搞的?"刘新民吐了口烟说:"她叫人害了。"我说:"咋叫人害的?"刘新民说:"也不怪。谁叫她勾引野男人的,活该!"我想起了我那天的假想和验证。我说:"你咋知道她勾引野男人的?别胡扯了。"刘新民有点发急,他赌咒发誓地说:"骗你俺就不是人,俺亲眼看见的。"我一点都不相信,我说:"你咋能亲眼看见?"刘新民说:"有一天晚上俺上她那去,俺敲了半天门她都不开。俺趴在窗户上往里一看,里头床边上有两双鞋。"我马上就想起那个破案的故事。我说:"你没看花眼呗?"刘新民说:"俺哪能看花眼,男人的鞋跟女人的鞋差哪去了。另外,她队里的人也跟俺说过,说有几个男的三天两头来找她,有时候晚了就不走了,在屋里嗷嗷叫。那是干啥?"刘新民说着说着就气起来了,嘴里"吭吭咔咔"的,不干不净地骂。听了他的话,我也有点生气。我说:"她哪能这样!"不过我又有点不明白。我说:"嗷嗷叫干啥?"刘新民气呼呼地说:"浪呗!"我说:"她这样不要脸!"刘新民说:"可是磐城县公安局真差劲,一直怀疑是俺害的她,又上俺县里调查,又上俺大队开座谈会,又上俺庄里取证,弄得俺都不能混。"

刘新民越说越激动,说到后来又有点得意的味了:"俺不是吹的,俺在旗杆生产队,第一年评劳模,第二年入党,没有人说个不字,俺那几天哪天都跟社员在一块干活,半天假都没请,出事那天晚上,你还记得呗?俺在你家吹牛,你们队长也在,俺们一直吹到夜里十二点多,俺才回去。再讲了,俺就是有天大的本事,也不能打你那走了,去作了案,再连夜赶回去。四点多天就亮了,三四个钟头,一百三四十里地,又是半夜三更,俺坐飞机去?"

听他这么一讲,我突然就有点反感,有点气了。也不知道是为的什么气的,反正我心里突地就烧上来一团火。我脸红脖子粗地叫道:"胡卵扯!你讲别的俺不跟你抬杠,你咋来不及!"刘新民被我吓了一跳。但他也马上粗门大嗓地叫了起来:"俺就来不及!你咋知道俺能来及!""俺试过一回!""俺那是半夜!""俺也是半夜!"我俩叫过了,都各自呼噜呼噜地喘粗气,吸烟。吸了几口,刘新民看也不看我,说:"俺走了。"转身推了自行车就走了。

我一动没动,还是低着头站在原地吸烟。我知道,这一次刘新民肯定是恨死我了。但我也不怕他。要是讲打架,刘新民虽然也怪结实的,但他绝对不是我的对手。有一回我们几个人聚在速州小隅口的一家饭店里喝酒,刘新民喝得不多,就想耍酒疯,摔盘子砸碗的,我气得站起来先给他来了个双凤灌耳,然后一把把他提起来摞出去老远,啪的一声摔醒了,再也不敢多说半句废话。

但是现在我的身边连个打架的对象也没有了。我的脑袋里一片空白。这几天经历的事又都翻了个个子,乱搅和。我找个墙根蹲下来,又接上一根烟吸着。心里纷乱如麻。

三十五

九点钟的检查会我一点也没听好。我站在离县委大门口老远的地方,半听不听地听着喇叭里的声音,看着天上的云彩,心里乱七八糟的。

检查会时间不长,九点半开始,十点半就散了。人都往四面八方走,我却拿不定主意往哪里走。我就在街上乱晃,情绪很低。我想,要么就往文化馆那边转吧。我就开始往文化馆那边走。刚走到新华书店门口,有人从后面拉了我一把。我回头一看,原来是刘新民。刘新民说:"陈军,咱俩吵个啥。"我心里还是乱糟糟的。我捎着头没说话。我也不知道说什么话。刘新民说:"陈军,弄啥弄啥,有啥不高兴的。咱俩上饭馆喝一盅去,上回你请俺,这回该俺请你啦。"说着他拽着我的胳膊就走。其实我也没有什么。我俩在光明饭馆里坐下。刘新民要了一盘花生米,一盘热炒肉丝,一盘凉拌豆腐,半斤白酒。我说:"今个的酒菜钱俺出。"刘新民说:"胡卵扯啥。"

酒就是那种红芋干子酒,喝在嘴里苦尾子重。在乡下也都喝的这种酒,五毛钱一斤,乡下红白喜事,都拿脸盆一盆一盆地打。我俩闷着头喝。刘新民说:"你在城里做啥?"我说:"知青办抽俺来写材料的。"刘新民说:"啥时候回去?"我说:"俺也说不准。"喝了一会酒,心里头舒坦多了。外面天上起了云彩。很多人在门口的街上走来走去的。我说:"你打算啥时候回去?"

我说的是回速州。刘新民说:"俺打算过十天半个月回去,天再热乡下就不能过了。"我说:"回去能见到沈鹏飞呗?"刘新民说:"回去就能见上。有事呗?"我说:"叫他给俺拿几个信封,留俺写信用。"刘新民说:"那管。"

三十六

喝过酒,天上的云彩又散了。跟刘新民分了手,我就回知青办了。

上午火热了一个上午,中午天热,人就少了一些。我上了知青办的小旧楼,里头静悄悄的,一个人影也没有。我想他们肯定都在凤凰饭店。我回到凤凰饭店,上了楼一进门,见五个人都瓜样地坐在屋里。我说:"出啥事了?"袁志强说:"陈军你上哪了?"

我说:"叫刘新民拽去喝酒了。"袁志强说:"知青办叫咱们几个先回去,说会暂时不开了,等定下来开了,再通知咱们。大伙正商议这事。"蔡家生说:"俺觉得老在这也没啥意思,俺今个下午就回去。"李孟一说:"回去就回去,俺想回蚌埠老家一趟,夏天在乡下受罪,再说活又不多,回去还能在淮河里泡泡。"郑小江说:"要回去你们回去,俺要在这里坚持斗争。现在运动的发展到了关键时刻,俺不能在关键时刻离开。陈军你说呢?"我正低着头吸闷烟,情绪一点也不高。我说:"俺心里很乱。"袁志强说:"那住哪里?知青办叫咱们回去,就不会再给咱们包房间了。"张新华说:"就是,吃住是个问题。"郑小江说:"是啥问题?是咱们思想里有问题。咱们是参加群众运动的,知青办反对群众运动,就坚决砸烂它!"

议论到最后,除了郑小江以外,大家都决定回去了。看样子郑小江真生气了,他拿了自己的包就出去了。临出门时他往屋里甩了一句话说:"你们都是逃兵!"我们谁也没回他。郑小江噔噔噔就走了。

我们又说了一会话,抽了一支烟,然后都拿着自己的东西离开了凤凰饭店。

三十七

出了饭店的人门我们就分手。

我一个人往南关走去。街上人还不少,但我现在对这些也没有太大的兴趣了。我一直走出城,走到郊外,走到了回村的路上。太阳很毒。路都晒得发烫。但视界倒看得很开了,景观也比城里清亮了许多。我使劲吸了几口气,又使劲吐出了几口气。我一直往新汴河的大河堤走去。夏天这时候就不比春天了,人在太阳底下停不住。我走得很快,路上一个人也没有。

三十八

我回到庄里的时候,天色还早,大约就在下午两三点钟。夏日酷热。乡下出工也晚,庄里的男人大都在有穿堂风的堂屋或树荫底下睡觉。女人有睡的,也有仍忙活着的。

我进庄的时候,队长良元睡觉才醒,正坐在屋里的地上,点火吸下午的第一口烟。他看见我从村里发白焦干的路上走过,就把刚点着的烟从嘴上拿下来,招呼我说:"小陈,回来啦?"

我在发白焦干的村路上站住。烈日倒在我的头顶上,把我的头皮都烤干了。我站在路上说:"回来啦。"庄里又静又热,鸡不跳狗不叫风箱不响。良元站起来,一歪一晃地走出屋门,一边走一边说:"咋,会开过啦?没听广播里说过。"我站在路上等他。路都发烟发火,烫得脚底板子发麻,其实我还穿着解放牌球鞋,脚跟路还隔一层鞋底呢。我说:"没开,推迟啦。"良元说:"咋推迟啦?"我说:"县里搞运动,推迟啦。"

说话时,良元已经快走到我跟前了。良元说:"搞啥运动?可还是批林批孔?咱这五六天也不来报纸了。"我说:"就是批林批孔,又深入了一大步。"我俩相跟着往我的房里去。进了院,开了门,屋里有些阴凉,就是有点霉味了。我说:"小冯这家伙真能过,到现在还没回来。曲霞可回家了?"良元说:"曲霞也回家了,讲过了这个月就回来的。"我甩了一支烟给他,他靠着门板蹲下,说:"咱庄又下来一个知青。叫云梅,是俺一个远房表姐家的。"我说:"就这几天下来的呗?人哪?"良元咧嘴笑着说:"才刚下来,就叫公社宣传队抽走了。"他跟着又说:"听讲县里头热闹得很,把汪余农都揪出来啦,可是真的?"我说:"是真的,中央揪出了×××,省委揪出了×××,县委揪出了汪余农,今个上午汪余农才在群众大会上做过检查。"

庄里出了一点小小的闹动。一只狗不太愿意地咬叫起来,另一只狗跟着咬了两声。第三只狗只咬了半声就咽回去了。天热,狗都不咬了。一个货郎挑子拨啷啷啷地响着进了村,越响越近,越响越远,响了一阵子就听不见了。我说:"下午干啥活?东北湖稻地的水还抽呗?"良元说:"你先歇歇。"我说:"歇啥?又不是七老八十。"良元说:"那你去。俺叫胜元上大田干活去,他正不想看机子哩,嘟噜几天了。"

三十九

我擦擦床,洗把脸,喝了一缸子凉水,脱了鞋,打了赤膊,就出门往东北湖稻地去了。

田野里有点热炕炕的风。我光头露体地走在大太阳底下,叫日头暴晒着,倒觉得舒坦。田地里的庄稼,虽都呈了晕相,长得也还不差。到了东北湖稻地,学有正抓了一把稗草在水里擦锹,见我来了,他有些意外,张着嘴说:"小陈,你咋来啦?不讲你还得十天半月才得回来?"我说:"会现在不开了,啥时候开,啥时候再通知。"学有说:"县里头热闹呗?"我说:"热闹。都是人。"学有说:"城里演的啥片子?"我说:"朝鲜的片子,叫《卖花姑娘》。"学有说:"咱都看过两三遍了。"

闲拉了一会,学有就回庄了。

我看看机子,看看水稻,看看水沟,一切正常,就离开机子到路边那棵小树下躺着了,仰面看天上的云彩。

天上的云彩都淡白轻薄。我觉得我现在完全轻松了。我又回到我熟悉的地方来了,心里有一种整整齐齐的感觉。小树的树影越拉越长,我已经挪了好几次了。我想起了我和春梅在这棵小树底下吃香瓜的形状。暑气开始退下去了,田原里庄稼的浓厚气味渐渐涌过来了。我起来给机子加了一次油。北边的大堤上有个孩子爬在树上叫道:"呱,呱,大鸟来啦!呱,呱,大鸟来啦!"我抬头往天上望望,天上啥也没有。毛孩子诓人哩。但他一个劲不歇气地叫:"呱,呱,大鸟来啦!呱,呱,大鸟来啦!呱,呱,大鸟来啦!呱,呱,大鸟来啦!……"也不嫌累。

太阳眼见着就落下去了。远处田野里的人声清楚了许多。麻雀从那个小孩子叫的地方扑噜噜扑噜噜地飞过来,擦过头顶,飞到另一片树上去了。天上的云彩显得更轻更淡也更薄了。微风从薄云上吹下来,吹到人身上,人觉得很轻爽。风吹过稻地,吹过玉米,吹过高粱、大豆和红芋,吹到河堤的树上。这时一天里看不见的人好像突然都出现了。另外几个放牛的孩子,骑着牛打稻地的那一头过去。他们男孩女孩突然都歪着头叫喊道:"小陈,小陈,小陈啦,家来吃饭啦。"我挂着锹站在田埂上,有意绷着脸看着他们。他们看我看了,叫喊得更来劲了:"小陈,小陈,小陈啦,家来吃屎巴巴啦。"我看见他们都晒成了小黑蛋,都跟泥鳅一样。我不说话,只是瞪着眼吓唬他们。他们一点也不怕,叫喊得更来劲了:"小陈,小陈啦,家来吃……"跟唱歌的一样。

牛载着他们走远了。

太阳完全落下去了。看庄稼的大癞,抱着一床被单,打庄里过来,离稻地老远就喊:"小陈,小陈,去家呗。"我说:"咋啦?"大癞说:"天气预报讲,明后天咱这有雨,队长说夜里不浇了,你家去呗,机子俺在这看着。"

我拾掇拾掇,就吧嗒吧嗒地回庄了。

四十

晚饭后庄里都静了。我正要出去串门,良元来了,一进来就讲:"东头春梅要办事啦。"我说:"啥时候?"良元说:"也就三五七八十来天里呗。"我说:"噢。她对象可还是前庄的大道?听讲他俩还是办民兵学习班时谈上的。"良元说:"就是大道。就是前年办民兵学习班谈上的。"说了一会话,我俩就出去了。走在村路上站了一站,我说:"俺上庄里转转。"良元说:"你转去吧。"说完就回家了。

我往庄东的春梅家走。

我又拐在月亮河边上了。黑暗里有些东西在动。还是那些卧在地上的牛。牛看见有人过来了,都一吭不吭,默默地看着,半天甩一下尾巴。我一直走到了春梅家的外面。

春梅家已经吹灯睡觉了,漆黑一片。时候是不早了,庄里的人家也差不多都睡了。我站在暗影里,听着村庄和春梅家里的均匀的呼吸声,我好像又闻到了春梅的小棉袄的味道。我站了一会,就转身往回走了。我走回月亮河边,河边清爽爽的。我从那些牛的身边走过去,回到院子里。整个平原都睡了。我进到屋里,把凉床搬出来睡在院子里。可能是累了的原因,我头一沾床就睡着了。

四十一

夜里,我做了好几个梦,都是和春梅有关的。我觉得我始终和春梅在一起,有时候在麦地里,有时候在她家的庵棚里,有时候在洼地的水里,有时候在春梅的红木箱子旁边⋯⋯那种非常快活的滋味又来了⋯⋯我醒过来,身上黏糊糊的⋯⋯后来我又睡着了。早上醒的时候,湿了的裤头,已经被我自己的体温给焐干了。

卷二 云梅

一

在家里的几天，我一次也没见到春梅。听庄里的那些娘们说，春梅的日子已经定了，就在这几天了。他们家除了学家上工以外，别的人都没出来干活。我想他们一家肯定都在忙春梅的事。我塌下心来干活，我觉得打立夏以来，我已经丢失了不少好时光了。

那几天，晌午上工前，我不知不觉就走到了春梅家，我在她家屋里站站、蹭蹭，跟她娘或者学家说话，我一问到春梅，他们就说她走亲戚去了。在地里干活的时候，我就留意地头路上可有春梅走过去，但一次都没见到。春梅这趟亲戚走得真不短。

那些日子也没有多少正经活。庄稼都长起来了，但还没到收割的时候。下过雨之后，天一晴，我们就下地翻红芋秧子，或是打大蜀黍叶子。太阳又红火起来。地皮子很快晒干了。

在西北湖地干活时，我跟学有、冬梅离得比较近，干着干着，学有突然小声叫了起来："哎，小陈，冬梅，来吃香瓜。"我们过去一看，原来是地里长的野香瓜。野香瓜蔓子不长，瓜也结得不大，跟小孩的拳头差不多大，花皮花脸的，隐在庄稼棵子里，干活不干到跟前,都看不见。我们三个蹲下成一堆,一人揪了一个,拿手在瓜皮上抹一把,就啃了起来。

瓜还没怎么熟透,吃到嘴里有一股苦味,但越嚼越清甜。

老远的胜元几个人喊:"冬梅,你几个蹲那弄啥咪?"冬梅讲:"吃瓜呢。"一地的人都停住干活,往这边看。胜元那几个又喊:"吃啥瓜?"冬梅说:"吃野香瓜。"胜元又喊:"还有呗?"学有说:"还有瓜种。"地里的人都不讲话了。也都吃不上了。过一会儿,胜元老远地又叫了起来:"小陈,冬梅,你几个还吃咪,你几个可知道那野香瓜咋长的?"冬梅讲:"咋长的?拖秧子长的。"胜元讲:"是俺上年搁那拉屎,拉出来个瓜种长的。"说完了哈哈大笑。一地的人也都笑疯了。学有想骂他,又不敢骂,因为胜元的辈分比他长。学有对冬梅说:"冬梅,你骂他,你跟他平辈。"冬梅还是个大闺女,骂不出来,一听学有的话脸倒有点红了。冬梅讲:"这个死胜元,你跟他讲啥咪,啥不是粪长的?菜不是粪长的?粮食不是粪长的?他不吃粮食?"

地里的人都还在笑。笑过了,又开始干活了。

二

歇歇子我们是在新汴河堤上歇的。新汴河河堤上树凉荫厚厚的,树的底下有些地方长着草,有些地方就是白地。干活的人到了堤上,三个一群,两个一伙,占了一大片地方。还有不少是上了堤就睡觉的。堤上风呼呼的,凉快死了。

一上堤时,我跟良元歪在一个斜坡上讲话。我们歪的那个地方,往下能看见平原上的大田,能看见大片的田野里冒冒失失光亮闪闪的热量。讲着讲着,良元突然不说话了。我一看,他张着嘴睡着了。这时,堤上的人差不多都不说话了,除了几个在地上下泥棋的以外,也差不多都睡觉了。堤上静静的。我歪在斜坡上,看着下面大田里的庄稼。过一会儿,不知不觉的,我也睡着了。

才过到第五天,公社的管秘书托人带话来,说县里通知的,会议又要按期举行了,要我到县里去集中,叫马上就去。

我是晌午接到通知的。我穿上鞋就去了。

三

下午三点来钟,我进了城。正是热的时候,城里的气氛跟我离开时已经完全不一样了,甚至也可以说是截然相反了。就像一场暴风雨一样,来得快,走得也快,眨眼就变了,简直叫人不能相信。在街上走着的人都平静得要死,街上人也不多,没有一点紧张的气氛。墙上还留有不少标语和大小字报,但经过风吹日晒、小孩撕和雨淋,都显得很陈旧了。

我在街上迈着大步走着,吃惊地看着眼前的一切,很快就到了知青办。知青办还和以前一样,只是里面静悄悄的。我想看看会议室里是什么样子了,我直接就上了三楼。三楼会议室锁着门,我贴在玻璃上往里看,里面桌子和椅子都摆放得好好的,整整齐齐的,一点也不乱,地上也都打扫得干干净净的,墙上新贴了一些边框剪成花形的红字,上面写着毛主席语录:团结、紧张、严肃、活泼。

看了一会,我就下楼到了办公室。办公室都锁着门,只有资料室里有一个女的坐着在打毛线衣,我一次也没见过她。我说:"请问同志,丁秘书上哪去了?"那个女的抬头说:"丁秘书上县委开会去了。"我又问:"乔主任在不在?"那个女的说:"乔主任到宣传组去了,他现在是宣传组组长,你找他可有事?"我说:"俺是打阳光公社来的,俺叫陈军,知青办通知俺来写材料的。"那个女的噢了一声,站了起来:"小陈,你刚到的吧?"我说:"俺刚来。"那女的说:"你们还住在凤凰饭店里,已经来了两个了,你先去住下吧。"我说:"那管。"我对她点点头,转身要走,又想再问她一件事,就停住了又问她:"哎,乔主任到宣传组去了,那知青办主任叫谁当了?"那个女的说:"知青办现在还没有主任,丁秘书是副主任,他先负责着。"

我又兴奋又新奇,因为县城的变化太快了。

离开知青办,我一路大步着来到凤凰饭店。我对这里的一切都已经是熟门熟路了,进门到登记室一问,原来是张新华和蔡家生来了,他俩就住在三楼。我噔噔噔上了三楼,一推门,看见蔡家生和张新华正睁着眼睡在床上吸烟。我大叫一声:"张新华!蔡家生!"他俩一看是我,哗的一声坐起来了,同时叫道:"陈军!你来啦!"我把包往床上一甩,说:"你俩啥时候到的?"蔡家生说:"俺是今个上午到的,新华昨天傍晚就来了。"我说:"咋昨天就来啦?俺公社今天才通知俺。"张新华说:"你们公社肯定通知晚了。"我说："你两个等着,俺先洗把脸去。"

我噔噔噔噔去洗了脸,回来我说："这回像是有点冷清。"张新华说："跟上回一点都不一样了。"我说："咋不一样啦?"蔡家生说："县委书记换人啦,你知道不知道?"我吃了一惊。我说："俺只听说乔主任升宣传组组长了,丁秘书当上知青办副主任了,还不知道县委书记也换了。换啥人啦?"张新华说："打地区调来的,叫柯元吾。"我说："汪余农哪?"张新华说："汪余农调走了。"我说："哎哎,还有咱们的一份战绩吧?"蔡家生说："那当然啦!"张新华说："咱们的战绩不可磨灭!"蔡家生说："不过,咱们这次来写材料,情况也有变化了。"我说："有啥变化?"张新华说："李孟一回蚌埠了,通知不到;袁志强正在办回城手续,他家人不叫他参加了;郑小江也来不了了,知青办这次没抽他。"我说："为啥没抽他?"蔡家生说："上次咱们走了以后,郑小江跟知青办闹了一通,知青办就不叫他来了。"我说："这咋搞的?"我觉着见不到他们几个有点遗憾,但也没有办法可想。跟上次相比,这次有点冷清。

四

下午我们上街逛了一圈,晚上吃过饭没事又上街逛了一圈。我们往南一直逛到新汴河河堤上。新汴河里的水有点大。我们站在河堤上望了一会水,又坐下来吸了两根烟,然后我们就比赛谁往河里扔坷垃扔得远,每人扔四次。我有两次最近,两次最远,张新华有一次最远,三次中等,蔡家生有一次最远,一次中等,还有两次扔得看不见了,不知道是远还是近。

我们一直玩到晚霞半落,才从河堤上返回。

回来时我们不走大路了,我们拐到庄稼地里的小道上。一路上我们不停地扔坷垃头,我们看见一个目标,就轮流用坷垃头砸,看谁砸得准。目标有时候是路边的一棵柳树,有时候是地里一棵玉米上的棒子,有时候是一道沟坎子。有一次张新华还差点砸到了一只鸟。他使劲扔,坷垃头落下的地方,扑拉有一只鸟飞了起来,飞得歪歪斜斜的,还从它身上掉下来两根羽毛。我们三个人都怪叫一声:"砸住啦!砸住啦!"跟上就撵。鸟在前边贴着地皮飞,我们三个跟在后边又喊又叫又砸地直追。有两次我们都快逮住它了,都能看见它的眼睛了,但是很奇怪,它突然又能飞了,它先向下沉一下,然后一下子飞升起来,很快地飞走了,一直向新汴河河堤的树林里飞去。我们干瞪眼地看着它飞跑了。它往下沉的时候,我和张新华离它只有两三步远,我刚想往地下扑它,没想到张新华比我还快,他不顾一切地往前一扑,却扑了个空,扑了个嘴啃泥。这时我看得非常清楚,那只鸟的浅灰翅膀和羽毛一下子有劲了,就像充了气一样,一下子饱满了,也柔韧了,它一下子就斜升上天空去了,然后直向河堤的树林方向飞去。

树林那里像一道绿线。绿线和天、地的区别非常明显:绿线上是淡蓝的天空,绿线下是发干的庄稼地。我们三个都累坏了,不管三七二十一,扑通就在地上坐下了。张新华用手擦着下巴颏上的土星子,怒骂了一句:"K他娘!"我们就原地歪着吸烟。蔡家生说:"哎,你俩知道呗?当年项羽带着虞姬就是打这块走的。"我说:"知道,到东边虞姬墓就死了。"张新华说:"还说不准就是打咱们脚底下这块过去的哪。"蔡家生说:"那说不定咱们这几个人里头就能出个霸王。"我说:"霸王得出,不过结局也得改。"蔡家生说:"咋改?"张新华说:"改成不死。"我说:"改成不结婚。"张新华和蔡家生都赞成。张新华说:"不能让女人坏了大事。"瞎扯一通之后,我们也歇过来了,就爬起来,顺一道水沟往城里走。这条路不是我们来时走的路了。走着走着,前头一堵围墙挡在面前,小路顺着围墙拐走了。要是顺着围墙走,得拐老远。我说:"墙里头不知是啥地方,咱们翻墙过去看看。"他俩都同意。我们几下子就翻上去了,跳下来一看,原来是一个工厂的后墙,离墙不远有几间平房,平房门口有一个姑娘在洗头,头发有一个人的胳膊那么长。我们都不说话了,一个接一个从脸盆架子旁边走过去。我们走到了厂区,厂区没有人,到处都是大石头。张新华说:"这是啥厂?"我说:"看样子像大理石厂。"我们出了大门,看大门的老头也没管我们,连看都没看我们一眼。我们出了大门,原来已经到来时我们走的大路了。蔡家生说:"哈哈,条条大路通北京。"我和张新华说:"一点不假。"

五

第二天吃过早饭,我们按时到了知青办。丁秘书(我们还喊他丁秘书)对我们说:"你们几个先集中学习吧,新材料不少。咱们边学边等,等人都来齐了,再下去。"

知青办来了个新秘书,姓宰,是个女的,看样子比我们大几岁,白白胖胖的。丁秘书安排她领着我们学习。她先是进来了一下,又出去接电话了。蔡家生说:"俺知道她,她是咱县胖大头的闺女,工农兵大学才毕业的。"我说:"哪个胖大头?"蔡家生说:"水产公司的胖大头。"张新华说:"咋姓这个姓?听起来怪不舒服的。"我说:"她叫宰啥?"蔡家生说:"她改了好几回名字了。开始叫宰美丽。"我说:"这名字一股小资产阶级味。"张新华说:"再说宰美丽也不好听。"蔡家生说:"后来改了,改成宰红线了。名字一改就不对头了,你还能把革命红线给宰啦?"张新华说:"反动!"蔡家生说:"后来又改成宰四类。"我说:"'四类分子'该咋样处理,党中央会统一解决,她哪能发号施令!"张新华说:"就是的,她没有这个权力!"我说:"那她现在叫啥?"蔡家生说:"她现在叫宰铃铃。"张新华说:"这还差不多,宰零零,啥也宰不上了。"

不过宰铃铃对我们几个挺随便的,跟我们有说有笑,有时还讲点县里的事,学习气氛不怎么僵。学习的材料很多,一大摞,有省里编的,有地区编的,也有县里编的。学习的方法是,宰秘书先念一遍,再解释、辅导一遍,然后再一段一段地细学,学一段,我们谈一次体会。我们学的第一篇文章是梁效的《必须实行无产阶级对资产阶级的专政》。

文章说:

> 在党的基本路线指引下,经过"无产阶级文化大革命"和"批林批孔"运动,我们摧毁了刘少奇、林彪两个资产阶级司令部,批判了他们的反革命的修正主义路线,粉碎了他

们复辟资本主义的阴谋,进一步加强了无产阶级专政,促进了社会主义建设。但是,我们必须看到,阶级斗争和路线斗争仍将长期进行下去。被推翻的剥削阶级还不甘心自己的失败,他们还在梦想着恢复自己已经失去的天堂;由于阶级和阶级斗争的存在,由于资产阶级法权的存在,由于资产阶级的影响和腐蚀,除了在小生产者中和仍然保持着小生产者的习惯的一部分农民中还会产生资本主义和资产阶级以外,党员中的一部分,工人中的一部分,机关工作人员和知识分子中的一部分,还可能产生新的资产阶级分子;无产阶级中,机关工作人员中,都有发生资产阶级生活作风的;意识形态领域里的阶级斗争更是长期的复杂的。如果不坚持无产阶级专政,不坚持无产阶级专政下的继续革命,资产阶级复辟仍将是随时可能的。

学了一上午,下午睡过午觉接着又学。学到四点多钟,来了两个人,一个叫何国达,是高楼公社的;另一个叫王景伟,是尹集公社的,以前我们都不认得。他们来了之后,连饭店都没去,丁秘书就叫他们坐下来,跟我们一块学起来了。趁宰铃铃出去的时候,张新华说:"哎,咱们几个晚上干啥去?"蔡家生说:"也没啥可干的。"

晚上我们五个人就聚在房间里说县里的这事那事,一直说到半夜,一点都不想睡觉。然后我们咋咋呼呼地下楼出了饭店,在县城里转了大半圈,一直到夜里两点多钟才回饭店。

六

连着学了两天,把我们几个都学得有点急了,但什么时候下去写材料,却一点动静都没有。据蔡家生在他一个在县政工组上班的熟人那里听讲,知青先代会开不开,还没有最后定下来。

到第四天,早上吃饭的时候,副队长永山突然找来了。我觉着很惊奇。我说:"你咋来这样早?"永山说:"天蒙蒙亮俺就爬起来来了。"我说:"你还没吃早饭呗?"我忙去给他端了饭来。永山一边吃一边说:"春梅家叫俺给你捎个话。"我一下子没明白过来,还以为出事了。我说:"春梅家咋弄的？出啥事了呗?"永山说:"春梅今个办喜事,也巧,小冯、曲霞,还有咱队刚来的云梅,都回来了,就差你一个,春梅家晚上喝喜酒,叫你咋着也得去。"我心里松了一口气,我说:"跟前庄的大道呗?"永山说:"就是大道。"我说:"你家去跟春梅家讲,讲俺一定得去。"

说着,我就想:我得向春梅表示一下。在心情上,整个庄子里,我觉得我只跟春梅心里走得最近。我从口袋里掏出五块钱递给永山。我说:"永山,你把这五块钱带给春梅,就算是俺行的礼了。"永山说:"管。"他把钱装到口袋里,又拿别针别上。我说:"别丢啦。"永山拍拍口袋说:"不碍事。"我说:"咱队里还那样呗?"永山一边吃一边说:"云梅下到咱队的事,你知道呗?"我说:"听良元讲过一回。她家是哪里的?"永山讲:"她家在咱东边青阳街上,是良元远亲一个表姐家的,下来就叫公社宣传队抽去了。"我说:"她下来跟曲霞住在一块呗?"永山说:"就是的,她俩正好住一屋。"

吃过饭永山就走了。

七

傍晚时我跟丁秘书请了假,反正晚上没有事干,丁秘书就同意了。请过假,我就急匆匆地往庄里赶。

回了庄,到了院里,小冯正坐在板凳上傻坐吸烟。一见面我俩都笑起来。我说:"小冯,啥时候回来的?"小冯说:"回来两天啦。"我说:"你咋在家过这样长时间?"小冯没回我的话,甩了一根烟给我。我看看牌子,叫"大江",没吸过的。我点着火说:"这烟咋样?"小冯说:"你尝尝,在外头买不到。"我吸了一口,烟味香香的。我说:"这烟还怪好呢。你回城办得咋样啦?有头绪呗?"小冯说:"有点头绪,过两天俺再家去看看。"

我觉着小冯跟以前不太一样了,他有点心神不定的样子。在院里坐了一会,时候不早了,庄里都是人说话的声音。我说:"春梅的酒咱上哪喝?"小冯说:"上前庄大道家喝。咱俩去吧。"我跟小冯一块空着手出了门。出门的时候,我很想看看新来的云梅是什么样子的,我就说:"听讲曲霞也回来啦?"说着我就探头往隔壁房里看,但隔壁锁着门。小冯说:"她跟云梅两个先走了,上前庄看热闹去了。云梅你见过呗?"我说:"一回也没见过。"

我俩出了院子,走到村子里。村里有好多家都贴着红双喜。

照这里的规矩,一家结婚,拖亲带故的都贴红纸,因此看起来一个庄子都喜气洋洋的。小冯说:"咱先打春梅家绕一趟,看看热闹不热闹。"我说:"管。"

我们从月亮河边往东拐,顺着河堤一直走到春梅家的院子外头。走着走着人就多了,大人小孩闹哄哄地乱跑乱挤,都是往春梅家的方向去的,好像全庄的人都在忙这件喜事。

八

春梅家里里外外现在都喜气冲天的,有数不清的小孩在院里院外凑热闹。还有不少半大的孩子和大人,在这里那里闲站着。春梅家的锅屋门上、鸡棚墙上,还有防震庵门上、树上,都贴着大红喜字。我想起了春梅往红木箱里塞东西的情景。那件事到现在对我还是个谜。我靠在防震庵子上,小冯站在防震庵子旁边。小冯说:"春梅不知变成啥样子了。"我说:"那还能变成啥样。"但我暗自里想,春梅跟以前肯定不一样了,肯定有什么变化了。但到底会有什么变化,我却想不出来,这也正是我想要看的。

在院外站了一会,我们就开始往院里移动,我们想进院子里去看。有好几个小孩已经爬到槐树上去了。院门口都是人。我们才刚到门外边,曲霞和另外一个姑娘从里面出来了。我一看见那个姑娘,就知道她肯定是刚下放来的云梅。我说:"曲霞,你回来啦?"曲霞说:"回来啦。"我说:"啥时候回来的? 刚回来呗?"曲霞说:"前天就回来啦。"

这时,小冯咋咋呼呼地插上来说:"哎,曲霞,你俩咋没上前庄去?"曲霞说:"俺们先上这来看看,再上前庄也不迟。打今个往后,春梅就不是俺庄的人啦。"曲霞后头的那个姑娘说:"春梅在里头哭哩。"我看看那个姑娘,在一瞥之中,我觉得她有点白,脸跟鹅石样的,别的我都没看清楚。曲霞看我看她,就说:"你俩还没见过呗?"我说:"这是云梅呗?光听人家说,就是没见到面。"云梅粉着脸对我点点头。小冯说:"咱庄就是梅多,春梅、腊梅、冬梅、云梅。"云梅有点不好意思,她两个手缠在一起,两只穿布鞋的脚也老老实实地靠在一起。曲霞接上说:"梅多了不好哇?梅花欢喜漫天雪,冻死苍蝇未足奇!再说,梅多了满庄都香,连云里头都香。"云梅嘻嘻地笑起来。我说:"把眼都绕花啦。"小冯说:"一年四季都香喷喷的。"曲霞理直气壮地说:"只要不是资产阶级的香气就行!云梅,你说是不是?"云梅说:"那当然啦。"小冯连忙说:"讲不过你们,讲不过你们。"

九

说了一会话,天就有点晚了,黑影都有点想要上来了。曲霞说:"咱们上前庄吧,酒席差不多该开啦。"我说:"也没看见春梅的打扮。"曲霞说:"等一会过去还能看见。"

我们离开春梅家,顺着月亮河河沿往桥上走去。这时太阳已经完全落下去了,微风啪啪地吹着,附近还有猪的哼叽声,还有一两条狗乱跑的声音。河滩里的芦苇被风吹得沙啦沙啦直响。我和小冯走在前头,曲霞和云梅走在后头。我们走到了小桥上。桥是老早的一座拱桥,青砖都又粗又厚。我们走到了桥中央,这是这附近的一个制高点。我往四下里一望,望见田野苍苍茫茫的,不由得心里头一动。这时桥下水草丛生的清水里,有一条大鱼哗啦一声把水面搅了个大水花。云梅在后面尖声叫了起来:"有大鱼哎!"小冯回头说:"赶快下去逮吧。"我和曲霞都笑了起来。

十

大道家的喜宴,是在他家门外的空场子上办的。大道家就在路边,顺路一直往前走就到了。

空场子上的槐树上挂着两盏大汽灯,把那一大片照得通亮。灯底下摆放着七八张大桌子。我们到的时候,桌子边人已经坐了不少了,大人、小孩,好几十口子了,闹哄哄的。我们知青组的几个人,小冯、云梅、曲霞和我,还有我们庄来的良元他们几个,坐在一桌。我说:"人还不少呢。"良元讲:"还有呢。他家今个摆的这是第一席,明个晌午、晚上,都有。"我说:"哟!"

我们坐下才刚吸了一根烟,讲了几句话,打我们庄的那个方向,就哄了起来。鞭炮也噼里啪啦地响个不停。先是打头阵的那些小孩一哄一哄地跑了来,后来过来了一些半大孩子和年轻人,再后来就是一辆手扶拖拉机了。手扶拖拉机肯定是大道家找来接亲的。

拖拉机才一从路上露头,我就认出了春梅。拖拉机上的春梅穿着红花褂子。她揹着头坐着,我看不见她的脸,也不知道她脸上的表情是什么样的。她想的什么我也一点都想不出来。她的身后放着那个大红木箱,红木箱上坐着我们庄的冬梅。冬梅肯定是陪春梅来的。冬梅倒是兴高采烈的样子,她不停地把手里的东西往跟着车走的小孩和年轻人里头撒,嘴里头还不住地讲:"抢啥抢,都有,都有。"那些跟车走的大人小孩,一边在地上抢东西,一边伸手不停地抓拉春梅。他们把春梅抓拉得东倒西歪的,但不管怎么样,春梅始终都把头揹着,也不发一声。

拖拉机露头之后,突然熄火走不动了。送亲和迎亲的好几个大男人,只好推着拖拉机走。打大路上到大道家屋门口,总共也就二三十米,却走了有几根烟的工夫。拖拉机到了门口,大道家噼噼啪啪又放了一挂鞭炮,春梅就由冬梅扶着下了车,进屋去了。

十一

晚上开席都快九点了。

一上来喝酒我就喝得有点猛。我先跟桌上的每一个人都喝了三杯。跟曲霞和云梅,我也是喝的三杯。但曲霞只喝了小半杯,她以前就不能喝酒;云梅很大方,她没吭声就喝了满满一杯。到这时为止,我还没仔细看清云梅,但我觉得她可能比较小,大概只有十七八岁,最多十八九岁的样子。她只跟曲霞讲话。也许她跟别的人都还不熟。

但不知道怎么搞的,这一晚上喝酒时我对小冯很有意见。

后来我差不多都快不愿意跟他坐在一块喝了。小冯这一晚上跟平常不太一样,滑得很。他的酒官司打得太多了,喝一杯酒,他都能讲一箩筐废话,目的都是一个,就是不愿意喝酒。他跟谁都这样,连跟曲霞喝酒都这样。曲霞是女的,这样就显得太不好了。我很生气。我说:"小冯,你到底喝不喝?"小冯的跟前已经存了五盅酒了。小冯说:"俺得跟她讲出个理来。"我把酒盅端到他嘴跟前。我说:"跟女的讲啥酒理,你喝了不就算了吗?"小冯说:"那不管,俺跟谁都得讲出理来。在酒桌上又没有正事喽。"良元说:"小冯今个喝酒黏糊。"我说:"小冯,你到底喝不喝?"小冯一下子没说出话来。我端起他面前的酒盅,二话不说,滋拉滋拉,都替他喝下去了。弄得小冯脸上红一阵白一阵的。曲霞说:"你小冯喝酒就是拖拉。"小冯扯着嗓门叫了起来:"哎,哎,小陈,你这叫俺脸往哪搁!"说着,他就收集了七八个酒盅,一一倒满酒说:"既是这样,俺兄弟俩干几杯。"我又二话没说,吱溜吱溜跟他对干了五盅。喝完以后,我俩的话都多了。刚才的事早已不存在了。我说:"咱俩划几个。"小冯讲:"管。随你。"我俩手一伸,就吆三喝六地划起拳来。划拳时我俩啥都看不见了,啥也都忘了,伸着脖子直号。我俩一号,把整个场子上的人都震得没有声音了。我们一连划了有两根烟的工夫,各人都干了有七八盅酒。等到春梅出来敬酒的时候,我俩才停住。

十二

春梅出来敬酒,一个桌一个桌地转。这时大家都不喝了,也不划了,都看春梅敬酒。她敬酒敬得也还顺畅,没有多少人跟她打坝子。只在西北庄一个队干那里滞住了。那个队干一会讲酒倒多了,一会讲酒倒少了,一会讲春梅给他倒的不是好酒,偏心了,一会又叫春梅陪他喝一盅,只喝一盅,一会又要跟春梅讲枕头话。春梅想了一切法子对付他,又红着脸跟他定好晚上叫他上屋里去,又跟他喝了一盅酒,才过去。一场的人都笑得前仰后合的。

我也觉着挺热闹的。桌上放了两包"胜利"烟,这一会我已经接连着吸了两三根了。我一边吸着烟,一边突然想起有一阵子,我还自个想过跟春梅在一块过日子的事呢。不过现在再想起来,才知道那不是当真的。

过了西北庄的那个队干,春梅的酒就敬得快了。敬到我们这一桌时,小冯说:"俺不能再喝了。"说不能喝了他还是喝了两杯,喝完就趴桌上睡了。春梅向我敬酒时,我只看见眼面前一片红光四射,别的什么也没看见。我接过春梅的酒就喝下去了。

春梅敬过酒以后,桌上的人就四分五裂了。有的串到别的桌上去了,有的趴着睡觉,有的去看新娘子进洞房了,只有云梅还坐在桌边。我乘着酒兴说:"云梅,你才来,干活习惯吧?"云梅笑着说:"一点都不习惯,俺第一天干活,累得晚上饭都没吃。"我说:"干干就好了。"云梅却认真地点点头,她说:"你刚来那会可是这样?"我说:"俺刚来那会也是这样,俺下来第二天就上工地挖河了,傍晚收工,俺腿都硬了,后头的人讲,这个下放学生是个瘸子,干到第二天俺就好了,挖土、抬筐、拉车,俺都能干了,跟大伙也没啥两样了。"云梅睁大眼睛说:"真的?"我说:"俺哄你弄啥?"云梅有点担心地说:"俺没挖过河,要是叫俺去挖河,俺不知可能干下来?"我口气坚决地说:"你肯定能干下来,挖河得到冬天才能挖,经过这几个月的锻炼,你的意志就坚定了,力气也大了。"云梅抿着嘴,认真地听着,并且不断地点着头。

十三

春梅的喜宴热闹到很晚。曲霞来把云梅喊走了,我就挤进人窝里看闹洞房。人太多了,大部分都是小孩和半劳力,我挤了半天也没能挤到最里边,只好抢了屋拐角的一个小板凳坐着吸烟。

散席的时候,我又跟云梅碰到一起了。云梅正一个人站在桌子边东张西望的。大汽灯照着她,她的脸上粉晕扑扑的。我说:"曲霞哪?"云梅后悔地说:"俺俩走散了。"我说:"那俺喊喊。"我跟云梅张开嘴,"曲霞""小冯"地喊了起来。喊了一气,曲霞和小冯没来,良元倒过来了。良元说:"你俩还喊呢,小冯早家去睡了,小冯今个喝多了。"云梅说:"那曲霞哪?"良元说:"曲霞恐怕上哪家玩去了,俺们走呗,她认得家。"

我们三个一道说着话往庄里回。才走到大路上,良元讲话的声音就有点不对头了,他说一句话能断两三回,我说:"队长,你咋弄的?"话才落音,良元就摆摆手,说:"你俩先走。"说完,他转身就跑到屋后头去了。我跟云梅都不知道怎样办才好。我俩在大路上站了一会,大路跟大路外的田野里都有一些夜光,田野显得很深远,云梅说:"俺表叔没啥事呗?"我说:"就多喝几口,那有啥事。"说话的时候,有几伙人打大路上过去,还都凑上来瞅我,瞅云梅,打招呼说:"你俩站这弄啥?"云梅只顾绞弄手,我说:"俺俩等队长哩。"那几伙人讲:"队长弄啥呢?"我说:"在屋后头吐呢。"那几伙人讲:"那还不走,他自个不知道家?"说着都过去了。

我跟云梅又等了一会。又过来一阵子人,都是后庄的,过去的时候又凑上来瞅,一边瞅,一边嘴上乱讲:"这俩人弄啥的?""搁路边上站着。""下放学生呗?"讲得我身上发燥。他们过去以后,听声音,前头又有人过来了,云梅说:"俺们先走吧,路上这样多人。"我说:"咱先走吧。"我俩隔着一小段间隔,顺着大路往村里走去。我想跟云梅说说话,但这时一个话头也想不起来了,不知道说什么话才好,有点口干舌燥的,可能是酒喝多了的缘故。过了桥,进了庄,一直到走到家,我跟云梅也没说一句话。

十四

为了第二天不耽误县里的事,我连夜赶回了县城,其实我是想在夜里走走路,我的酒劲一点都没过去,留在庄里我也睡不实在。

这时已经很晚了。如果从渡口走,我肯定过不去的,因为渡船早就该停了。出了庄,我想,从闸桥上绕吧。从我们庄到磬西闸大概有八九里地,顺着河堤走就行了。

我乘着酒兴,在夜色中往河堤上走去。堤路的两边都是树,黑乎乎的,风吹动时,有一些飒飒的声响,一个人走在里边,前后都没个指靠。刚一上堤时,我的酒就醒了一点,我犹豫了很短的一点时间,但我还是硬着头皮走了进去。走了一会,我的心情就放开了,一点也不怕了。我迈开大步一路往西走去。我走在路中间。路黑乎乎地一直往前延伸着。我也不知道现在是几点了。反正不早了。一直走到闸桥上,我都没碰到一个人。

我过了闸桥往城里走,走着走着就有灯光,也有一个、两个人了。

十五

过了两天,我在县城里又见到了云梅。

那几天我们还在没完没了地学习文件和材料。那天下午,宰秘书正在读材料,突然外面有人喊:"陈军出来一下,有人找。"我出去一看,真没想到,原来是云梅。才有几天没见,她看起来样子好像变了,和在月亮滩庄时差不多都不一样了,完全变成城里姑娘的模样了,也许在庄里时匆匆忙忙,光线也不好,我没看清楚她吧。她显得有点成熟,身材又苗条又柔软,脸色光光滑滑的,跟月亮河里的水样。我惊讶地说:"云梅,是你呀,你咋来啦?"

云梅一见我,还是有点不大自然的样子,但她也很大方,她用很熟的口气对我说:"咋啦?不欢迎呀?"我说:"谁讲不欢迎啦!"她说:"俺们上县里来演出啦。"我说:"谁带的队?"云梅说:"公社管秘书带的队,你认得他呗?"我说:"俺咋不认得他。"云梅说:"俺们演完就回公社去。你们看不看呀?"我说:"在哪演的?"云梅说:"今晚在县委小礼堂。"我说:"俺一定得去看,知青办要是不发票,俺就自个想法进去。"云梅说:"要是知青办不发票,你就在小礼堂外头等着,跟俺们一块混进去。"我说:"那也管。"云梅说:"你们住在哪里呀?"我说:"俺们住凤凰饭店。你们哪?"云梅说:"俺们住在南关人民招待所。"

  站在路口不方便,说了一会话,云梅就走了。

  送走云梅,刚回到会议室,办公室的一个人就来发票了。丁秘书也跟了进来。丁秘书说:"这是知青办特别去要的,大家都去看噢。"我们都高兴得叫唤起来,特别是我,心里的高兴不用说了。不用丁秘书强调,大家肯定都会去看的,这是千载难逢的好机会,平常想看也看不到。

十六

  吃过晚饭,我们几个人早早地就兴致勃勃一块去了县委小礼堂。这是我们到县城之后第一次看这样的节目,又是正式发的票,再说还有我们各自公社的节目,大家就更觉得亲切了。

  县委小礼堂门口亮着一盏很亮的大电灯,把那附近照得明晃晃的。门外有不少小孩子又蹦又跳,看他们的样子,就知道他们是在找机会往里混,这样的事情,我以前也干过。小礼堂门口有两个把门的,我们把票递过去给他们撕,然后就大摇大摆地进去了,心里非常坦然。

礼堂里灯火通明。里面已经坐了不少人了。头顶上有好几个大风扇在呼呼地直扇,叫人觉得凉快极了。舞台上也是灯光明亮,幕布都有好几层,第一层是大红的,第二层是粉红的,第三层是白的。蔡家生张着嘴说:"哎,县委小礼堂布置得怪好的。"我说:"还有点高级呢。"我们几个人东张西望地吸起烟来。不一会,人就坐满了,差不多一个空位子都没有了。还有许多小孩跟大人挤在一个位子里。礼堂里有点热了,可是我们的兴致一点都没有因为热而减少。

演出准时开始了。第一个演出的是王景伟那个公社——尹集公社。我说:"王景伟,你们公社的。"王景伟说:"宣传队里俺认得好几个。"他显得很自豪的样子。尹集公社演得怪好的,我们都使劲鼓掌。王景伟还把手举起来拍。第二个演出的单位是县直,也演得怪好的,比尹集公社的还好,我们又使劲鼓起掌来。整个礼堂里就我们这个地方掌声最响亮。我们一鼓掌,整个礼堂里的观众就被我们的掌声感染了,大家都鼓起掌来,气氛顿时就热烈起来了。

看节目时,我心里一直在等着我们公社、等着云梅出场。但是等来等去,一直等到快结束了,才轮到我们公社。

我们公社演了好几个节目,大概有四五个。云梅演了两个。有一个是集体演出的,云梅她们都扮成打腰鼓的,在台上扭着秧歌步,打着腰鼓,一边扭,一边唱顺口溜。虽然她们都化了装,台上又有七八个大姑娘,个头、扮相都差不多,叫人看得眼花缭乱,但我还是能认出云梅,因为其他的姑娘我都不认识。云梅演的第二个节目是对口唱,两个人,一个男的扮演老头子,云梅扮演老婆子。他们也是边扭边上场的。

女:"老头子。"
男:"哎。"
男:"老婆子。"
女:"哎。"
合:"咱们两个学《毛选》。"

他们刚上场,张新华和蔡家生就说:"哎,陈军,那个女的不是那天来找你的吗?"我说:"她才刚下到俺们队。"我心里非常自豪,眼睛一眨不眨地从头看到尾。他们刚演完,我就拼命鼓起掌来。掌声非常热烈。我觉得,这个节目的掌声,肯定是今晚所有节目里最热烈的一次了。时间也最长。

十七

演出结束后,我马上就跑到后台去了。

后台那里乱哄哄的,都是人。但我一眼就看见管秘书站在一个木柜子跟前,嘴里不停地说着话,手还指指点点的。他的旁边都是演员,有姑娘,也有小伙子。他们都在整理东西。这时我也看见云梅了。云梅的服装还没脱,脸上的装也没卸。云梅也看见我了,她对我笑了笑。云梅穿着戏装时,腰身非常好看,我好像还从来没有见过有人穿着衣服这样好看过,也许完全是因为衣服好看。我喊了一声:"管秘书。"管秘书一看是我,就说:"小陈,刚才可是你们在下面鼓的掌?"我说:"就是的。"他这么一说,他旁边的宣传队员一齐都看我了。有一个姑娘说:"俺们打幕后头看得清清楚楚的。俺们还猜,那几个肯定是俺们公社的。"管秘书笑着说:"你们的文章写得咋样啦?"我说:"俺们还在学文件。"管秘书说:"好好干,可得给俺们公社争光。"我说:"那是的。"

说着,大伙就往外走了。我也跟着往外走。云梅和我走在一起,她旁边还有一个胖乎乎的姑娘。云梅说:"这是张晶晶。也是俺们公社的。"我说:"是哪个大队的?"她肯定不是我们那个大队的。我们那个大队就我们那一个知青点。张晶晶说:"俺是小洪家大队的。"我说:"你是哪个地方下来的。"张晶晶说:"俺就是磐城的。"云梅说:"她家就住在城里,他爸是城关镇的。"

我们三个人说得很对口胃。往县委大门口走时,我说:"你们还住在人民招待所呗?"张晶晶说:"就是的,一间房四个铺。你们住得可好点?"我说:"一样的,俺们也是一间房四个铺,热水人家给送来,凉水自个打。"走到县委大门口,我们三人的脚步不由得就慢了下来。我说:"你们啥时候回去?"云梅说:"俺们大大大后天早上就回去了。明天晚上俺们还得在机械厂演一场,后天晚上、大后天晚上,在城北公社和柴油机厂演。"我说:"那你们回去散不散?"云梅转脸问张晶晶说:"俺们散不散?"张晶晶说:"听管秘书说,宣传队暂时还不散,听讲还有不少宣传任务哪。"

说话时,我瞥了一眼云梅。她跟张晶晶的装都还没卸。现在我差不多又认识了另一个云梅。这次的这个云梅,是清眉秀目,樱桃小嘴了。每次见到她.她都在变化,她变得越来越好看,越来越水灵了。现在跟她走在一起,我都觉得她有点不可攀登了。

走出了县委大院,我们就要分道走了。我说:"张晶晶,得闲你上俺们队玩去。"张晶晶说:"管。"云梅说:"你啥时候回去?"我说:"俺也讲不清,恐怕七月底以前俺们就能结束。"

分手以后,我一个人哼着歌,风快地走回了凤凰饭店。

十八

第二天中午吃过午饭,我从饭厅出来,正要上楼睡觉,迎面碰到了云梅。我突然一看见她,又有点不太敢认她了,她看上去突然变得更年轻了,就像早上快开还没开的月季花骨朵,其实她的衣着打扮跟昨天一样,什么也没变。我惊奇地叫了一声:"云梅。"云梅已经看见我了,她就走了过来,说:"张晶晶叫俺陪她来看她同学的。俺正好看见你过来了。"我说:"张晶晶人哪?"云梅说:"她上楼去了。"我说:"她同学是哪个?"云梅说:"是尹集公社的,叫王景伟。"我说:"跟俺们一块的。"

十九

我俩就在楼梯边上说起话来。说着说着,不知不觉的,我们就移到饭店门口了。这里人有点多,出来进去的人都看我们。我对云梅说:"咱们往外面站站吧,这里人来人往的,烦人。"云梅点点头,我们就往饭店外面走去。

但我们一走就没再停下来。像是有一种看不见的东西在吸引我们,或是在指引我们,我俩不由自主地就走到街边上了。

我说:"你还得等张晶晶呗?"云梅说:"不要紧,她看俺不在,自个就回招待所了。"我俩说着话,一下子就走出了城市,走到了一个高处。原来我们已经走到城外了。城外就是凤凰山。凤凰山是个不大不小的山头,山上到处都是石头。我说:"云梅,你爬过山没有?"云梅脸上走得热扑扑的。云梅说:"俺还从来都没爬过山哪。"我说:"你们那里没有山呗?"云梅说:"俺那没啥像样的山。"我俩兴致很高,立刻一前一后往山上爬去。

太阳出得很厉害,头上一点遮挡都没有。开始山脚下还有许多树,但都是石榴树,都不太高。我们在石榴树丛里走了好一会。石榴树丛里很闷热。石榴树上挂着很多发青的大石榴。有时候青石榴碰在我们的头上,我没有多少反应,但云梅就会尖叫起来:"哎哟。"我说:"咋回事?"云梅捂着头说:"石榴碰人真疼。"我说:"头低一点。"但是没过一会,云梅又会叫起来。云梅说:"石榴现在还不能吃啊?"我说:"再过一个多月就能吃了。"

云梅说:"还要再过一个月啊。"我说:"现在吃涩死了。"云梅咂着嘴说:"唉唉。"她不停地咂着嘴"唉唉"着,一直到离开石榴丛上山。

这时候山上就没有树,也没有别的什么高大一点的东西了。小路慢慢弯着往山上走,在石头上和石头缝里转来转去的。我们顺着上山的小路使劲往山顶上爬。云梅落在我后面老远的地方。她气喘吁吁地在后面喊道:"唉,累死啦,渴死啦,山上可有能歇的地方?"凤凰山我已经爬过好几回了。我停下来说:"山顶有间小砖房。"

我先爬到了山顶。小砖房果然还在,但是有一根电线扯了进去,看起来像是有人的样子。我走过去一看,砖房没有门,房里有一张凉床,凉床边放着一架黑色带摇把的电话机,凉床上有一男一女正抱在一起大口喘气,女人的白肚皮底下乌黑一片,就像是一团墨汁掉在白棉花上。那两个人一看见我的头伸进来了,像触电一样赶紧起来了。我也吓了一跳,头一缩又回来了。这时云梅也到了,云梅说:"里边有人吧?"我用手拦住她。我说:"咱们在这站一会吧。里头有一男一女。"我这么一说,云梅脸就红了。我们在砖房旁边的一块大石头边站着,看山下的风光。山上风很大。这里正好是最高点,可以看见山下和城里的许多地方。我们贪婪地四处看着。云梅不停地拿手帕擦着脸。从这里还能看见新汴河,还能看见山北一个小村庄的房顶上正冒着白烟。

云梅赞美道:"真好看!"我们正专心地看着,小砖房里那个男的和那个女的相跟着出来了。那个男的先出来的,他俩也都是年轻人。男的说:"你们来干啥的?"我说:"来爬山的。"他点点头。那个女的胖胖的,她站在门口,用手拢着头发。我说:"你这可有水喝?"他说:"有。"我和云梅跟着他俩进了小砖房。砖房里除了凉床以外,还有几块红砖,一个茶缸和一个热水瓶。茶缸里有大半茶缸凉茶,我端给云梅,说:"云梅,你先喝吧。"云梅肯定渴了,她端起来,背过脸去喝了几口。喝过水,云梅就坐在凉床上了,那个女的也坐在凉床上。我坐在红砖上,那个男的靠门站着。我说:"你们这里咋还装了电话机子?"男的说:"防地震的,有情况俺们就打电话报警。"我说:"咱们这地震又紧张啦?"男的说:"上级不叫俺们随便讲。"我点点头。

二十

歇了一大会,我们才开始下山。下山云梅跑得很快,她的兴致特别高。她用兰花指捏着小手帕一舞一舞的。我在后面都看入迷了。但是一下到山底下,她就一连声地说:"累死啦,累死啦。"我说:"你们下午还排练呗?"云梅说:"那当然了。"

进了城以后,我们就分手了。但整个下午我都定不下心来。我不断地喝水,然后不断地跑厕所。其实我跑厕所只是个借口,我在楼道里这站站,那蹭蹭,有时还跑到外边的商店里转一圈再回来。

到下午五点来钟的时候,张新华跟出来了。他转到我前头,上上下下打量着看了我一遍,说:"陈军,你咋弄的? 坐不住的样子。"我说："没啥事,就是有点拉肚子。"张新华说："不要紧呗?"我说："不要紧,拉拉就好了。"到了厕所里,我说："新华,晚上你弄啥去?"张新华说："啥事也没有。"我说："那咱们上机械厂看演出去,在屋里闲着无聊。"张新华一连声说："管管,看去。哪来演的?"我说："还是昨天那几个宣传队。"张新华说："管管,看着热闹。喊家生几个呗?"我说："喊着,一块去。"

回到会议室,才坐了不到一分钟,张新华就传了一张纸条给蔡家生。蔡家生把纸条藏在桌子底下看了一会,又不动声色地传给了他旁边的王景伟。王景伟也藏在桌子底下看了一会,看过以后,他可能有点太兴奋了,他故意夸张地用自己的身体挡住手,把纸条传给了何国达。何国达看过了又传给我,我偷偷在桌子底下展开来一看,上面写着:

晚上吃过饭咱们几个上机械厂看演出,统一行动!

"统一行动"四个字划得很粗,惊叹号描得更粗。看完以后,我慢慢地抬起头来。我们几个人的眼光一下子都碰到了一起,王景伟想笑又不敢笑,憋得直咳嗽。宰秘书一点都不知道,她还是抱着文件只顾读。

二十一

晚上我们一吃过饭就往机械厂去了。

机械厂在城东关,从凤凰饭店往东一条路就到了。我们到机械厂时天还大亮着,但机械厂的篮球场上已经布置好了舞台,电线和电灯也拉好了,舞台下放了不少长条凳,长条凳的四周用彩带团团围住,有十几个戴红袖章的工人纠察队员站在场子里,不准人进去,很多小孩聚在场上,但是都进不去,只能往带子里钻一下马上再逃出来。

我们来到场子外边,隔着彩带往里头看。王景伟伸伸舌头说:"这看得还怪紧呢。"我说:"俺们先占上好位置吧,不然等一会人一多,就挤得看不见了。"张新华说:"对对,俺们先占上好位置,里头肯定不叫人进。"我们在离舞台比较近的地方占好了地方。愣站了一会,蔡家生说:"干等着急死人,俺上那边小店里看看去。"何国达说:"俺跟你一块去,看可有卖烟的,买两包烟来吸。你三个占住位子。"

说完,他俩就往小店那边去了。我们又站了一会,他俩还没回来。张新华说:"陈军,刘新民对象的事听说闹到省里去了。"我说:"咋弄的?不是刘新民害的呗?"张新华说:"不是的。"王景伟插进来说:"你俩讲的可是千湖庄那个叫人害死的女的?"我说:"就是的。"王景伟压低声说,"俺听讲是叫原先县里的一个常委害死的。"张新华也小声说:"原先是县里的常委,后来拔到省里去了。"王景伟说:"坐飞机上去的呗?"张新华说:"不坐飞机哪能上这样快?"我说:"那他咋能跟她挂上钩的?"张新华说:"他原先就是她们那个大队的书记。"我听得直眨眼,真没想到还有这回事。我说:"那闹到省里他咋办?"张新华说:"听讲这件事叫省里扣住了。"王景伟说:"俺也听讲叫扣住了,扣得死死的,后来叫一个管档案的透出来了,管档案的叫关起来了。"

二十二

正说着,蔡家生跟何国达回来了,他俩还真买到两包烟。我们拆开烟来吸,吸了不到一分钟,场子外头就开始上人了,这都是从机械厂外头来的人,还有东郊的贫下中农,有扛条凳的,有拿小板凳的,还有搬砖来的。一会就把场子围上了。我们几个占了好位置,都互相挤着,以防叫人冲散了,不过一般的人也不敢来跟我们挤,见到我们就让了,我们也不去挤别人。王景伟闲不住,他还协助工纠队员维持秩序,指手画脚,大喊大叫的:"都不准进去,俺看哪个敢进去一步,进去一步就抓起来!"王景伟喊了一会,我们觉得怪好玩的,也都跟着喊:"哪个敢乱挤,把他抓起来。"

我们这样一喊,还真起了不少作用,原先乱挤乱搡乱推的地方,现在都老实下来了。有一个年岁比较大的工纠队员到我们跟前问:"你们几个是下放学生呗?"也不知他是怎么看出来的。张新华说:"就是的。俺们在县知青办写材料的。"那个工纠队员说:"你们没有座位呗?"我说:"俺们哪有座位。"王景伟说:"你可能替俺找几个座位?"那个工纠队员说:"你们就站在这里,等人都坐齐了,俺给你几个找找座位。"说完他就走了。

我们高兴得不得了。又帮着维持了一会秩序,这时场上开始热闹了,工人都排着队进场了,一排一排地往下坐,一会就坐满了大半个场子。后台也嘈乱起来,可能是宣传队的来了。我们都使劲往后台看,但什么也看不见。正看着,那个年岁大些的工纠队员急匆匆地过来了,他走到我们跟前说:"你几个进来,把场子管管,等会演出开始,你们就在位子上坐下看。"听他这么一说,我们忙不迭地都打彩带底下钻了进去。我们进去以后,在圈子里七推八弄,就把人弄整齐了。这时天也慢慢黑了,几大盏灯哗地一下子都亮了,把场上,特别是舞台上,照得刷亮。彩带外头的人都安静下来,小孩子也被大人打的打,骂的骂,不叫唤了。我们赶紧各人找个位子坐下来。

二十三

节目还是昨天看过的,但是我们像看新节目一样,看得眼都不眨。看完演出都快十一点了,我们一路走一路大声地议论着,说得热火朝天,大街两边的人都朝我们看。我兴奋得一点都不想回去,走到十字路口,我说:"你们回去吧,俺上俺亲戚家看看。"张新华说:"那你啥时候回来?"我说:"俺也说不准。"说完我就一个人往南走了。

到邮电局大哥那里说了几句话,我就推了自行车,骑上一直往南骑,很快就到了人民招待所。人民招待所在马路边上,马路上有点黑,但离招待所老远就看见招待所大门上一盏灯亮光光的。我在招待所大门口下了车,心想,不知道云梅她们可回来了,再说,我也不知道云梅她们可会把我轰出来。但我只想了一下就不想了。我骑上车子就进去了。

人民招待所里只有一栋两层的小楼,其他的都是平房。院里亮着好几盏灯。我才到第一排平房,就听见云梅和张晶晶大声说话的声音了。我心里猛地一惊,可是这时候再刹车也刹不住了。我刚一露头,云梅、张晶晶和另外两个女的就一下子都看见我了,她们就站在路边上。云梅吃惊得一下子都说不出话来了。我连忙说:"你们演过了呗?"张晶晶看看云梅说:"刚演过。你咋来了?"我说:"俺上泗州俺同学那去,正好路过人民招待所,俺就进来了。"张晶晶又看看云梅,吃惊地说:"现在上泗州去?深更半夜的?"我说:"那怕啥。"云梅说:"可是骑自行车去?"我说:"就是的。"张晶晶看看云梅说:"你可跟云梅讲话了?"云梅听张晶晶这么一说,抬手推了她一把,红着脸说:"去你的。"我心里怦怦乱跳,赶忙说:"俺走啦。"

云梅、张晶晶和那两个女的都看着我。我手忙脚乱地上车出了招待所,在马路上猛蹬起来。骑到没有房子的野地里时,我才慢下来。我心里快活极了,嘴里唱着歌,轻轻松松地往前骑。

二十四

这次跟上次不一样了。听了张新华和王景伟的消息,我觉得上次是我错怪了刘新民,应该去看看他,再说今晚我精神又特别好。

我晃着上身往前骑。也不知过去多少个村庄了,也不知骑了多少里路了,不知不觉前头突然到了旗杆庄的庄头了。狗离着老远都汪汪汪汪地叫起来。村头黑影里有个人讲:"那哪个?"离庄越近路越不好,我一边歪歪扭扭地往前骑,一边说:

"俺。"那个人讲:"过路的呗?"我说:"不是过路的。找人的。"那个人讲:"找谁个的?"我说:"找你庄刘新民的。"那个人讲:"刘新民哪,刘新民上速州了。"听了他的话,我赶忙下了车,说:"他啥时候走的?"那个人讲:"走两三天了。"我说:"他可讲啥时候回来了?"那个人讲:"俺也不知道他啥时候回来。"

我没进庄,掉头又往回骑了。虽然没见到刘新民,但我一点也不泄气。我一路骑,一路大声唱着歌子,背诵着毛主席诗词,不知不觉又回到了磐城。

二十五

三天后,云梅她们走了。

临走前一天的晚上,天下起了中雨,云梅、张晶晶和好几个姑娘跑到凤凰饭店来了,她们的头发梢都淋湿了,一进来她们就不停地笑。

王景伟说:"你们来没事呗?"张晶晶白了他一眼说:"那有啥事。哎,你们还得住一段呗?"我说:"谁知道知青办咋安排的。你们回去散不散?"云梅说:"一时还散不了,还得上各大小队演出哪。"王景伟说:"你们还能老演这几个节目,再多排几个就是了。"张晶晶说:"哪有时间,演出安排得这样紧。"张新华讲:"你们要演好了,还能上地区演哪,听讲今年下半年地区又要会演了。"张晶晶说:"那也摊不上俺,还有县剧团、县文工团呢。"

说了两小时话,她们又冒着雨跑走了。

她们走了以后,张新华问我:"那个云梅就是你们那队的呗。"我说:"她刚来的。"

二十六

可能是云梅她们要走了的缘故,这一晚上我都无精打采的,也不想多说话,早早就上床睡觉了。

第二天雨时大时小地又下了一天。第三天是星期天,张新华他们一大早就都跑走了,各干各的事去了。何国达回队拿东西去了。我什么也不想干,这蹭蹭,那站站。后来我想,反正下雨没事干,不如到公社跑一趟。

说走就走,我连晌午饭都没吃,穿上雨衣就跑下了楼。出门时我又想,要不骑自行车去吧,但去公社的路很孬,一下雨都是泥,十有八九自行车不能骑,不如步走保险。

走到城外我打起了赤脚。我把鞋在手里拿着,走得飞快。过了磬西闸,我就上了土公路。

从县城到公社大约有三十里路,路上一个人也没有。秋庄稼早都长起来了,高粱和玉米地一片一片的,把人的眼都遮得放不开。到了公社,我想云梅她们肯定就在公社大院里,我就直接去了公社办公室。但是云梅她们一个都不在。我在公社院里转了一圈,管秘书也不在,我认识的熟人一个都不在。我又回到了公社办公室。办公室里只有一个中年农村妇女坐着纳鞋底。我说:"你是谁家的?"说着,我就在管秘书的办公桌边坐下了。她说:"俺是管秘书家的。"我说:"管秘书他们都上哪啦?"她说:"他们都上马圩子大队开会去啦。"

马圩子大队也是我们公社的一个大队,离公社不远,有四五里地。我说:"你可知道公社宣传队上哪啦?"管秘书家里的说:"宣传队也去啦,一块去的。"这时我看见管秘书的办公桌边上有一个旧文件,我很想看,就顺手往外拉拉,原来是老早以前的一个文件。我心里一紧,这是中央的一个文件呀!我抬头看看管秘书家里的,她只顾低头纳鞋底,一点都不注意我。我连忙瞟了文件几眼。

中共中央文件

中发〔69〕55号

毛主席批示:照办。

中国共产党中央委员会

命 令

边疆各省、市、自治区各级革命委员会,各族革命人民,中国人民解放军驻边疆部队全体指战员:

在我们伟大领袖毛主席的英明领导和党的"九大"精神的指引下,在我国无产阶级文化大革命取得伟大胜利的鼓舞下,我们伟大的祖国更加欣欣向荣,各族革命人民紧密团结,形势一片大好。但是,国内外阶级敌人不甘心于他们的失败。美帝、苏修正加紧勾结,阴谋侵犯我们伟大祖国。苏修社会帝国主义越来越疯狂地在我边境进行武装挑衅。印度反动派也在伺机妄图扰犯我国边境。

我们伟大祖国的边疆是神圣不可侵犯的。……党中央命令你们：

一、……充分做好反侵略战争的准备，随时准备歼灭入侵之敌。

二、大敌当前，全体军民要团结得像一个人一样，共同对敌。……

三、驻边疆部队指战员必须坚守战斗岗位……密切注意敌人动向，做到一声令下，立即行动。……

四、……任何另立山头，重拉队伍，都是非法的，要强令解散。

五、……凡武斗队强占据点，负隅顽抗者，人民解放军要实行军事包围，发动政治攻势，强制缴械。

……

……

九、……

（不张贴、不广播、不登报）

二十七

我离开了办公室。这时雨已经停了，外面到处都湿漉漉的。我在公社集上转了一圈。又转了一圈。然后在十字路口站住了。我想现在回城做什么呢？白跑了一趟。其实我上公社来本来就没有具体目的。我突然想，云梅她们肯定是在马圩子大队演出的,干脆到马圩子大队看她们演出去。

想到这里,我身上又来了劲。我立刻马不停蹄地往马圩大队赶去。公社的地方很小,几步就走出去了,就到田野里了。

二十八

田野里到处都是庄稼,都水灵灵,鲜青青的。田野广阔无边。我一个劲地往前走。远远地看见路边有个地庵子,走近时,打地庵子里钻出来一个看庄稼的老头,他站在地庵子边上点上了烟袋,吧嗒吧嗒地吸着。我跟他打招呼说:"哪庄的?"他把烟袋打嘴上拿开,说:"小刘家的。"我就走过去了。其实我不认得他,他也不认得我。

我来到了马圩子大队,庄里除了小孩的一点声音外,一点都不显得热闹。我边看边往庄里走。

路边的一间草棚里,有两个男汉子正一起一伏地在铡草。我走过去问道:"请问这两位大哥,公社的宣传队可来了?"那两个男汉子停住手,说:"来了。"我忙又问:"她们在哪里?"那两个男汉子说:"又走了。"我觉得我赶得太慢了,要是再走快点就好了。我说:"啥时候走的?"那两个男汉子说:"来了就走了,走老长时候了。"我说:"可知道往哪去了?"那两个人说:"往庄北去了,恐怕是上小洪大队了。"

小洪大队在我们大队的东南方,离月亮滩庄七里,但离马圩子就有点远了,大概有十八九里路。张晶晶好像就是小洪大队的。我一时不知该怎么办,就在棚子里蹲下,掏出香烟盒来,一人递了一根烟给他们。我们把烟点着了吸起来。我说:"你们队今年秋庄稼还行呗。"其中一个男汉子讲:"再下就烂啦。"另一个讲:"不碍大事。"

吸完一根烟,我就走了。

二十九

现在我只好往回走了。天上裂开了一道云缝,太阳光射了下来,照在身上有点发热。我的赤脚踩在泥里,非常舒服,就是有砂礓什么的硬东西,我也不怕,因为我的脚底板早磨出一层厚茧子了。

走到公社的三岔路口时,我站住了。因为从这里到月亮滩庄已经不太远了,我想,也许云梅她们在小洪大队演完了,会到月亮滩呢。再说,我从月亮滩走一趟,也不耽误事,我可以带晚回城。

决定了以后,我兴致勃勃地上路往庄里赶去。一路上空气更加清新了。鸟也开始叫唤了,在树上和庄稼地里都开始叫唤了。我一边走路,一边听鸟叫唤,一边在树上和地里找鸟。在树上叫唤的鸟都是蹲在树梢上,蹲着不动的,在庄稼地里叫唤的鸟却都飞来飞去,闲不住,一边飞一边痛痛快快地叫唤着。庄稼地里的鸟叫唤起来,比树上的好听多了。

三十

进庄的时候,天已经不早了,在庄里干活的劳力都收工了。

我一路上跟人打着招呼,直接就回了家。进院时,小冯正脱小褂,看见我进来了,老远就"嗨"了一声。"会开过啦?"我说:"还没开哪。"小冯拿起舀子,咕咚咕咚灌了几口凉水,然后咂巴咂巴嘴说:"那你咋回来了?"我说:"今个星期天,俺家来拿两本书。给俺也喝几口。"小冯把舀子递给我,大着声说:"你呀,书迷!晚上不走了呗?"我说:"俺得连夜赶回去,明早还得集中学习文件哩。"小冯说:"那晚上咱俩吃啥?"我说:"随便吃呗。"

说着话,我还一直在想着云梅回来没回来的事,但我又不好意思问小冯,怕他笑话我。做饭的时候,小冯一边下面疙瘩,一边对我说:"俺明个回去看看。"我说:"看啥?"小冯说:"看看回城的事。俺妈也生病,家里又没有人照顾她。"我说:"你走就是了。"我又拐个弯子说:"曲霞哪?又走了呗?"小冯说:"她早两天就回去了。衣服带走了不少,连盆都带走了。"我说:"她不想来了呗?"小冯说:"那谁知道。"

正说着,良元端着碗进来了,一进来就讲:"知青办咋弄的?会到现在都没开,还得去呗?"我说:"还得去。啥时候开还不知道哪。"良元蹲在门口,吃着大蜀黍面饼子,吃得吧嗒吧嗒的,真香。小冯说:"队长,听你一吃,俺们都饿得受不住了。"我说:"俺们也赶快开饭吧。"小冯说:"开。"

三十一

我到院里把小方桌摆好,小冯把面疙瘩、死面饼和炒茄子端上来,三个人围着桌子吃起来。

良元说:"小陈,要是你回来,正好叫你收槐树叶子。公社搁咱这设了个槐叶收购点,又得检查,又得过秤,还得开票,旁人沾亲带故的,还干不了,小冯明个又走了。"我有点不明白,我说:"槐叶收了干啥的?"小冯讲:"出口给小日本的。听讲日本人都拿它一天三顿当饭吃。"我说:"那又不是槐花,蒸了好吃,鲜吃也清鲜。日本人咋穷成这样。"良元讲:"日本人啥都吃,连虫都吃。"

吃过饭,良元走了以后,我和小冯一人搬了一个凉床,在泡桐树底下说话。我几次想问云梅可回来了,但都没问出口。小冯说:"俺这趟回家,一定得把回城办好。你先别对旁人讲。"我说:"俺对谁讲?"

院子里除了我俩说话外,没有旁的大声响,泡桐树叶偶尔沙啦沙啦地响一阵子。小冯已经收拾好了两大提包东西,提包就放在屋里的地上。他把他自己的好多东西都带走了,像收音机呀,冬天穿的衣服呀什么的,都塞进包里去了。小冯情绪低沉地说:"俺同学里三分之二都回城了。"我心不在焉地说:"回去都安排的啥工作?"小冯说:"安排啥工作的都有,有进工厂的,有当营业员的,有进澡堂子的,还有进饭店当服务员的,干啥的都有。"

时候不早了,回来也有好几个小时了,但我还是没见到云梅的影子,她跟曲霞的屋子门锁得紧紧的,可能她们还在小洪大队。我下了决心,装成随便的样子说:"哎,咋没见云梅的影子?"小冯说:"云梅还在公社宣传队里,听讲她们一个大队一个大队地跑,演出,恐怕得到八月啥时候才得回来。"听了小冯的话,我心里突然觉得很空,跟小冯说话一点精神也没有了。我站起来说:"时候不早了,俺得回城了。"小冯说:"真不早了,你咋过河呢?"我说:"俺从磬西闸绕过去。"小冯说:"那路还不近哪。"我说:"那怕啥,走惯了的。"小冯说:"那你赶紧走吧。"

我回屋找了两本书在手里拿着,就出庄上了河堤。

三十二

第二天一天,我还是干什么事都不安心。

晚上吃过饭,我更加坐不住了。趁张新华他们不留神,我出了饭店,跑到大哥那里借了自行车,几乎没怎么多想,就往月亮滩庄骑去。

一路上,我的心情有点七上八下的,我昨天才回去过,今天又回去,我怕良元他们看出来。骑在路上,我想好了理由,就说知青办叫多带几本书去学,只好又回来拿。天上还是不时地飘着小雨,但很快就停了。快到庄子的时候,天还有点亮,我停下车子,站在堤上的树林边,往庄里看。这时候进庄不太好,见到人就得跟人说话。我上了车,掉转车头往回骑。骑了一小段路,我下来把自行车支在树林里,自己跑到河滩上解了个小手,又跑到水边逛了一会。天慢慢就黑了。我上了堤,骑上自行车再往庄里走。从堤上下去的时候,我心里有点紧张,不知道这次能不能见到云梅。

我一声不吭地一直骑进了小院,一个人都没碰见。

但是院子里也是黑黑一团,我推着自行车从云梅她们的房门口拐过去,我伸头望了一眼,云梅她们的房门锁得铁铁的。我一下子就泄气了。我把自行车支起来,开了自己的房门,我泄气得连灯都没点,在屋里干坐了一会,然后又到云梅门前,把锁拿起来仔细看了一眼。我彻底失望了,没有别的办法,只好骑着自行车出庄往回走。

三十三

自行车在磕磕洼洼的路上颠着。我一点都不想回去,就骑着车上了黑黑的堤,在黑乎乎的堤上慢慢悠悠地晃荡着。

走了一会,前面有一条下堤的路,我拐到那条路上,听任自行车哗哗哗越转越快地下了堤,来到了田野里。路通到一个庄子里,我从庄里过去。庄里的狗都狂叫起来。我没理会它们,一直骑出了庄,又到了野地里。

我一直往南骑,然后再往西骑,又往西南骑。我觉得夜晚在平原的田野里晃荡怪有意思的。我往西南一直骑了很长时间,我觉得差不多都骑有好几十里了,才转往东北骑。碰到路不好,或有沟的地方,我就下来推着走,走一阵子再上车再骑。后来我觉得天都快亮了,我才找到大公路,脚下用劲,骑到城里。

回到城里时天都亮了。一晚上跑了这么多路,真把我饿坏了。早饭我吃了七个馍,喝了三大碗稀饭,张新华他们几个都惊奇地看着我,蔡家生说:"昨晚你上哪去了?咋饿成这样?"我说:"俺一晚上去看了两三个同学。"张新华说:"咋去的?"我说:"骑自行车跑的。"

三十四

又过了个把星期,宰秘书召集我们几个开会。她在会上通知我们,说县知青办的写作班子要暂时解散了,因为县委决定,今年不开知青先代会了。我们五六个人在县里空住了一二十天。

临走前的那天晚上,县知青办请我们几个人吃了一顿饭。饭店就是我上一次和刘新民吃饭的光明饭店,不过这一次是在靠里头的一个房间,这个房间里只有两张桌子,清静多了。天还大亮着,宰秘书就把我们带到饭店里了。宰秘书小声交代我们说:"等一下我去请乔主任,还有县委的徐主任来,你们几个今天可得好好地喝噢。"说完她就走了。

宰秘书一走,我们几个就议论开了。蔡家生说:"咋叫'好好的'?这话俺不太懂。"张新华说:"'好好的',就是叫俺们别捣蛋。"我说:"那俺们只顾喝酒就是了。"王景伟说:"'好好的',就是叫俺们去给他几个领导敬酒呗!"何国达说:"叫俺们敬,俺们就敬呗,那怕啥,咱们这几个,哪个不能喝几盅。"蔡家生说:"就是的。"

一直等到天擦黑,宰秘书才领着乔主任、徐主任、丁秘书和知青办的几个人说说笑笑地来。他们坐在里头一桌,我们坐在外头一桌。

他们一来,菜就上来了。有红烧牛肉、清蒸鱼、猪肉丸子什么的,看得我们几个直咽口水。但是里头那一桌正在听徐主任讲县北开山炸石头的事,他们不吃,我们也不能先下筷子。

好不容易徐主任讲完了,里桌端起了酒杯,丁秘书和宰秘书又招呼我们一声,我们几个马上就吃喝起来。王景伟小声说:"俺老长时间没捞到这样吃了。"吃了一会,我们几个都顾不上来说话了,乔主任对我们这桌说:"你那桌都年轻,热闹一点,咱们徐主任又不是外人。"他这么一说,我们都放开了一点。我说:"咱们划拳吧。景伟,你会呗?"王景伟说:"会。俺俩还没划过哪。"我说:"那就俺俩先划。叫他几个拳打胜家去。"王景伟说:"管。"

说划就划,我跟王景伟摩拳擦掌就划起来了。划了一会,张新华、何国达都接上了,就是蔡家生拳划得生,碰上他,他就要跟人敲扛子。我们这么一咋呼,整个饭店都热火起来了,酒滋滋地往下耗。正划着,宰秘书端着酒杯过来了。她脸上喝得红扑扑的,过来说:"俺代表几位领导来跟你几个喝一盅,你几个都是俺们县里的笔杆子,你们公社也都知道;无产阶级专政需要你们,革命工作离不开你们,毛泽东思想也需要你们的捍卫,往后随时通知你们,你们随时来县里报到。"我们听了,都有点激动地点点头。宰秘书说:"俺不会喝酒,就不一个一个跟你们喝了,咱们共同举杯吧,为了咱们共同的革命事业,喝一杯。"我们几个站起来,端起酒杯,和宰秘书喝了一杯。

三十五

喝完以后,宰秘书略微放小了声量说:"大家都去跟领导同志喝一杯,他们平时都很关心你们的。"说完她就回桌了。

张新华说:"咱们去敬酒吧,宰秘书已经说了。"我说:"咋样敬?"王景伟低声说:"要不,咱们就一个一个去敬,叫他们多喝几盅。"何国达说:"管。"蔡家生说:"陈军先上。"我说:"先上就先上。"我端着酒杯就过去了。我一过去,宰秘书和丁秘书都说:"年轻同志来敬酒了。这是阳光公社的陈军同志。"乔主任说:"很有朝气的。"徐主任点点头。宰秘书说:"陈军同志讲一句话吧。"我说:"这次到知青办来参加写作活动,受到了很大的革命教育,思想觉悟有了很大的提高,感谢各位领导的关心和帮助,俺今后一定严格要求自己,决不掉队!"乔主任说:"说得好。"宰秘书也满面红光地点点头。

说完以后,我同他们一个一个喝了酒,就回到了自个的桌上。张新华说:"陈军,你讲得怪好的。"王景伟说:"也没跑题。"我兴致勃勃地说:"俺天天看书学习,还能连这点觉悟都没有。"

第二个去的是蔡家生。蔡家生一去,宰秘书就说:"这是跃山公社的,叫蔡家生。"丁秘书说:"下放好几年了。"蔡家生说:"俺下放以前,饭来张口,衣来伸手,是磬城县的贫下中农,改造了俺的小资产阶级思想,教会俺锄地、做饭,培养了俺的无产阶级感情,是磬城县的党员和领导,扶助俺在毛主席的革命路线上迅猛飞跑,俺今后一定要继续努力,做一个坚定的无产阶级革命战士!"乔主任说:"好好干吧。"

蔡家生喝过酒也回来了。我们都说:"家生,你也讲得怪好的。"张新华说:"那俺去了。"说着,他就端起酒杯过去了。张新华走到那边的桌边,宰秘书向徐主任介绍说:"这是孟屋公社的张新华。"宰秘书说:"你也讲一句话吧。"张新华说:"刚才陈军跟家生都表过态了,俺的决心跟他俩是一样的。俺只讲一句,毛主席的话就是俺的号令,领导有什么事叫俺干,俺二话不讲,坚决办好!"乔主任说:"一定要读毛主席的书,听毛主席的话!"张新华说:"乔主任放心吧。"张新华跟各位领导一一喝完酒,回到座位上,摇摇头,小声说:"俺去了就不知说啥好了。"我们几个都说:"你说得也怪好的,又省事。"张新华对何国达和王景伟说:"你俩去吧,别冷场。"何国达说:"俺去。"

三十六

何国达好像有点紧张,过去的时候,酒洒了一地。我们这边几个人都看着他。蔡家生说:"国达咋弄的。"宰秘书看何国达过去了,就说:"这是高楼公社的何国达。"何国达白着脸点点头,说:"各位领导,俺是外县来的……"徐主任说:"你是哪个县的?"何国达说:"俺是潍水县的。"乔主任说:"是县城的呗?"何国达说:"就是的。"徐主任说:"你家是干啥的?"何国达说:"俺爸是县医院的医生。"丁秘书说:"是哪一科的?"何国达说:"是内科的。"宰秘书说:"噢,内科的。"何国达说:"以后各位领导要是有病了,叫俺帮忙,只管说,俺一定办好!"乔主任、徐主任和丁秘书都直点头。

何国达回来后,王景伟就站起来过去了。我们几个都怨何国达:"哎,国达,你咋能那样讲。你叫人家宰秘书脸往哪搁。"何国达说:"俺叫他们盘得不知讲啥好了。"我说:"这是你心里话呗?"张新华说:"国达讲的也是老实话。"大家只顾跟何国达说话,王景伟已经回来了,但是他说了什么话,我们一点都不知道。王景伟只是一个劲地说:"俺比你几个多喝了三杯。"蔡家生说:"咋弄的?"王景伟说:"因俺是本县的。"

敬过酒之后,我们就放开来吃喝了。我们这桌菜,差不多都没剩下几筷子。酒也喝得一干二净。

卷三　云梅

一

　　第二天,我们吃过晌午饭后就分头走路了。我到新华书店和文化馆转到傍晚才往回走。

　　我又走在了回月亮滩庄的路上。

　　田野里到处都是青庄稼,翠茵茵的。沟沟渠渠里都有水。像很多时候一样,树林子里有成群的鸟在叫唤,夕阳挂在西天上,眼看着就要落下去。

　　现在,我觉得跟二十天前相比,我的思想发生了很大的变化,但到底是什么变化,我也说不清。我想起春天走在路上的情形,又想起也许很快就能见到云梅了,顿时觉得生活充满了吸引力。

二

　　天黑之前,我回到了月亮滩庄。云梅没有回来,小冯和曲霞连影子也没有。知青点里只我一个人。

　　第二天白天一整天,我都在大队部的槐叶收购点忙活着。

收购点旁边就是个加工点,里头是个柴油机带的粉碎机,整天轰轰隆隆的。晚上天黑透了我才回家。吃过晚饭,我把凉床搬到院里,躺在上头看天。院里显得冷清多了,也可能是我心里觉得有点冷清的原因,因为小冯和曲霞都要离开这里了,我像少了点依靠的样子。我想要是云梅回来就好了。

我起身把小方桌从屋里搬出来,又把煤油灯点亮放在小方桌上,伏案给家里写了一封信。我先简单谈了一下县里这一段时间的形势,然后我告诉家里,夏天我不打算回去了,我想抓紧时间再学几本马、恩、列、斯、毛的著作,我还想多干点活锻炼锻炼自己。写完信我就睡了。

但是半夜还不到,天就下雨了,雨点啪啪地打在我的脸上和身上,我跳起来拎着床就往屋里跑。雨哗哗地下起来,一直下到第二天小晌午都没怎么停。小晌午过后,雨就时大时小了,但也没有要停的样子。

三

下雨天一点事都没有。我上机房转了一圈,跟机房里的学有和胜元瞎说了一会话,又吸了几根孬烟。机房里头热乎乎的,所以机房的门一直大开着。从门里往外望,雨下得大时,雨点都把外面的泥地砸成一个小坑一个小坑的。外面雾气蒙蒙一片,月亮河被罩在雨雾里,一点模样都看不见了。像这种日子,不会有人来卖槐树叶子的。就是来了,我也不能收。因为槐树叶子肯定很潮,潮叶子收进来,倒进槐叶堆里,过不了一天就得发霉。

小晌午时,我从机房回到家里。院里空落落的。雨时大时小地下着。我站在门里看着院里的水坑和水雾气。一直看到晌午。

四

雨停了以后天就晴了。

天气又热起来。也立过秋了,秋老虎怪厉害的,地里到处都发着干。秋庄稼差不多都还没怎么熟,队里的活也还不多。

下午我正在磅秤旁边忙活着,从公社方向的大路上走过来一个人。胜元先看见的,他眯着眼说:"那是哪个?背着个小红包。"过了一会,我们都看清了。学有讲:"那是云梅呗。"我说:"一点不错。"

不知怎么的,我的心怦怦地跳了起来。

云梅越走越近。她从机房旁边走过去的时候,往我们这边看了一眼。看起来,她显得有点紧张,表情也不太自然,可能是因为我们这边人多的原因。胜元大声地说:"云梅,你家来啦?"云梅说:"家来啦。"学有也跟着瞎起哄:"云梅,你不走啦?"云梅笑着说:"不走啦。"说着,她就过去了。我什么话也没说,就是跟着笑。

云梅过去以后,这一下午我干事都有点心神不定的。小傍晚时,我借故喝水回到家里。一走进院子,就看见云梅和曲霞的房间门半开着。我想,云梅肯定在屋里头。我的心怦怦直跳。

我故意弄得踢踢踏踏的,一路回到了屋里。我在屋里转了一圈,没事干,我又出来,到锅屋里哗哗地舀了一碗凉水灌进肚里。从锅屋出来我又回到屋里,我实在不知再干什么好了。我想云梅肯定能听见我的声音了,但她的屋里却一点动静也没有。她可能在睡觉。但如果云梅在睡觉的话,她一定会把门插上的。她一定是不好意思主动来跟我说话。我在床上坐下了。但却坐不住。我就站起来乱收拾东西。折腾了一会,时间也不短了。我起身锁了门,然后鼓足勇气走到云梅的房门口,喊了一声:"云梅。"屋里静悄悄的,什么声音也没有。我走进去一看,云梅的包放在床上,人却不在。

我在屋里站了一站。云梅的屋里有一股特别的清淡气,有一点点香。我赶快就出来了。

五

晚上我早早就回来了。我刚吃过饭,云梅从外面进来了。这时天还有些亮,我看到她晒得有点黑了,也有点瘦了,但却更有精神,更有神了。我说:"云梅,吃过饭了?"云梅说:"俺还没吃。"我说:"你在哪吃呢?"云梅说:"俺在俺表叔那吃。"我觉着现在我跟云梅在一起说话,跟在城里时不一样,现在我们单独在一起说话有些拘束,也有些紧张。但我还是愿意跟她在一起说话。

打过招呼之后,云梅就回自个的房间了。我不知道该怎么办,也不知道该干什么。我就回到自己的屋里,并且打开了收音机。但我的耳朵却一直在听着隔壁的动静。我能听见云梅穿着塑料拖鞋走路的声音。

这时,天慢慢黑了下来,一小群麻雀飞到院里的泡桐树上,叫了一阵之后,又扑噜噜飞走了。接着就从外面传来了人走路的脚步声。原来是永山来串门了。现在我一点都不想跟永山拉呱,但我还是甩了一根烟给他。永山靠着门板蹲下来,他的那个位置正好能看见院子里的一切。我把煤油灯点亮。永山说:"槐叶粉又聚了不少了呗?"我说:"不少了,快够一车了。"我俩正说着话,院子外头有人尖声喊道:"俺云梅姐,吃饭啦。"一听声音,就知道喊话的人是良元的小闺女毛丫。云梅在隔壁屋里答应了一声:"哎。"就穿着拖鞋出去了。我虽然耳朵听着外面的动静,但嘴里还得跟永山说话。到我们吸第三根烟的时候,队长良元又来了。我们就亮着灯,天南地北地瞎扯起来。

六

好容易挨到良元他们都走了,我吹灭灯,走到院子外面。我左右看看,隔着两三家以外,就是良元家,良元家门口似乎还有人在说话,是姑娘的声音,尖尖的,我想过去看看,但又觉得不好直接走过去。我就走到了村中间的大路上。

我折身往村东走去。我慢慢地遛着。村里的人有许多都睡了,还有一些在外面乘凉。我打了几个招呼以后,就走到了村东春梅家的后面。我在春梅家后面站了一会。然后就转身往回走。我一直走到良元家门外的村路上。良元家门口还是有姑娘说话的声音。我知道那是谁了。但我还是问了一句:"那谁哪?到这晚都不睡。"说着我就走了过去。云梅在黑影里说:"俺们正讲话咪。"

走近了,我看见云梅和毛丫坐在凉床上。她们都穿着短裤头。夜色中云梅的腿白乎乎的。云梅看见人走过来了,赶忙把腿悄悄地往一块收收。毛丫还是个小毛孩子,瘦叽叽的,趴在床上。我也没多想,就走过去站在床边,说:"说啥话哪?说到这会。"云梅说:"毛丫叫俺讲城里的事给她听。"毛丫没等云梅说完,就打着哈欠下了床,揉着眼说:"俺不听你讲了,俺困死了。"说完,就歪歪倒倒地往屋里走去。

我在凉床的一头坐下,我说:"你们在公社咋这样长时间?各大队都跑一遍了呗?"夜色中,云梅好像很不自在。她穿着裤头和无袖衫坐在我对面,她使劲往凉床的一头缩,但她一直在跟我说话。云梅说:"俺们跑了七八个大队哎。"她说话时嗓子有点发紧。我说:"俺上公社去过一回,你们都上小洪大队去了,没能见上。"云梅说:"那回可把俺们给累死啦。天下着雨,俺们泥里水里蹚,好几个女孩子都累哭啦。晚上俺们搁社员家打的地铺,身上咬的都是疙瘩。"说着说着,云梅就放开了。她显得轻松多了。她说:"哎,俺问你一件事,咱庄西湖那块地,咋叫'老茔地'的?那一个坟也没有。"我说:"队长跟俺讲过的。有的地叫'大滩地',是讲它地势有点高;有的地叫'河湾地',那是在河湾子的。'老茔地'原先都是老茔,现今平了,还打了机井。"云梅听得非常认真。听完了她说:"噢,俺知道了。"

我们又说了些别的，不知不觉天就晚了。云梅小声说："哎，不早啦，睡觉去吧。人家听见了讲。"我一点都不想走，但时间确实不早了。我只好站起来，伸个懒腰，回屋睡觉去了。

七

第二天白天忙活了一天。天热热的，来卖槐叶的人也特别多。

到了傍晚，天气更有点闷了，良元吸着烟来到了机房，说："小陈，叶子收购咋样？"我说："今个还行，再往后怕就不行了，季节过去了，地里也快该忙了。停吧。"良元说："那就停吧。你们往固镇去送一两回，就差不多了。"我说："那明天正好够一车。"良元才走，后面风就跟来了。云彩也铺了过来。我们赶紧收秤关门。刚跑到家，雨就哗哗地倒下来，天也很快就黑了。我在心里希望这场雨能不停地下，那样的话，今晚就不会再有人来闲拉呱了，我跟云梅在一块说话的机会也就多了，虽然我现在一点也拿不准云梅愿意不愿意跟我在一块说话。

天黑得透透的了，云梅都没有回来。我洗了脚，敞开门，点亮煤油灯，伏在柳条箱上看书。雨哗哗地下着，除了雨声，外面什么声音都没有了。我看了很长时间的书，都看得没有信心了。我无可奈何地起来关了门，然后上床准备睡觉。正在这时，外面传来了脚踩在水里的呱叽声和姑娘们轻声尖叫的声音。云梅回来了，我后悔不及，但也不能再把门打开了。云梅肯定是和毛丫一块来的。我下了床，轻手轻脚地走到门后，听着外面的声响。

虽然这时房间里只有我一个人,但我觉得自己一点都不自然,好像在做什么不好的事情一样。我又轻手轻脚地回到了床边,心神不定地在床沿坐下,顺手拿起一本学习材料翻着。我把煤油灯的灯芯拧大些。煤油灯就放在我床头的柳条箱子上,柳条箱上用摁钉钉了一块黑色的塑料布。我的耳朵一直在听屋外的人声,但差不多什么都听不到。现在,在我的大脑里,我对云梅一点都摸不准,在城里时,她好像清楚多了。特别是在石榴丛里。

八

雨不停地哗哗地下着。我一点信心都没有。可是我也不想睡觉。

我把收音机打开,把音量调到最大,开了一会,又调到很小。这时我突然听见云梅说话的声音了。我一下子站了起来。云梅肯定是在她门口说话的,也许是在跟毛丫说话。她说的什么话我一点都分辨不出来,但是紧接着她跑过来的声音我听得清清楚楚。她一下子跑到了我的门口,轻轻敲了几下门说:"陈军,陈军,睡觉啦?"我的心都快跳出来了。我马上说:"噢,来喽。"

我打开门。屋外除门口有灯光的一小片以外,夜空里黑得看不见东西。云梅的头上有一些小水珠。她站在门口,手里拿着一个茶缸,茶缸上印着几个大红字:节约粮食奖。云梅粉红着脸,笑着说:"睡觉啦?"我连忙说:"俺还没睡。"云梅说:"那你干啥呢?"我说:"俺正看书呢。"云梅笑了笑说:"俺想问你要点开水喝。"我说:"开水俺有。"

我忙不迭给云梅倒了满满一茶缸开水。云梅端着茶缸走到门口。这时门大敞着,屋里的灯光照在门外,照成了一片斜方形。屋檐上掉下来的水珠都相连成了一片。云梅走到门口就停下来了。她转回身说:"你看的啥书?看得这样上瘾。"我说:"列宁的《国家与革命》,还有《马克思传》。"云梅听了,又惊奇又钦佩地说:"你看这样深的书?"我说:"你看过吧?"云梅说:"俺都没看过,里头讲的啥?"我说:"里头讲的都是革命道理。"

一谈起这个,我就来了兴致。我把书拿过来,翻开给云梅看。我说:"你看,卡尔·马克思1818年5月5日生于摩塞尔河畔的特利尔。他出生的那座城市是摩塞尔区的行政中心,那里几乎没有什么工业,当时大约有一万两千个居民,其中大多数是官员、商人和手工业者。马克思在二十四岁就当了《莱茵报》的主编。"云梅吃惊地说:"呀,这样年轻。"我说:"《列宁传》你看过吧?"云梅摇摇头说:"俺也没看过。"我又从床头把《列宁传》拿来给云梅看。我说:"列宁在1897年被流放到边远的西伯利亚,虽然几千公里的密林区把他同无产阶级的中心城市隔开了,并离开了他的同志,但他还是继续做他毕生的工作。他决定利用他三年的时间完成几本他已经着手的关于俄国经济状况的重要著作,更深入地钻研哲学,以及进一步准备建党。列宁最善于支配时间。他从西伯利亚写给母亲的信里,谈到他的弟弟时说:米嘉是否在做些什么?他最好有系统地研究点东西,不然这样一般地'读书',没有多大的好处。列宁自己读书,总是很有规律的。"云梅由衷地说:"列宁真伟大。"

我俩一说起来,好像就没断掉。我们就站在门口说着话。外头黑漆漆的,雨一阵小,一阵大,除了风雨声,就没有别的声音了。云梅端着茶缸站着,有时候她低头往茶缸里看看,但她一口也没喝。后来她说:"天不早了,俺睡觉去啦。"说着她就往门口走了一步,面对着黑夜和雨声了。我一点都不想叫她走,但我又没有办法说出来。我只好跟着她往门口走了一步,说:"毛丫跟你一块来的吧?"云梅说:"就是的。毛丫非要跟俺一块睡。"云梅在门口站住了。她用耳朵听了听说:"毛丫咋一点声响都不响了?毛丫可能睡着了。"我说:"她小孩子玩了一天,沾枕头就睡着了。"云梅说:"就是的。"

她把头往外伸伸,忙又缩了回来。"雨下得真大。"她像是不愿意走的样子。我说:"下过雨就凉快了。老早人家就讲了,一场秋雨一场寒。"云梅点点头。云梅又伸手在雨里试试,说:"俺睡觉去啦。"说完她就跑进雨里,跑进西边屋里去了。

我走到门口,伸头望望天。天上啥也看不见。我回到屋里,轻轻关了门。这时我兴奋得一点都不想睡觉。我在屋里小声地来回走着。我连着吸了好几根烟。一直走了好长时间,我才上床睡觉。

九

今年秋天的雨有点多。雨下到早上还没停。雨虽然下得不很大,但拖拖拉拉下个不停,院里院外都下得稀烂。

固镇去不成了,也没有什么活能干,早上我就睡了懒觉。一觉睡醒,我打开收音机,正好收音机里报十点了。窗外屋檐滴水哗哗的,泡桐树的大叶子在雨中不停地摇晃。我一个人,既不想起来做饭,也不想起床。但我还是起来了,我想看看云梅在不在。

我下了床,使劲把门拉开,让门发出响声,然后我站在门槛上假装打了个哈欠。隔壁房里一点响动都没有。我伸头一看,云梅房间的门锁上了。

我一点精神都没有了。雨下得稀巴烂,这是乡下最闲无味的时候了。我关上门,重又上床睡觉。这时好像一整个夏天的劳顿都来到了身上。关了门之后,屋里有点暗暗的。我仰面朝天地躺着,看着屋梁。屋梁上还贴着盖屋时贴上的红纸。不知不觉间我就睡着了。再醒来时,我看见窗外已经有点发暗了。也不知是几点,是上午还是下午,屋外的雨仍然漓漓拉拉地不断线。

我一动不动地仰面看着屋梁。我的肚子里咕咕地响着,但我一点都不想起来。

十

云梅来敲门时天都有点黑了。

我一下子被敲门声惊醒了。云梅一边敲,一边压低着声喊:"陈军,陈军,起来啦,天亮啦。"我赶忙在床上靠起来说:"云梅,你推门吧,门没插上。"云梅一推就把门推开了。原来天黑了。

外面的雨声一下子挤了进来。云梅站在门口说:"还不起来呀,你可知道啥时候啦?"我说:"啥时候啦?"云梅说:"都五点多啦,你都睡一天啦。"我说:"俺也不知道几点了,一觉就睡过来了。"云梅说:"俺上公社去了一趟。"我说:"下雨天上公社干啥?路上稀烂。"云梅说:"上公社玩呗。俺对你讲,公社管秘书说,咱们这快要地震啦,今年天气不好,地震都在下雨天发生。"我说:"真的?公社通知啦?"云梅说:"地区的正式通知还没下来,反正得注意防震。"我笑着说:"要真是地震了,俺们都跑不掉。"云梅赶紧摆摆手说:"别乱讲啦,到时候公社民兵把你抓起来。"

云梅一直站在门口说话,没进来。屋里黑,外头亮一点。云梅站在门口,她穿着一双白塑料凉鞋,裤腿挽到小腿肚子,她的小腿白白胖胖的。我说:"你咋不进来?"云梅说:"不啦,屋里黑,毛丫也快来喊俺吃饭啦。"她又小着声说:"你还不起来做饭吃?"我说:"俺就想睡觉。一夏天都没捞到像样睡。"云梅又说:"知青会还开呗?"我说:"不开啦。"

云梅又站了一会,毛丫在外头一喊她,她马上就答应着走了。毛丫打着一把大黄伞,伞大得她都撑不住,风吹得伞和人东摇西晃的。

云梅一走,我觉得我真该起来了。我呼隆一声就跳下了床。

十一

天晴时,我和宁元、学有去了一趟固镇。再不送槐粉就要受潮了。

前一天晚上装好车,早上一大早宁元和学有就来喊我了,他俩在院子外头粗门大嗓地喊:"陈军,起来喽,走喽。"我起来收拾好东西,把粮票、钱什么的都放到书包里去。宁元说:"俺们这一呼隆,弄得云梅都睡不好觉。"这样说着,他还有意嬉皮笑脸地对着云梅的屋门喊:"云梅,云梅,起来上固镇玩去喽。"学有也说:"固镇好玩哎!"

我在屋里听见他俩的喊声,心里有点痒痒的。我希望云梅不理睬他俩,因为他俩太嬉皮笑脸了。

但是云梅却被喊醒了,她在窗户那里对着外面说:"你们啥时候家来呀?"宁元仍然嘻嘻哈哈地说:"下晚就家来啦。"这时我在屋里都有点不高兴了。云梅又说:"俺不去啦。俺今个还得下地干活哪。"学有说:"固镇好玩哎。"云梅半恋不舍地说:"俺不去了。"

我一声不吭地锁了门出去了。

这时天还黑。马车清清凉凉地出了庄,走到了野地里。我高高地坐在车上,一路都想着云梅跟宁元和学有搭茬说话的事。马车不紧不慢地走着,快走到大公路上时天才亮。

十二

马车回庄时已经是小半夜了。卸了车,收拾好车上的东西,我顺着村里的路走回家去。

走在路上我想,云梅现在肯定已经睡觉了。我进了院,但是我意外地看见云梅的屋里还亮着灯。我的心情有点激动。我回到屋里,在屋里转了两圈,然后到门口看看夜色。夜早静了,庄里的人已经都睡了。我咬咬嘴唇,下决心走到云梅的屋门口,敲敲门说:"云梅,云梅,可有火柴借给俺用用?"一说完话停下来,我都能听见自己的心跳声了,怦怦的,差不多都要跳出来了。里头云梅说:"哎,等一下子。"但是她马上就开了门。我说:"云梅,还没睡哪?你有火柴呗?俺的火柴用完啦。"云梅说:"有。"说完,她就进屋到箱子跟前拿火柴给我。

云梅的箱子也是红的,不过比春梅的红木箱小些,但秀气一点,肯定是她从城里带来的。

我跟着云梅进了屋,屋里只有云梅一个人,毛丫不在。我说:"毛丫上哪去啦?"云梅说:"俺叫她自个睡了。"她把火柴递给我。我接过火柴,但是没走。我想把那些话跟她说出来。我说:"你点灯熬油干啥咪?"云梅笑着说:"俺看书咪。"我好奇地说:"看的啥书?看到现在都不困?"云梅说:"俺看的是高尔基的《我的大学》。"我吃惊地说:"听讲这本书写得怪好的,你打哪借来的?"云梅说:"俺打张晶晶那借的。你要看俺就先借给你看。"我赶忙说:"那你先借给俺看吧,俺两天就看完了,看完了俺就还你。"

云梅点点头,把书递给我。

我把书拿在手里翻着。云梅说:"你们打固镇才回来呗?"我想起了早上的事。我说:"俺们才到家。"云梅高高兴兴地说:"固镇好玩呗?"我一边想着早上的事,一边说:"固镇有火车站,上北京、上上海都能去。"云梅说:"哎哟,那怪好玩的。能上哈尔滨呗?俺有个亲戚在哈尔滨林场里。"我说:"听讲转车就能去。"

我停了一下。这时我已经决定要跟她说早上的事了。我觉得我不能听之任之。我突然掉转话头说:"你咋能那样跟男的开玩笑?"说这话时,我脸上一点笑意也没有,我心里是很严肃的。我说:"他们都嘻哈惯了的,咋能跟他们那样?"

听了我的话,我看见云梅的脸色一下子变得煞白。她本来是笑着的,现在一下子没有一点笑意了。我完全没想到会这样,但我已经不知道该怎么办了。云梅低下头,用手指抠着红木箱的拐角,一句话也不说。屋里的气氛又冷又僵。过了一会,云梅没看我,她仍然低着头,好像生气了,她口气发冷地说:"俺不知道你讲的啥。俺困了。"我觉得我心里乱糟糟的。我低着头不说话。我俩都低着头不说话。干站了一会,我一生气,掉头就回了自己的屋。

我回到屋里,点上一根烟吸起来。我一点都没想到结果会是这样的。我也一点都不知道往下该怎么办,不过我觉得我跟云梅从今以后不会再说话了。我俩完全不是我想的那回事。我关了门,到床沿上坐下。一根烟吸完以后,我有点清醒过来了。我也有点灰心丧气。我觉得今天这件事做得一点都不好。夜都有点深了,我单独一个人坐着,坐了好长时间。后来我想,干脆睡觉吧。我也有点困了。但是正在这时,云梅的脚步声在外面响起来了,她推推门,压低声说:"陈军。"我慌忙过去给她开了门。门吱呀一声开了,云梅站在门口,手里拿着一本书。因为夜已经很深了,她低声说:"你还生气呀?"我不知道怎样回答才好。我就笑了笑。她说:"你还看这本书呗?"我坚决地说:"看。"

我俩隔着柳条箱坐下了,我坐在自己的床上,她坐在小冯的床上。柳条箱中间放着煤油灯。我说:"这本书肯定很好看。"云梅神秘地说:"有的地方写得不能看哎。"我吃惊地说:"真的?"云梅说:"你不信?"我说:"不信。高尔基是无产阶级革命作家,列宁都高度评价过他,他还能乱写吗?"云梅说:"也不是乱写,就是有些地方俺看不太懂,觉得不太好。"我说:"俺看看。"云梅翻了一会没翻到,就把书给了我,说:"你自个看吧。"

十三

我俩说话一直说到半夜,云梅才轻手轻脚地回屋。

我送她到门口。外面已经静得一点声响都没有了。

云梅调皮地对我笑笑,然后一步一步、蹑手蹑脚地回到自己的屋里。我等她关上门以后,才回屋把门关上。我的门吱呀一响,在秋夜里响得特别刺耳。我伸伸舌头,慢慢把门关上。我心里又舒坦又安稳,上床我就睡着了。

十四

早上一醒来,我就盼着赶紧到天黑,因为到天黑,我就可以跟云梅在一起说话了。虽然夜里睡得不多,但我一天里精神都很饱满。干活也很有劲。

吃晚饭时,我端着碗在院外的村路上遇见了云梅。我差不多都有一天的时间没见到她了。白天就是在地里或村里碰见了,我俩也不在一起说话。另外白天的光线也太好了,能这样清楚地看见云梅,我觉得很不自然。

云梅和毛丫正拿着粪耙子往家走。毛丫走在前头,云梅走在后头。我说:"云梅,还没吃饭哪?"云梅看样子有点累了。云梅说:"马上就吃了。"毛丫走过去之后我看了看云梅,她走得慢了些,她走过我身边时,我小声说:"云梅,你晚上来说话呗?"黑暗中我看不太清云梅的表情,但她很清楚地点了点头。然后就走过去了。

十五

吃过晚饭,我没有马上点灯。我不想有人来找我拉呱。

我半躺在床上。前后我听见有两个人来过,脚步声进到院子里以后,很快又出去了。我也不知道是谁。

到八点多我才把灯点着,这时一般就不会有人来了。

我刚点着灯,就听见了云梅和毛丫进院的声音。她们在隔壁说了一会话,又咯咯笑了一阵,云梅就过来了。我小声说:"毛丫又睡着啦?"云梅说:"她困得话都懒得跟俺说。"

云梅在灯底下坐下了。她穿着衬衫,袖子挽到了胳膊肘。她伸出胳膊在灯底下看看说:"俺干一天活就晒黑了。"云梅的胳膊圆滚滚的,晒没晒黑我说不出来,因为昨天我没敢注意看她的胳膊,不知道昨天是什么样子的。但是她的胳膊肉乎乎的,很吸引我。

我张了张嘴。但是我突然非常想摸摸她的胳膊。一有这个念头,我就有点热血沸腾起来。跟一个姑娘的胳膊感觉上离这么近,看得这么真切,对我来说还是第一次。我大着胆子说:"云梅,你的胳膊真胖。"

云梅脸上的颜色一下子就变粉了。她脸上一下子变得热扑扑的。她看看自己的胳膊,说:"真的?俺看看你的胳膊。"我说:"俺的胳膊没有你的胖。"我把胳膊抬起来放到箱子上。和云梅的胳膊放在一起,我的胳膊显得又黑又结实。云梅看着我的胳膊,羡慕地说:"你的胳膊真有劲。俺那天在场上看你扛笆斗,一百多斤重的笆斗,你一下子就拎起来了,俺连想都不敢想。"我说:"俺那都是锻炼出来的。"云梅说:"俺也能锻炼出来呗?"我说:"那俺就不知道了。女的也没有扛笆斗的。就是扛,也得有人递给她,扛半笆斗就撑死了。"

说到这里,我突然有一个大胆的点子冒了出来。我脱口而出,说:"云梅,俺俩掰手腕,看谁有劲。"说完之后,我又后悔了。我觉得我不该说这句话,云梅肯定不会愿意的。但是云梅只是粉着脸笑了笑。她好像也很有兴趣。她小声地尖叫着说:"俺哪能扳过你?你多有劲!"但她还是立刻就把手伸出来了,跃跃欲试地说:"俺试试。"我握住她的手。她的小手软乎乎的。一刹那间,我的心里好像麻了一下子。我全身马上就燥热起来。我看看云梅。正好这时云梅也看了我一眼。她赶紧就把脸伏到箱子上去了。她说:"叫人看见了咋办?"

我也不知道该怎么办。但我俩的手一直握在一起。云梅的脸也一直趴在箱子上的另一只胳膊上。我摇摇她的手说:"你不跟俺掰手腕啦?"云梅轻声说:"俺扳不过你。"说完之后,我就不知道往下再说什么了。我看见了趴在箱子上的云梅脖子后面的绒毛。我想:我向她吹气吧。我就用嘴向云梅吹气。吹云梅脖子后面的绒毛。云梅护痒痒。她直缩脖子。她说:"痒痒死俺了。"她的脖子又细又白。为了躲避我吹的气,她把脖子扭来扭去的。我的心里一紧。有一种麻酥酥的感情在我的心里升起来了。就像春天哗啦一声在我面前展开来一样:有不少人正手里拿着农具,打屋里走出来。这时我非常想抱住云梅的脖子。但是我又不敢。我怕云梅生气了。我只好也把脸趴到箱子上。

开始我的脸离云梅的脸还有一段距离。我说:"云梅,你咋不讲话了?"云梅一声也没吭。我离她的脸近了一些。都快挨着她的脸了。云梅也没避开。她的脸滚烫。跟开水一样烫。云梅突然小声说:"哎,陈军,你不是看了很多书吗?你讲个故事给俺听。"我说:"讲啥故事?"这时候,我的脑袋里连一本书也没有了。我说:"俺出个谜给你破吧。"云梅说:"管。"我说:"花屋子,白帐子,里头坐个白胖子。"云梅急嘴快舌地说:"这个俺知道。"我说:"你知道是啥?"云梅说:"是花生。"我说:"就是的。"云梅说:"你再出一个。"我说:"俺就这一个。"云梅说:"那你讲个故事给俺听。"我认真想了一会。我说:"俺一个都想不起来了。"

十六

云梅不说话了。我也不说话了。过了一会,云梅轻声说:"把灯捻大点吧。要不,人家看见俺俩这样晚在一块说话,人家该传了。"

我觉得云梅说得对。我说:"管。"我把灯捻大了点。我的屋门大敞着。外面夜又深了。一点动静都没有了。我俩谁都不讲话了。但也一点都不困。凉快气打门外传进屋里来。我俩脸挨着脸。下半夜过去了不少时间以后,云梅才起身回自个的屋。

十七

云梅走了以后,我看《我的大学》看到天快亮。虽然没发现书里有什么太大的问题,但书里的内容使我很激动。天亮前我睡了一小会。我也没有耽误上工,永山在庄里一吹哨子,我就爬起来了。

这一天我在牛屋里干活。我把《我的大学》带到了牛屋。到了牛屋,我就跟老兴元两个铡起草来。老兴元续草,我铡。一气干到快吃早饭。我干得浑身都是汗,舒畅极了。

牛屋跟队里的猪圈都连在一起。早上猪圈那里煮了一锅春红芋,都不大,是喂猪的,还有一些红芋梗子。老兴元说:"你一个人,搁这吃一碗就饱了,不值当再家去做饭的。"我讲:"那管。"我也没用碗,就用手打锅里拿着吃,一边吃,一边看牛吃草,一会就吃饱了。

吃过饭,歇了一会,上午又铡草。铡了不到一个小时,就没活了。老兴元说:"俺家去望望。"说着,就走了,家去忙自个的事去了。我往凉床子上一歪,开始接着看《我的大学》。这时庄里也没有多少人了,人都下地干活去了。我一口气把书看完,心里觉得真痛快。我想:高尔基不愧为列宁称赞过的无产阶级革命作家,他对劳动人民太熟悉了。他应该是我学习的榜样,虽然我并不准备去当作家,也不准备正式地去写作。我要学习的是他的那种奋斗精神。

快晌午时,我在凉床上不知不觉就睡着了。我醒的时候,是被老兴元喊醒的。老兴元咋咋呼呼地说:"小陈,你不家去看看?俺刚才打你家门口过,看见小冯家来了。"我一骨碌从床上坐起来,揉揉眼。我说:"可是真的?"老兴元说:"俺哄你弄啥。"

十八

我站起来往家里走。村路上也没有什么人。天晴得几乎都看不见云彩。天明显比夏天高多了。

进院时,小冯正在屋里拾掇东西。我喊了他一声:"哎,小冯!"小冯一见是我,热热火火地迎过来说:"小陈,过得咋样?"我说:"凑合。"小冯递了一根烟给我。我说:"啥时候回来的?"小冯说:"早上吃过饭就到了。你也没在家里吃早上饭?"我说:"俺在牛屋那边吃了。"我俩进到屋里。我说:"咋拾掇东西啦?

回城办好啦?"小冯高兴地说:"差不多了。"我说:"啥时候走?"小冯说:"等会先把东西弄走。手续这几天就办完了。"

我俩坐下来吸了一根烟。小冯说:"咱俩把粮食分了吧。"我俩的粮食平时都是在一起的,吃饭也在一起。曲霞是自己在一起的。我说:"管。"小冯说:"俺去借杆秤来。"

小冯上良元家借了一杆秤,良元也跟来了。我们三个先吸了一根烟。正吸着,会计冬江又进来了。小冯站起来甩了根烟给他,说:"冬江,你来得正好,你来帮俺们掌掌秤。"冬江不吸烟,他把烟退给小冯,咧着嘴说:"真走啦?"小冯说:"那还是假的?"冬江说:"那往后还不容易见了哩。"小冯说:"你们上五河玩就是了。"冬江摇摇头说:"那也不容易见啦。远啦。"我接上说:"五河那边,单位可定了?"小冯:"还没定,先上劳动服务公司报到,报过到了再分配。"良元说:"可见曲霞了?"小冯说:"见过一回。"良元说:"曲霞办得咋样啦?"小冯说:"听讲也差不多了。"我吸着烟,我的情绪这时有点波动。我觉得我们这个地方有点像要散架的样子了。冬江咂咂嘴说:"你两个一走,咱这就只剩小陈跟云梅了。"良元说:"就是的。"

十九

吸完烟我们就开始分粮食。粮食是午季分的小麦,好分,一会就分完了。

正在这时,外头社员收工了,云梅扛着锨打外头进来,小冯跟她打个招呼说:"云梅,收工啦。"云梅一看屋里的样子,就明白了。她看了我一眼,对小冯笑笑说:"小冯,你要走啦?"小冯故意叹口气说:"唉,走啦。"云梅说:"又变成城里人啦。"说了几句话,云梅回了自个的屋。小冯说:"队长,俺想先把东西弄走,你可能派个马车给俺送到磐城。"良元说:"管。啥时候走?"小冯说:"俺想现在就走。下午俺就能找车上五河了。"良元说:"冬江,你叫宁元套车,送小冯上磐城。"我说:"小冯,急啥?吃过晌午饭再走。"小冯脸有点沉,他摇摇头说:"不啦。家里头都在等俺。"

我觉得小冯走得太匆忙了。虽然他说现在是先把东西弄走,但东西一弄走,人差不多就不在这里了。

等马车来的这一会,我们几个都没说话。也想不出什么话来说。我又各甩了一根烟给小冯和良元。我们三人吸着烟。良元笑着讲:"小冯刚来那阵子,连一笆斗粮食都扛不起来。"小冯什么话也没说。他低头吸了两口烟,站起来说:"俺上庄里看看去。"说完就出去了。我跟良元继续在屋里吸烟。良元说:"小冯这人啥都好,就是私心重一点,他刚才跟俺讲,要把床拉走,俺没同意他。这床都是集体财产,私人哪能拉?"

正说到这里,外头马车来了。小冯和永山也跟来了。几个人七手八脚帮小冯把东西抬到马车上。云梅也从屋里出来帮了一把手。

东西都弄好了,宁元说:"俺们走吧。"良元说:"走吧。"宁元"得"了一声,马车就走起来了。

到这时我还是觉得事情有点突然。小冯对在场的几个人说:"俺走啦。得闲上五河玩去。"冬江讲:"那是,俺们上五河就去找你。"小冯先跟良元握握手,跟站在旁边的云梅、毛丫和毛丫娘点点头,又跟冬江和永山握握手,我俩又互相拍拍肩膀。这时他的眼圈有点发红。良元讲:"常来俺庄走走。"小冯点点头,话还没讲出来,眼泪就下来了。他一扭头,转身就跟上马车走了。

我们几个都跟在马车后头送。一拐弯到了村外。我们几个送到村外。小冯讲:"你几个都回吧。"永山划划手讲:"小冯,常来庄里看看。"小冯点点头。大步跟上马车,跳上马车走了。

我们一直站在村头看他,直到看不见了,我们才回庄。

二十

晚上我把书还给云梅时,云梅说:"晌午还怪感人呢。"我说:"小冯走得太忙了。回来就走了。"云梅接过书,偏着头问:"书看完啦?"我点点头说:"看完啦。俺昨晚上看到天快亮,今个上午又看了一会,就看完了。"云梅说:"你看书真快。"

跟云梅在一起说话时,我觉着有说不完的想说的话题。我说:"这本书不是一本。"云梅有点不明白地说:"咋不是一本?有上下两册呀?"我说:"不是上下册。你没看后面的介绍呗?"云梅赶忙往书的最后翻。她一边翻,一边说:"俺还没看到后头。介绍咋讲的?"我说:"最后头的介绍说,高尔基这是自传,总共有三本,前头一本叫《童年》,后头一本叫《在人间》,这是中间的一本。"云梅不太相信地说："真的?"我说："这是书上讲的,你还不信?"云梅说："俺不是不信,俺是有点惊奇。高尔基写了这样多的书。"我说："看了这一本,不前不后的,不过瘾。张晶晶那还有呗?"云梅说："俺也不知道。"说完,她就低下头想什么事去了。

我可惜地咂咂嘴。

我说："现在找书真难。"云梅突然说："小陈,要不俺去问问张晶晶,她要是有前后两本,俺就借来看。"我高兴死了。我一下子站了起来。急切地说："你啥时候去?"云梅说："俺明天走不掉,俺们那组人少了就不好干活了。俺后天去吧,张晶晶可能回城里她父母家了,俺上磬城找她去。"我说："俺也正想进城一趟,俺跟你一块去行不行?"云梅听了赶忙摇摇手说："不行不行,叫人看见就不好办啦。"我说："那有啥子?"

云梅红着脸笑笑,然后捂着脸不说话了。她低着头想了一会,然后说："俺不能跟你一块去,庄里人肯定得讲。"她停顿了一下,又说,"要不,后天早上俺先走,俺早上就走,俺就说上城里看熟人去。你到小傍晚再上城跟前等俺。"我连忙说："管。俺后个下午就不去上工了,俺也不跟队里请假,俺就讲搁家里歇半天。到下午俺再过河进城。"云梅说："管。"

我觉得这件事情很神秘,我觉着云梅肯定也是这样想的。这时,我突然想起了另一件事,我说："那俺搁哪等你?"云梅半红着脸说："俺也讲不清。"我说："俺在汽车站门口的土产门市部跟前等你咋样?俺庄人走不到那里,也看不见俺们。"云梅想了想说："管。"

卷四　沈鹏飞

一

一晚上我都没怎么睡好。我就盼着赶快到后天。

早上起来,队里的活都重新安排了,我跟宁元、学东几个跟车去拉胜元家废了的旧墙框子。旧墙框土能当肥料用,敲打碎了,直接拉到地里撒开,就能长粮食。我觉着,啥东西跟人混长了,都能当肥料使。

干了两趟,回到庄里,宁元讲:"歇歇子啦。"我们几个就歪在了废墙墙根底下。马车在墙根外边的空地上。我们刚坐倒,辕马就不老实了。宁元吆喝了几声,不管用,就不管它了。学东说:"管它弄啥。叫它配去。"我们几个闲无事,就歪在墙根底下看马发情。

右梢马是队里去年才买的小母马,一身黑,皮毛光滑得像黑缎子样的,辕马在它的屁股后头闻到它的气味,看见它翘尾巴欠腔的,就耐不住地带着一整个车,非常壮观地往它身上爬。这也不是什么坏事,一来它两个的身架都还长得可以,比较配对;二来要真爬成了,给队上添个小马驹,连配种的钱都不用出;三来就是个乐子,大家闲了没事干,看了开开心。

二

正在这时,良元披着小褂子来了。他才拐过墙角,就笑嘻嘻地说:"你们这干啥呢?看西洋景呢?"宁元说:"小母马发情,给它配种。"学东接着说:"良元叔,你看你来得可巧,刚进去就叫你看见了,你看你有眼福吧。"良元不让他,良元说:"俺看见不要紧,你看见晚上家去就熬不住啦。"因为学东还没结婚,所以良元才这样说他。

这边正说着话,那边咣当一声,原来是辕马过足了瘾,带着车咣当一声从小母马身上下来了。学东说:"得叫小母马跑跑。"良元说:"跑过了上仓库拉两千斤小麦,上公社粮站。"宁元听了,嗷嗷叫起来:"这都啥时候啦?"良元说:"公社才通知的。"宁元说:"那俺仨也不够。"良元说:"再给你找两个妇女来。"说完就走了。

这时学东已经把小母马卸了套,在空地上遛了几圈,没叫它撒尿。我和宁元把已经装好的半车土给掀了下去。都拾掇好了,宁元又嘟噜了几句,我们就坐马车去了队里的仓库。

三

良元派来的两个妇女,一个是冬梅,一个是小产娘,都还能干。

她两个已经在仓库里等着了。保管员启元也已经把磅秤推出来了。我们到的时候,启元正跟冬梅说话:"冬梅,队长叫你家去一趟,叫你娘先贴几个死面饼,你几个带着晚黑吃,等会你打队里约十斤小麦。"冬梅说:"俺家也不知可有好面了。前两天就讲去机的,也不知俺娘可去机了。"启元说:"没有先借着。"

冬梅往家里去了,天也不早了,余下我们几个,圈折子的圈折子,挖麦的挖麦,过磅的过磅。马也都老实,兴头都过去了。正干着,咣咣几声锣响,有几个人打仓库边的路上走了过去。我们都住了手看。原来是不认得的四五个人。走在前头的那个,模样精瘦,肩上扛了根棒,边走边喊道:"俺是河东大队的,俺叫邵大千,俺破坏绿化。"他喊过了,紧跟在他身后的一个,五十来岁,提着一面小锣,接了他的音喊道:"俺是老好人,见了坏人坏事不检举,大家不要向俺学习。"跟着就是咣的一声锣响。他俩后边跟了两个持枪民兵,我们几个都没见过。宁元讲:"那是哪几个?都是河东大队的呗?"学东讲:"那俩民兵怕是公社民兵,你望那架势,正正规规的。"我们几个眼望着他们过去了,才又弯下腰来干活。

麦粒干燥,麦香清清淡淡的,却混了一股土味在里头。我们干活的时候,日头已经往仓库西头偏过去了。几个人齐伙快干,马车很快就装起来了。马现在都老实得很了,凭着经验,它们也该知道这回是重载了,不比在胜元家拉墙土。

我们干这样的活都有点经验了,往公社粮站送麦,又得排队,又得过磅,又得入库,一时半会回不来。装好车,大伙就都往自个的家里去,拿一两件衣服,防着夜里冷,顺捎也跟家里人打声招呼。

我回到屋里,拿了一件小褂子搭在身上。这时云梅还在地里干活,她的屋门锁着。我喝了一瓢凉水,又解了个小手,才回到仓库的马车边。冬梅家的死面饼已经贴好带来了,闻着就香。几个人都上了车。宁元吆喝一声,三匹马拉了车,就往公社去了。

四

马车出了庄,在路上一摇一晃地走着。前头就望见小石桥和大队部了。大队部离庄还不到半里地,离前庄也不过半里来地,孤零零的一排房子,有个小医院,还有个小卖部。

马车晃晃悠悠地往前走。现在人坐在马车上,比平地高出不少,再看平原野地时,就能看出不少秋天的痕迹来了。车上的人不出体力,渐就觉得凉了,都把带来的厚些的衣服披在身上。才过小石桥,打桥那头走过来一个中年妇女,看见马车,就在桥头那边停住了,等着马车。

原来是胜元家里的。胜元家里的两个眼泡子通红,嘴唇发抖。学东横着眼说:"你咋啦?"胜元家里的扶着马车帮子,跟着马车走了几步,紧张地小声说:"毛主席去世啦……"

我听了吓一跳。我简直不敢相信胜元家里的会讲出这种反动话。我张口就说:"胡扯个熊你!"宁元也扬着鞭子吼道:"胡扯俺抽你!"胜元家里的见我们这样凶,吓得直哆嗦。她张了张嘴,但什么也没说出来。她一声不吭地松了手,站在路边上,弓着腰,缩着头,瘦单单的一个人站着,一直看着马车走远。到马车走得有点远了,她才磕磕绊绊地往庄里去。

车上的人都惊呆了。相信吧,这是不能叫人相信的事,不可能的事;不相信吧,这样大的事,吓死她,她也不敢胡编乱说。车上没有一个人说话。也不知道能说什么话,什么话能说,什么话不能说。马车走到大队部旁边,大家也没商量,都一齐往大队部那里看。

从大队部里急匆匆走出来一个披衣裳的人,是队长良元。良元的脸铁青难看,眼眶通红。这时马车已经走过去一点了,良元一看见马车,就紧忙走了几步攀上马车,扶着车帮子跟着走,眼也没看车上的人,嘴对着车前头讲:"刚才中央人民广播电台广播了,咱们的伟大领袖毛主席,夜里零点七分逝世了。"说着说着,他就说不下去了,嗓子里直噎。车上的人知道是真的了,冬梅跟小产娘哇啦一声就哭出来了。我的眼泪也一下子涌到了眼眶子里,良元瘪着嘴一直跟着车走,走了好一会,他才能讲出话来。他抽了一口气,低声说:"你们到公社下了粮食就回来,不要乱议乱说。"说完他就匆匆返身回庄了。

五

这时大家都不知道该怎么办好了。三匹马低着头,跟通人性的样,老老实实,只顾顺路往前走。宁元不明白地"嗨"了一声说:"这咋弄的!"也没有人跟他搭腔,大家都只是呆望着眼前的东西。

路不太好走,都是颠颠坷坷的土路,车上冬梅跟小产娘都眼泪吧嗒的。车到了前庄,打春梅家山墙边过去。前庄现时还是那个前庄,春梅家的山墙也还是那个样子,但看着却不是原先的味道了。庄里走动的几个人,都低头弓腰的,清静得叫人寒心。

渐渐走过了前庄,走在野地里了。前头路上出来个骑自行车的人。快到跟前的时候,那人却下来了,立在路旁,候着马车过去,像是想讲什么话,却又一句话都没有说出来。那人是干部身份的模样,车上也没有人认得他。不知道他是哪个公社的,也不知道他住在哪个大队。马车过去的时候,他抬头望了一眼,叹了一口气,又骑上自行车走了。

他走了以后,路上就看不见什么人了。马车孤孤地慢慢往前走。老远的一个地方才有个庄子。干活的人也都在老远的地里头。

六

马车到了公社,停在粮站的大院里。宁元讲:"小陈,你俩去联络联络呗,俺们在这等着。"我说:"管。"

我跟学东跳下车,上粮站那一排办公室联络去。可能是坐在车上迎风吹,衣裳又没扣扣子,冻着了,我的胃突然难受起来,扎扎拉拉地疼。但我什么都没讲,只是挺直了身子往前走。

我跟学东一块到了那排屋子跟前,一个门一个门地找过去。这时从一间屋里出来一个男的,三十多岁,是以前收过我们队粮的一个人。我说:"俺队的小麦拉来了,你收的呗?"那人说:"你是哪队的?"我说:"俺是月亮滩队的。"那人急匆匆地,像是忙着要去办什么事。他挥挥手说:"你们先把小麦下在场上。俺马上就去看。"

我跟学东两个又回到马车旁。我说:"粮站叫俺们先把小麦卸在水泥场上。"学东说:"俺们赶紧去拿几把木锨来下,天也不早啦。"说着就往粮库去了。宁元吆喝着把马车退到水泥场上,然后卸了马,拉到树底下拴着。我跟冬梅和小产娘忙着把折子拉开。粮食都卸下来以后,粮站的那个人过来了,在麦堆里掏掏弄弄,又抓了把麦子走了。学东也跟了去了。

宁元说:"俺们歇着等呗。"几个人都在场上坐下歇着了。天有点发灰。场上也还有两挂来送麦的马车,人都闲坐着等。我胃疼得坐不住,又怕叫宁元他们几个看出来,就站起来在粮站里四处走动。走到各处有灯光的屋里,看见里头有人忙活着,忙忙乱乱的,也不知道是忙的什么。

不觉天就黑透了。回到马车边上,正好学东回来了,他手里端着个土黑瓷碗,说:"咱先吃饭吧,人家忙得都顾不上俺们。"这时院里的灯都亮了。我们几个围坐在一圈。那个黑瓷碗里是鲜红的半碗辣椒酱。宁元说:"行,这东西下饭。"冬梅打包里拿出一摞死面饼,饼都早已冰凉了。我拿起一个,抹上辣椒酱就吃。几个人也不讲话,"咔咔"地只顾吃。吃完了,又轮着上压水井喝了一气凉水。马也都饮了,喂了草料。

七

到夜里九点多才有人给我们过磅进仓。

我们进的这是一个临时的仓,跳板悬在空中一二十米长,七八米高,人走在上头,颤悠颤悠的。冬梅和小产娘在底下装笆斗,我们三个男的往仓里扛。我胃疼得直冒冷汗,扛第一笆斗差点就没扛上去,出了一身冷汗。我咬着牙,一句话也不讲,一挺劲又扛起了第二笆斗。走在跳板上,我觉得我都快要栽下去。我使劲咬住嘴唇,在心里默念着:下定决心!不怕牺牲!一直扛到仓顶,哗的一声把一笆斗粮食倒下去了。

我身上的汗出得跟淌水一样。但是从仓上下来时,我的胃一点都不疼了,身上是一种特别舒服的感觉,精神也非常抖擞,觉得到处都是劲。我们一鼓作气把两千斤小麦都进了仓,然后套上车,空车往回走。

秋夜凉凉的。三匹马跑起来很轻快。我在心里急着想要回去。不知道家里头现在怎么样了,也不知道云梅正在干什么。我想早点跟她说说下午知道的事,但我又想,她可能已经知道了。

八

我们回到庄里,一庄的人都没睡觉,都正聚在我们那院里开会。庄里显得很沉重。我们几个二话没说,赶紧在院里坐下来听。云梅也坐在人群里,她跟毛丫娘坐在一起,表情跟别人一样严肃。

我们到的时候,良元正在布置任务,这次他讲得很有条理,一点都没有生枝生节。

他说:"第一项,是把庄里的地、富、反、坏,都集中起来,从明天早上开始,由专人负责看管,统一到地里干活;第二项是,民兵都得做好充分的准备,保不准大队、公社和县里就有行动任务下达,要随时能够出动;第三项是,全队抓紧秋收秋种,把地里熟了的庄稼收回来,打净收好,把该耕该耙的地都耕好、耙好,该下肥的也下好肥,做好种小麦的准备。打阳历上讲,现在是九月上旬末尾了,收种的季节都到了;第四项是,从这会起,任何人不准办喜事,不准唱歌,不准放炮,不准穿鲜艳衣服,不准穿红衣服,最好穿白衣服或者素青衣,每一个人都要戴黑纱,不准铺张浪费,大吃大喝,没有大事,最好不要乱串门走亲戚,大家要多听广播,不准传小道消息。"

会议开得紧凑有秩序。没有比这次会开得再安稳的了,以往开会,不是你放臭屁,就是他出洋相,要不就是逗笑话,队长的话大伙听了也得打半个折扣,有时故意提问题刁难他,有时男女之间还讲些荤话,干些荤事,惹得大伙笑得肚子疼。这次会,不管老的少的,男的女的,个个都坐得笔直,神情都非常严肃,听了队长的安排,没有说半个不字的。会开到十二点,良元说声"散会",大伙立刻散了去。散去之后,不到十分钟,庄里就安静了,没有一个人大声大气地说话,更没有吵吵嚷嚷的现象。

散会后,队长良元、副队长永山和会计冬江几个人,都留在我的屋里没有走。良元说:"小陈,你明个先管一天地富反坏。一有风吹草动,这些人就不老实。叫他们集中在地里干活去。"我说:"管。"几个人都在床上、板凳上坐下了,我把收音机打开。大家都闷着头吸烟,也没有多余的话讲。收音机里一遍又一遍地播放哀乐,一遍又一遍地播放《告全党全军全国人民书》。大家心里都坠得受不住。一遍一遍地听,听到很晚。良元讲:"不能再听了。再听就受不住了。"我把收音机关上,大家还是半句话都讲不出来,都把头埋在裤裆里吸闷烟,后来,又都叹了口气,爬起来家去了。

我出来到院里看看,云梅的屋里早插门关灯,院子里外一点声响都没有了,也没有人走动了。我轻轻走到云梅的窗户下,小声敲了敲窗户玻璃,压低声喊:"云梅,云梅。"云梅的床就在窗户下边。我喊到第三声的时候,云梅醒了,她一下子坐了起来,说:"哎。"我说:"俺们明天不能去了。"云梅说:"现在不叫乱跑了呗?"我说:"俺们以后再去吧。"云梅说:"管。"我俩都不讲话了。我站在窗外,低着头。云梅说:"俺给你开门,你进来吧。"我说:"俺不进去了。你睡吧。不早了。"云梅说:"嗯。"我也累了,回到屋里,上床吸了一根烟,记了几行日记,然后就睡了。

九

第二天,我管了一天的地富反坏。

打早上天麻花亮,庄里的地富反坏就接二连三地到我这来报到了。昨晚开会,地富反坏一律不准参加,也不准外出,都在家里窝着。但他们通过各种途径,肯定也都知道了,他们的脸上都不敢有一点笑容。我准备了一个小本子,上头写上年、月、日,来一个,就在当天的日期下签个名,有不会签名的,就蘸上红墨水,压个手印。庄里的地富反坏,总共只有不到二十人,不是老头子,就是老婆子,没有多少战斗力。因为公社的报纸还没有来,我就找了一本《红旗》杂志,先带他们学习《红旗》杂志上的毛主席语录和毛主席的最新指示。我随手拣了几段,我念一句,地富反坏跟着念一句。

"存在决定意识。"

"存在决定意识。"

"在不同的阶级、阶层、社会集团的人们中间,对于这个社会制度的变动,有各种不同的反应。广大人民群众热烈拥护这个大变动,因为现实生活证明,社会主义是中国的唯一出路。"

"在不同的……"

一二十个老弱病残都木木地跟着念。反复念了近一个小时。我又依照学习材料上的解释和自己的理解,做了一些讲解。我说:"这运动,那运动,目的只有一个,就是建设社会主义,实现共产主义。例如:'文化大革命',是为了摧毁刘少奇的反革命修正主义司令部,而目的是为了巩固社会主义;'批林批孔'哪,是为了肃清林彪及孔老二的流毒,巩固社会主义;'反击右倾翻案风',是为了巩固'无产阶级文化大革命'的成果,使社会主义顺利前进。而这些运动的总目的,都是为了共产主义的实现。"

反复又讲了大半个小时,直到社员从地里收工回来,我才让他们回家做饭。

十

一个早上我都没见到云梅的面,她什么时候起来上工的,什么时候下工回来又走了的,我都不知道,心里好像也有点顾不上了。我的心情一点也不像两天前那个样子了,心里有点不平静。吃过早饭后,地富反坏们又来了,由我领着他们下地干活去。他们十几个人,大多都拿了粪耙子,也有带绳的,以便往庄里背庄稼。

他们跟着我出了庄,零零散散地往西北湖里去。西北湖地离庄不近,在新汴河堤下头。出庄时,太阳已经升得有点高了,一股劲走了二三十分钟才到。这是一块晚茬大蜀黍地,地孬,种得晚,离庄又远些,管理抓得松,地里的大蜀黍都稀拉精松,棒子结得像小孩鸟。我三下五去二地交代了任务,老弱病残们就在地里散开,扬起粪耙子干起来。他们把大蜀黍连根砍倒,下工时再背回去,背不完的来车拉。

干了不到一个钟头,太阳已经升得很高了。虽说是在秋日里,但太阳也还晒得人发热淌汗。一趟子干到头,我正要叫他们坐下歇会,从庄的方向来了辆自行车,快到跟前了,才看清是良元。

良元下了车，我俩在地头蹲下，点了根烟吸。我说："你这是上哪去？"良元说："进城。县里开三干会，咱大队张书记正拉稀，叫俺顶他一回，把会议精神带回来。"我说："都快晌午了，到了也该晚了。"良元说："不晚，下午开，俺先上几处地方走走。"正吸着烟说话，那边的埂子后头气冲冲地冒出个人来，望见我先打了声招呼："领人来西北湖干活啦？"来人是在地里看庄稼的单身汉大癞。我说："就是的。"大癞转脸气冲冲地对着良元，大喝小吃地说："队长，婊子养的不知是哪家的死小猪，跑地里来糟蹋庄稼，俺非逮住它不可！"说着就上地头摸了一根"四类分子"带来的苘绳。良元马上表态说："逮！逮住打死！不管是哪家的，出了事俺担着！"大癞气哼哼地拎着绳跑走了。

我们两人还在地头蹲着。蹲在地头看"四类分子"都有一下没一下地干，良元说："都还老实呗？"我说："都老实。"良元说："有不老实的你给俺训，该扣他工分的就扣他工分。'四类分子'这会都高兴着哩。"我说："他们高兴也是瞎高兴。"良元看着地里说："那个新广元心不死，听讲他昨晚上还喝过酒，你注意着他。"我说："他还敢搞破坏！"吸了两根烟，良元爬起来骑上车走了，歪歪倒倒地骑上汴河堤，在树影里不见了。我抬头看看天，天真不早了，就吆喝地里的"四类分子"歇歇子。

十一

上午地里的活没干完，下午我带了"四类分子"又去了西北湖。

173

人才撒到地里,大癞就过来找我说话了。我说:"上午小猪逮住了呗?"大癞笑了:"是队长家的,放啦。"我说:"咋放啦?"大癞说:"那有啥呢?干部不讲阶级斗争、不讲原则的也多啦。上年地主宝义家翻屋,干部去喝酒划拳,两手一伸:俩好不错。咱跟干部学的。"大癞真滑。我说:"你个屎饼子大癞!"

十二

下午干活没干一顿饭的工夫,新广元哼哼着捂住肚子,蹲在地上了。我走过去说:"新广元,你咋弄的?"新广元半死不活地直哼哼:"哎哟,俺肚子疼,俺肚子疼!"我说:"上沟里拉泡屎就好了。"新广元佝偻着腰走了。才走五六步,地里就有娘们说:"往下风头去。上风头一屙,地里哪还能蹲人?"新广元忙又佝偻着腰,往下风头的沟里去了。

因为上午听良元说过新广元的动向,所以我对新广元特别注意。新广元的事我也听庄里的人讲过。

新广元的家里,解放前有好几杆枪,新广元也玩过枪,不过那时候他还小,才十来岁。有一回,他调皮捣蛋上烟炕房的屋檐底下掏麻雀蛋,捅了一窝马蜂,马蜂蜇得他鼻青脸肿,在床上睡了小半年才好,差点没要了他的小命。正好那时候穷人翻身解放,他父亲叫政府镇压了,地主的帽子就一直戴在他头上没摘下来。也是他命歹,他叫马蜂蜇了以后,虽然好了,却留下了一脸的大疤癞,看上去凶顽,再加上他是玩过枪的地主,又加上他平日打老婆凶恶得很,所以他一点人缘都没有,大家都觉得他太凶恶，比起那些小脚的富农婆一类的人物来，他是庄里第一号随时准备进攻社会主义的阶级敌人。他老婆是他小时候订的婚，结婚后叫他欺负到家了，拳打脚踢是家常事，要是在贫下中农家发生这样的事，大小队干部早管上门去了，在他地主分子新广元家，队里的人就睁只眼闭只眼随他去。他老婆也怪，由他打骂得凶，遇见什么事，还护持着他。其实也不怪，他老婆娘家也是地主，这就叫鱼找鱼，虾找虾，乌龟单找大王八。

新广元去厕了一会，还不见回来。

我一直警惕地注意着新广元那个方向的动静，为了防止他搞破坏，我拎了粪耙子去看。一到沟沿，看见新广元还蹲在地上厕，半条沟都臭。我被臭气憋得倒噎了一口气。我绷着脸说："新广元，还没厕好？下午不想干活啦！"新广元愁眉苦脸地说："俺肚子难受。"我说："快点厕！"然后憋住一口气，转身离开了沟沿。走出去好远，我才痛痛快快地大口呼吸起来。

这时候"四类分子"们早已都无精打采了，站站愣愣、抓抓挠挠的，干活不像干活的样子，看着叫人生气。我对他们没办法，只好摆摆手说："歇歇子，歇歇子。"说完我就先找了路边一块有草的地方，放倒身子躺下望天了。天上平平静静的，但我的心里有点乱，心思一点都不明确。晚上收工我也稍微收得早了点，天刚黑，我就领他们进庄了。他们老弱病残的，一人都背了一捆大蜀黍，到场上交了，才各自回家。

十三

　　云梅她们晚上下工晚,我都做好饭了,她才拎着粪耙子回来。我坐在锅门口,锅腔子里的火眼瞅着就要烧完了。正好这时云梅回来了。看她的样子,好像有点累了。我说:"你们咋回来得这样晚?"云梅说:"冬江叫把老茔那块地砍完。"我说:"砍完啦?"云梅说:"砍完啦。"

　　云梅回屋放下粪耙子,再过来时,她吸了吸鼻子说:"你做的啥好吃的?这样香。"我说:"你饿了呗?"我起来掀开锅盖,拿锅铲子铲出一块好面饼,递给云梅,又从锅里铲了一铲子香喷喷的辣椒炒丝瓜,放在她手里的好面饼上,香气立刻就散到了四面八方。云梅笑着说:"俺真饿了哎。"刚说完她赶忙又收住了笑意。

　　云梅吹吹饼子,然后咬了一口。我说:"国家的形势还不知道会咋样。"云梅说:"要不过几天你上县里看看去。"我说:"管,过两天俺上县里看看。"云梅吃完饼,就到良元家吃饭去了。

十四

　　良元晚上回来得也晚,他喝着一碗稀饭,拿着个大蜀黍面饼,就来到了知青小组的院门外。他先咋咋呼呼地喊永山:"永山,永山,赶紧喊社员开紧急大会。"又一二三地交代了几句。永山晚饭也才吃了一半,他踏上鞋,拿着哨子就出去了。他先从庄东头破嗓子喊起,喊道:"吃过饭都上队屋,开紧急社员大会,不准带小孩,不准剩人,哪家剩了人,叫民兵去把他抓来。"直喊到庄西头。

庄里有吃饭早的,已经睡下了,忙不迭都穿衣服爬起来。永山喊到了庄西头,就在离知青院不远的地方停住,站着喊。宁元打屋里出来问:"开啥紧急会议?"永山说:"去了不就知道了。"在庄西喊了一阵,他又掉转身,一路往庄东喊去。喊道:"'四类分子'都上仓库院里集合,不准剩人,哪家剩了人,叫民兵去把他捆起来!"

良元看事情安排得差不多了,就进院来对我说:"会散得晚,俺又上书记家讲一遍给他听,这就晚了。上级叫一定要连夜传达。"我连忙回屋把小方桌搬出来,又把罩子灯点亮了放在桌子上。

十五

要在平时,这样的会得集合好长时间,社员都不当真,都吊儿郎当的,三五顿饭的工夫也到不齐。但现在完全不同了,来得又快又齐,都挤在院里、屋里,昂着脸等开会。永山又叫复员军人学东带两个民兵在院门口站岗看着,一是防止阶级敌人搞破坏,二是不准人随便进出。

人到齐了,永山说:"开会了。"

良元打桌边站起来说:"今天下午在县里开三干会。三干会就是县、公社、大队三级干部大会。要是加上生队这一级,就叫四干会。县委书记、县革委会主任都出来了,会场上人都哭得呜哇。会上反复强调,伟大领袖毛主席逝世期间,一定要抓好阶级斗争,地富反坏右都要控制起来,不准他们乱说乱动。要加强无产阶级专政,注意阶级斗争新动向。党中央决定,九月十八号下午三点,召开伟大领袖毛主席的追悼大会,各地都要组织收听,各地都要组织分会场。咱们县要组织有三万人参加的分会场,咱们地区要组织有十万人参加的分会场。没有条件组织分会场的,都要组织收听。各公社都要提前组织吊唁活动。地富反坏右都要组织起来学习,互相揭发批判。各公社、大队、生产队都要有人连夜值班放哨,村里要组织民兵巡逻,县城里要组织民兵护厂、护校、护城。县里特别强调,在这期间,严禁大声喧闹,严禁办喜事,严禁请客吃饭、喝酒划拳,严禁穿红、花衣服,严禁娱乐唱歌、吹拉弹唱,严禁打扑克牌,严禁放鞭炮,严禁传播小道消息——哪个传就把哪个抓起来,无产阶级专政是严肃无情的!严禁无事串街走巷、串门走户——小产娘,像你平常那样就不行了。严禁干一切不利于当前革命形势的事情。公社要在小礼堂设灵堂,俺们等候公社的通知,集体参加吊唁。"

良元说完这段话,停住了,坐下,从衣袋里摸出一根烟,凑到罩子灯上点着。一院子的人都不讲半句话,都低着头。良元也不讲话,点了烟,坐在条凳上。他的旁边,一边坐着副队长永山,另一边坐着会计冬江,还有几个班子成员都坐在桌子边。大家都抿着嘴坐着,脸上都发木。静坐了三四分钟,良元站起来又讲:"还有一件事,县里叫各单位提高警惕。江苏地震台预报,从今天夜里凌晨两点十五分起,二十四小时里,苏北扬州一带,将有大震来到,可能要影响到咱们县。今个晚上大家睡觉都要警惕些,不要睡死,一有动静,就往外跑。家里有防震庵棚的,就在防震庵棚里睡。"

良元的这段话讲完,社员都议论起来。有的说:"预报得准不准?俺就在外头熬一夜,俺睡觉死,人打俺都打不醒。"有的说:"俺碰见事就慌,半夜黑灯瞎火的,俺往哪跑?"有的说:"半夜插门上锁的,俺家老的老,小的小,老小一大窝,哪能跑彻?"良元说:"大伙都别吵吵了,叫小陈给大伙讲讲注意事项,小陈那有书。"

我说:"书俺不知扔哪去了。"我站起来说:"地震发作快,不知啥时候就来了,大伙晚上睡觉,门都不要插得太死。"良元说:"咱村夜里有人巡逻。"我接着说:"地震一来,赶紧就往外跑,不要拿东拿西,妇女先抱孩子,抱上孩子就往外跑,跑到没有建筑物的地方。"胜元家里的问:"啥叫建筑物?"永山训她道:"建筑物就是房子。乱插个熊你乱插!"我觉得这个讲不清,我就捡简单的说。我说:"建筑物就是房子,离房子最少要有十米远。地震来了,要是来不及往外跑,就钻床底。钻床底要拣结实的床钻,钻木床。"冬江插话说:"凉床你钻个熊钻,房子倒了一家伙就砸塌了!"我说:"那是,凉床不能钻。要是没有木床,就钻大桌子,大桌子也得结实,不结实就砸塌了。要是没有大桌子,又没有木床,就钻凉床。要趴在下头,胸脯不要贴地。"宁元讲:"胸脯贴地怕熊?"我说:"胸脯贴地就把内脏震坏了。"永山训道:"别乱尿插!"我接着说:"地震都是一阵一阵的,这一阵一停,赶紧爬起来往外跑。"永山训道:"别死鸟趴着!"小产娘讲:"听讲地震时人都跑不动。"永山训她道:"跑不动死你个×去!叫你别尿插你偏尿插!"我说:"要是叫房子砸在里头,得喊人,过一会喊一声,过一会喊一声,不能哭,一哭就没劲了,外头人也不知道你在哪个地方,也不能救你。"永山训道:"哭有尿用。你喊:救命,救命,外头人才知道去救你。"我讲完坐下了,永山说:"都听见了噢,你自家不警惕,砸住了,还是你自家疼。"

班子的几个人又凑了凑,具体安排了。安排过了,没有事了。永山就说:"散会!"

十六

散会后良元对我说:"咱俩上庄里转转去。"

我俩从庄西转到庄东,又从月亮河转到庄后。转到老兴元家时,老兴元家的老母猪正在猪圈里下窝子。我说:"猪下窝子俺还没见过。"良元说:"那你看看。"他自己一个人往庄里去了。

老兴元家的猪圈靠庄边上,外头就是庄稼地。他家的一条大黄狗在猪圈外头卧着。猪圈很大,里头又干燥又干净,猪圈里挂着一个玻璃瓶做的煤油灯。老兴元搬个小板凳坐在猪圈里,板凳旁边放着一根小棍。

我靠在猪圈的墙上,看着很远处的庄稼地。这时我的心里沉沉的。我想上城里去看看,非常想去。想马上就动身。我现在心里一点底都没有,我的心都有点飞了。但是现在不可能立刻就走的。我把眼光收回来,看着圈里的母猪。母猪只是哼哼,有时还一憋气一憋气的。老兴元说:"你进来呗。"我说:"不进去了,进去碍你事。"老兴元说:"那你坐在墙上。"我说:"管。"我一欠腚,就坐到墙上了。我把两只脚也放上去,觉得很舒服。

庄里有些咳嗽声传来,除了咳嗽声外,夜就显得很静了。夜静得叫人激动。我说:"猪怀孕要几天?"老兴元讲:"头一窝要一百一十五天左右,以后就是一百一十三天了。"我说:"小猪将下来就能吃奶呗?"老兴元讲:"将下来就能吃奶,馋相重。"我说:"小猪将下来有多大?"老兴元说:"将下来不大,吱吱叫。"我又用手指指小棍说:"那你板凳旁边放根小棍干啥?"这时母猪哼了一声,动了一下。老兴元忙去看猪,没回我的话。原来是将了。老母猪一憋气,屁股底下滑出个粉红色的肉蛋蛋。我觉得惊奇极了。过了半个小时左右,小猪都将下来了,一共九个,挤成一堆。

接生完了,老兴元擦擦手,出了猪圈,扯扯我的衣袖。我跟他走到离猪圈远一些的地方,蹲下来吃烟。老兴元说:"猪通人性哩。哪家要卖猪,咋咋呼呼找板车拉猪,对别人讲要去卖猪,叫猪听去了,它就死不吃食,你拽都拽不动。老母猪下窝子,它自个不知道,就把小猪咬死了。俺拿一根小棍,它张嘴一咬,俺就往它嘴上打,它就醒了。可嘴上不能讲,讲时叫它听去了,它偏咬,把小猪都咬死了。"我是头一回听见这样的道理,惊得嘴张了半天。讲了一会,老兴元进猪圈侍弄小猪去了,我爬起来往家里走。

夜色中,路两边的咳嗽声不时传来。秋夜清凉甘甜。我走到庄头,往田野里看了一会。田野正静悄悄地睡着,我在路边的一个石磙子上坐下来。

石磙子冰凉。我默默地坐着往夜色里的田地看。都下半夜了,秋夜的露水正往一块聚。石磙子已经发潮了。庄里还有人没睡,庄里不知哪一个讲了一声:"队长呗?"良元的声音说:"嗯哪。""咋还没睡?"良元说:"俺睡不实在。有啥情况呗?""啥情况也没有。"对话灭了,刚才的话都跟没讲过的一样,叫人记不起来。虽说已经是下半夜了,但我一点也不困。我又点了一根烟吸。看见田野上头现出来一颗亮星,熠熠地闪光。不知道那颗星是哪个。看了一时,那颗星渐隐了去。原来是起了秋雾了。秋雾一时浓,一时淡,扑在脸面上,脸面都能觉出来浓淡。庄里咳嗽的声音都黏滞得很。我想起了云梅,不知她可睡了。可能早就睡了。我丢了烟头,返身往家里走。

走过良元家门前,看见良元还蹲在路边吸烟。

我说:"还没睡哪?"良元讲:"睡不实。"我也在路边蹲下了。我说:"俺明个想上城里看看形势。吃晚上饭就回来。"良元讲:"你去。看看城里可有啥新消息。"我说:"就是的。"

十七

因为心里有事,我早早就醒了,天才在想亮的时候。雾气很重。我出庄往北河堤走去。

路上的草梢上都是水珠。雾气扑扑地来,脸上清凉爽快。

远远地望见雾里浓黑了,知道那就是新汴河河堤上的树。

天色都还灰暗凝重,却是往明亮的地方去的。我一步步上了汴河大堤。上去了,又往河滩里下。一条沙土的宽路直引我往渡口去。渡口上有一间土房子,又粗又矮,走近了才望见那个半老的老头,正蹲在门框子里,拿大拇指往烟袋锅里按烟末子。

老头是俺们那西南庄上的。我走得近了。老头抬眼望望,平平常常地讲:"来啦?"我说:"来啦。"老头讲:"进城?"我说:"进城。"老头是没睡醒的样子,眼上毛屎老重,滚成疙瘩,把眼皮都巴糊住了。我说:"船可走?"老头讲:"马时就走。"说着话,身子也不动。我也在门口蹲了,打兜里摸出烟来,递一根给老头,自个吸一根。然后就往尽远处看河滩上的雾气。

这时天就有点亮了。老头接了烟,望望牌子,问:"啥牌的?"我说:"砀梨牌。"老头把烟放在耳朵根上夹住了,张嘴说:"俺一晚上就跟没睡的样。"我说:"咋弄的?"老头说:"俺昨晚上听见鸡叫,忙爬起来望,望见一匹黄狼子,正咬住鸡脖子往外拉。见俺出来了,黄狼子拔腿跑了。俺撵它一气撵不上,回头拎了鸡,上灯底下一望,鸡脖子叫它咬断了。俺闭不上眼,守着鸡吃烟。吃到天麻花亮,俺爬起来把鸡煺了。哪,光身子鸡搁案板上哩。"我爬起来去看。那个土房又矮又小。我进去了。案板上正放着那个光身子鸡。我打屋里出来。老头说:"俺们走呗。"

河面老宽。新汴河是人工河,挖了好几年才挖成。船到了河中心,影影绰绰望见上头不远处,泊了两条木船。船上像是没有什么动静的样子。船到北岸,我下船上岸往路上去。翻过河埂,有两条路,一条大些,直些,自然就远些,一条在沟底下上上下下,是条小路,近些。我就上了小路,下到沟里,两肩上都是庄稼。上上下下,不多时就进城了。

十八

城里这时才半醒过来。街上有少数的几个人。

我注意了一下城里的气氛,只觉着沉静得有些揪心。我一直走到城中心的十字路口,这里平时是最热闹的地方,再往里头拐,就是县委了。现在还早,人不多,有几个提篮子买菜去的,有几个锻炼身体的,还有几个打扫卫生的。我在县城各处走了一转,各地方都看到了。然后去了邮电局。

进了大院,大哥大概才刚起来,正在门口刷牙。我喊了一声:"大哥。"大哥抬头看是我,忙漱了口,说:"陈军,有一阵子没进城啦。"我说:"没捞到出来,乡下这会正忙。"我跟着他进了屋。大哥说:"这几日都讲地震地震的,你也不家去看看?"我说:"正想回去看看哎。"大嫂这时也从里屋出来了,打个招呼道:"啥时候回去?听讲速州那边都紧张得很哩。"我说:"早了也回不去,想十八号早上,打你这骑辆自行车回去,候汽车不保险。"大哥说:"你来骑就是啦,在家也是闲着。"大嫂说:"啥时想骑,你就来推。"又说:"饭好了,坐下吃饭吧,吃过饭你办你的事去。"我说:"没啥事办。"

在大哥家吃过饭,我赶紧又回了月亮滩。回到家里,正好云梅她们收工回来。云梅说:"一大早你就出去了呗?"我说:"俺进城了。你咋知道的？俺没来得及跟你讲，反正俺来去得都快。"云梅说："天快亮时俺就睡不着了，俺怕地震来了。你开门关门的声音俺都听见了。城里可有啥新消息？"我说："城里也没啥新消息。不过俺想十八号回家去一趟，参加地区的追悼大会。"云梅说："那你啥时候回来呀？"我说："一两天就回来。"云梅点点头。

十九

这天没发生地震，也没有要发生地震的迹象。社员在地里干活的时候，都不停地议论这件事，都不知道会不会发生地震。二十四小时还没过去，谁知道会有什么变化。良元问我："县城可有啥消息？"我说："没啥新消息，人都把悲痛埋藏在心里。"

到晚上六点多，各家屋里的有线广播小喇叭，突然都嗡嗡地响了起来，仔细听才能听出点头绪。原来是公社的紧急通知。通知说：地区抗震指挥部刚刚发来了紧急通知，今晚八点起，四十八小时内，将有地震发生，命令全体居民搬到室外，不准待在屋里，机关工作人员一律在防震棚里办公，工厂一律停工，商店一律关门，在外面搭棚售货。

紧急通知播送到第三遍时，良元和永山分别急匆匆地跑到队屋来了。良元讲："咱们几个分头上庄东庄西喊去，半个人也不准留在屋里。"讲完了，我们三个马上跑到庄子里，大吆大喝大喊："地震喽！地震喽！都出来！都出来！一个都不准留在屋里！"

这时不少社员也听到广播了,正忙手忙脚地往外抬东西。猪、鸡、狗都乱叫,吵哄哄的。忙乱了一两个钟头,庄里才渐渐安静下来。不少家的陈年大床都抬出来了,一家几个孩子挤在上头睡。猪和鸡都在床边上,猪拿绳拴了,鸡拿筐装了。一些人家连破烂棉絮都搬出来了。一庄的人都坐在或睡在外头,半晌不夜地讲几句话,等待地震的到来。

我跟良元在庄里又走了一遍。到八点来钟,各家都弄过饭吃了,屋里差不多不剩什么人了,我俩才往庄西头走。

走到庄西头时,正看见冬江打我们那院里出来。冬江见了良元就喊:"良元啦,刚才大队张书记来,没找见你,叫俺传达一家伙。"良元说:"啥事?"冬江讲:"传达公社指示。公社讲,咱们这个地方的地震,可能还不小,公社要求各大小队做好充分准备,一定要在外面搭防震庵棚,不准在屋里睡觉。各大小队都要有人日夜值班,地震一到,就在广播里吹号报警,值班的听到后,马上撞钟敲锣。一村钟响,别的村也立刻撞钟敲锣。假如碰到阴雨天,广播线路不通,还有,有些边远地区广播达不到,自行车和拖拉机又不能送信,咋办?公社找了几匹马,正在练骑,打算送信用。各大队都要成立保卫组、救护组。"良元讲:"咱庄有巡逻的就行了,看见哪个在屋里睡觉,就拉出来,在外头睡不要紧,地震来了,震几家伙,死不了人。"

正说着,永山和巡逻民兵学东跑来了,气气地说:"队长,四类分子新广元睡在屋里头,死活不肯出来。"几个人一听,都觉得事情有些严重,一定是阶级斗争的新动向,唰拉都站起来了。

良元说:"走,看看去。"

五六个人一拉溜唰唰唰唰奔了新广元家。

二十

新广元家在庄中间,房是草房,破破烂烂的。

到了新广元家,几个人都低头进了门。他家门也没关,进去以后黑灯瞎火,啥也看不见。良元闷着声说:"新广元,新广元!"房间一头发出些响动,新广元病病歪歪的声音传了过来:"哪个?啥事呀?"永山厉声说:"不要装蒜,赶快把灯点着!"后边学东滋拉一声划着了火柴。光亮一出来,就看见新广元睡在床上,正伸出一只胳膊在箱板上摸火柴,他的眼叫光刺得直迷糊。他老婆睡在里头,正忙着穿外面的厚衣服。

学东把灯点着。良元严肃地说:"新广元,人家都上外头睡了,咋就你特殊,千呼万唤都不出去!"新广元有气无力地说:"队长,俺拉肚子。"冬江讲:"叫你上外头睡是为你好,轰隆一家伙砸死了,怪你还是怪队里?你安的啥心!"永山讲:"俺看你是想破坏大好的革命形势!"新广元闷着头不作声,看起来有些犟,他老婆也不知做什么好,想对他说话又不敢说。这边几个人也都不讲话了,气氛顿时很僵。僵了一会,良元的火气上来了,他嘴一抖,手一挥,说:"开批判会!阶级敌人还猖獗得很哩!"

形势发展得很快,叫人一下子就跟进去了。几个人唰唰唰出了屋。我、永山和学东去通知社员来开会,冬江家去找大汽灯。十几分钟后,会场就在新广元家门口布置好了。

社员也都来齐了。良元站在灯底下说:"咱们今天开个批判会,批判地主分子新广元妄图破坏革命大好形势的企图。新广元,你安的啥心！公社三番五次通知,不准一个人留在屋里,咱队里也吆喝了半天,你赖在屋里就是不出来。你想干啥？嗯？"冬江讲:"你想向革命群众示威吗?!"永山讲:"咋拉咋讲你都不出来,你还想顽抗到底?!"新广元犟犟地低着头,一声不吭。看到他这样,我很生气,我揭发说:"新广元一点都不老实,昨天就说拉肚子,蹲在沟里屙屎,半天都不出来,拒绝劳动改造!"永山说:"冬梅,你讲讲。"冬梅也是个基干民兵,听见点她的名,就说:"阶级敌人猖狂向无产阶级进攻,咱们坚决不答应!"云梅接上了说:"一千个不答应！一万个不答应!"学家说:"对,俺们决不能答应!"良元说:"这是阶级斗争的新动向！阶级敌人还把眼睛睁得很大,暗中窥探方向,以求一逞,俺们要随时提高无产阶级的革命警惕性!"永山喝问道:"新广元,你还有啥话说!"新广元低着头,蚊子一样地说:"俺不老实,俺猖狂向无产阶级专政进攻,俺必定碰个头破血流。"

新广元终于被批得把头低下去了。永山说:"胜元,你再讲讲。"胜元正在人堆里吃烟,被永山突然一点,弄得一愣,吭吭哧哧讲不出话来,人堆里有些娘们捂着嘴笑。永山严肃地说:"不准笑！胜元,你住在他家隔壁,他睡在屋里,你知道不知道?"胜元吭吭哧哧地讲:"知道。"永山说:"知道你为啥不斗争?"胜元结结巴巴地讲:"俺,俺睡死啦。"冬梅讲:"睡死了你咋还知道?"又有些娘们捂了嘴笑,都不敢笑出声,笑一下子马上就敛住了。

胜元答不出来,学东说:"你原来不是小钢炮吗?俺看你现在是小闷炮!"良元说:"你想搞阶级调和,做老好人。"大伙都一起说:"俺们革命群众一千个不答应,一万个不答应!"永山说:"谈谈你的活思想!"胜元低着头说:"俺阶级立场不坚定,见到坏人坏事不敢斗争,想做老好人,这是阶级斗争的新动向。"冬江讲:"欢迎你重新回到革命队伍里来。"

批判会继续进行,大家你一言我一语说了不少。在大家发言的时候,班子的几个人商量了一下。等批判得差不多时,良元站起来说:"新广元已经臭不可闻了,今天的批判会暂时开到这里,宣布几条措施,第一,四类分子新广元必须在外面睡觉;第二,四类分子新广元明天必须参加劳动,不准请假;第三,四类分子新广元每天要向干部汇报一次活思想。"又讲了一些地震方面的事,才散会。

二十一

天气一直都很好,正是秋高气爽的时候。大批促大干,地里的庄稼也收割得很快。

地震到第二天下午还没来。良元到公社开了一次会,回来说,公社正在布置灵堂,有些大队也设了灵堂,过几天,等候公社的通知,全队社员要到公社去吊唁。冬江到城里去了一趟,回来说,城里的商店绝大多数都关了门,有些商店门口摆了小摊子,卖些香烟、糖、酒、盐,工厂差不多都停工了,城里到处都是防震庵子,机关里的人都在传达防震文件,组织抗震学习。良元、永山、冬江几个人碰了几次头,进一步落实防震抗震措施。社员家有条件的,都在门前空地上搭了草庵子,没条件的就拿凉席在床上架个拱形棚,或者就在树底下睡。

这天下午发生了一件事。云梅她们一二十个社员上南湖地里干活的时候,发现有几只野老鼠搬家,大老鼠带着小老鼠,突突突打路上跑过去了。经过这一段学习文件,大家都了解了一些地震情况,知道动物有异常变化,可能是地震的前兆。情况报告到庄里,良元立即决定,大家回村保家,把该拿的东西都拿出来,人一个也不准留在屋里,牛、猪都牵到外头拴。又派冬江到大队和公社报告。

公社接到报告后,立刻在广播里广播说:月亮滩庄发现了异常情况,老鼠白天大搬家,可能是地震前兆,各大小队要立即组织社员撤到屋外,屋里不准留人!各村顿时忙得鸡飞狗跳。

晚饭前,云梅过来跟我说:"陈军,俺想回家看看。"我觉得有些意外,马上站起来说:"回家看啥?"云梅扭着手说:"俺就是有点想家了,也想看看城里的情况。"我觉得云梅的想法跟我想的差不多,就点点头说:"你啥时候走?俺去送你。"云梅脸一红,轻轻地说:"俺想明天早上走。"我突然觉得有点孤单单的。我说:"俺不想叫你走,俺一个人在这孤单单的。"云梅低头想了想说:"那俺就不走了。"我说:"你还是走吧,你要是走了,俺过几天也回家看看。那你啥时候回来?"云梅说:"俺过了十八号就回来。"我点点头。过了一会,我说:"你晚上还在良元家的地震庵子里睡的呗?"云梅说:"就是的。"

又说了一会话,云梅说:"俺走了,时间长了叫人看见就不好了。"云梅回屋拿了两样东西就出去了。

二十二

这天晚上,庄里的人都睡了以后,我搬了方桌在院子里,点上一盏煤油灯,把《毛泽东选集》第一卷的最后一篇文章读完了。我是从二月五号立春这一天开始读《毛泽东选集》第一卷的,中间又穿插着读了不少别的书。读完后,我整理整理思路,就坐下来写读书笔记。

写完了,我还是不想睡觉。想了想,另起一行又写:

防震,搞得很紧,几乎每家都搭了小庵子。它大多是这样的:往地下挖一点,然后用木棍搭成人字形,盖上草,抹上泥,在出口处挂个小草帘子。

刚刚抹好泥的庵子,看起来漂亮得很。由此可见农民的匠心,对工作认真负责的态度(当然,这是自家的事,集体工作不一定完全如此)。

还有的庵棚是圆形的,这种棚不用棍,只用茼秆,茼秆下端埋在地里,成一圆形,上端则扎在一起。

农民大多数很怕地震,晚上早早就钻到庵子里去了。晚上可以看到星星灯光在每个庵子门前闪烁。黑夜沉沉灯光闪闪。这种事情,反映了农民的一种什么思想呢?他们革命的不彻底性是否能从这儿反映出一点?

觉着心里的话都讲完了,我才收拾起书本,到凉床上去睡觉。

二十三

天快亮的时候,哗哗地下起了雨。

雨很急,一下子把庄子浇乱了,一片哭爹喊娘的声音。在外面睡觉的,都急忙搬了凉床子往屋里跑。我也赶快进了屋。

我想,幸好这时天就要亮了。要是在半夜下起了大雨,人们回到屋里睡觉,地震一来,跑都跑不掉,听说唐山地震就是下大雨的时候发生的。

我没有再睡觉,而是站在屋门口等云梅,因为我觉得云梅可能也快该起来进城了。我把门大敞着,看着外面的雨。才看了十来分钟,云梅就打着伞,打外面叭叭叭地跑进院子里来了。

云梅一进院子,看见我站在屋门口,脚下一愣。我大着胆子说:"云梅,你叫俺送你呗?"云梅赶紧小声说:"俺不叫你送,叫人看见丑死了。"我说:"那你自己也不怕?"云梅说:"俺表叔送俺过了河再回来。"我没有话说了。云梅在雨地里站了一会。我俩对看了一眼,她就开了门进了屋。

云梅在屋里收拾一两分钟,拿了个草绿书包出来了。她看我还站在屋门口,就站住了说:"陈军,俺走了。"我点点头。我想送她到门口,又怕叫人看见了。我站着没法动。云梅也站着没动。过了一小会,她突然走过来,走到我的面前。我一把拉住她的手,她也紧紧地拉住了我的手。我一句话也讲不出来。站了一小会,云梅低着头说:"俺走了。"

说完,她抽出手,就转身走了。我站在原地一动都不能动,也不知道应该怎么办。直到云梅走出了院子,我才精疲力尽地回屋倒在床上。

二十四

这一天没有什么事情,也不能下地干活。良元和冬江打吃过早饭就在我屋里坐了。良元歪在床上吸烟,冬江蹲在门扇子旁边打盹。我坐在小方桌上。我的香烟吸完了,就跟良元一块卷烟吸。烟叶子孬,又是拿报纸卷成的喇叭烟,一股子报纸味道,吸多了嘴里又黏又苦。坐着坐着,三个人迷迷糊糊都睡着了。这一阵事多,都乏得很。

秋雨哗哗地下。间或还飘些雾毛子,飘得没个边际。我醒过来,也不想动,就呆着眼望门外的雾雨。

院里跑进来一只小花猪。花猪一点点小,还不知道对错好歹。它进了院先哼哼着,东拱一嘴,西拱一嘴。拱到开着的房门边时,看见冬江靠在门上打盹,就停了哼,站直了,考虑该咋样办。站了几秒,就伸嘴去拱冬江的裤裆,把冬江哎哟一声拱醒了。小花猪吓得一掉头蹿多远,直蹿出院外去了。

良元被冬江哎哟醒了。睁开眼说:"啥时候了?"我说:"还早咪。"说着话,雨慢慢就停了。我们在屋里一眼一眼地看着雨停下了。良元讲:"拾掇拾掇就该种麦啦。地里也收得差不多了吧?"春江说:"差不多啦。天晴就快该能种麦啦。"良元讲:"咱们往地头望望去。"

三个人赤了脚,都把鞋留在屋里,吧嗒吧嗒地踩进了泥地。秋雨刚浇过的土地又软又酥,脚一踩进去,土就变成泥了。人一走到外头,觉得心里好舒畅,一点都不闷了。脚下踩着的泥水,因为是秋雨泡过的,所以有一些凉意。

我们走出庄子,走到庄外的田地里。天上的云彩还有些厚,有些发黑。地里的高秆庄稼差不多都收尽了,有些收得哩哩啦啦的,只有少数块地收一大半,剩一小半,也不太碍眼了。新汴河堤上的树,都清清亮亮地显出来了。地也耕翻了不少。春江讲:"今秋雨水怕少不了,旱了一夏了。"良元讲:"下点雨也好,只要不做成连阴天。"

我们仨一直往地的深远处转去。……在地里吧嗒吧嗒转了老大一圈,脚上、腿上弄得都是泥,转到过了正晌午,三人才往庄里回来。

二十五

晚上八点整,广播喇叭里又播出了一个通知:接到地区的通知,戒备令解除。但各生产队仍要提高警惕,以防地震的突然袭击。

这则通知一播出,庄里又忙乱了一阵子,睡在外头的人都把东西往家里搬,把鸡往鸡窝里塞,猪也都赶到猪圈里去了。忙乱了好一阵子,才平歇下来。

地震的事慢慢就过去了。秋收秋种正在忙的时候,人都不往这上头想了。眨巴眼就过去了好几天。

二十六

九月十七日这天,是各大队、生产队按规定时间到公社灵堂吊唁的日子。

原来说是队里八点钟集合统一安排去公社的。本来在乡下也没有个钟,也没有个点,时间都是大估摸,差不多。以往乡下的早饭,八点恐怕还正在锅里煮着。但九月十七号这天,早早地各家都吃过了饭,也没叫队长、会计吆喝,才七点多钟,各家的劳力,都穿得齐齐整整的,左臂佩着黑纱,胸前戴着白花,来队屋跟前集合了。

根据公社的要求,各队的男女劳力都要参加,年龄大的,或是身体不好支持不了的,可以不参加,一个是考虑人数太多,时间不够,吊唁不完;再一个考虑是各队到公社都要走一程子路,多则二三十里,少则七八或五六里,年岁大的,身体弱的跟不上,拖拖拉拉的不整齐,不好管理;第三个考虑是年岁大的,身体弱的,在悲痛之中假如支持不住,公社医院条件差,不一定能抢救。但是到集合时,那些年岁大的,从旧社会过来的,身体弱的,还有连牙也不剩几个的、拄着棍的五保户,都来了。冬江说:"你们都回去,俺们这是去给伟大领袖毛主席吊唁,你们再倒下了,俺们抬不了你们。"胜元家老头讲:"俺们不叫你抬。俺们也活够了。毛主席都一撒手去了,俺们还活得滋滋润润的弄啥。"说完,"嘿"了一声,一跺脚,一低头,鼻涕眼泪就下来了。老五保山元气得嘴唇发紫,手发抖,哆哆嗦嗦地拿手里拄的棍指着冬江骂:"妈拉个×冬江,你好了疮疤忘了疼,俺给地主干活那会,要不是俺省口粮食给你娘俩,你尿毛都不剩半根了!你不叫俺去,俺就搁你身上碰死!"说着就往冬江身上直撞。冬江惹不起他们,忙去跟良元商量。良元也没法子想。只好说:"叫宁元套车,拉他几个去。再派几个人跟着。进灵堂要是不行了,赶忙架他们出来。"

于是队里专挑了几个人跟着老五保、老社员,有子女媳侄的再叫子女媳侄跟一个,五保的由队里派个人跟着。

来的男人有好几个穿了蓝中山装,基本上都是粗布的。哔叽什么的极少。就是这些衣服,平常也都压在箱子底下,舍不得拿出来穿。女人大都穿着黑裤子,粗白布裆子,脚上还都穿了白鞋,有的头上还包着白毛巾。白鞋都是女人自个的手工,原先有的,就手就穿上了,原先没有的,公社通知了吊唁以后,她们都起早贪黑地做,软帮软底,都赶在十七号以前做好了。还有不少妇女给家里的男人每人都做了一双,连小孩也都做了一双。

队屋外头黑压压的一片人,都是黑白两色。哪个也不多讲半句闲话,多做半个小动作。也不像平常那样,站没个站相,坐没个坐姿,东倒西歪的。这会大伙都齐刷刷地站着。

时候还早。冬江说:"良元,要么早些去,路上拖拖拉拉也就差不多了。"良元说:"管。"决定了,良元就转向大伙,高声说:"咱们这回上公社,给伟大领袖毛主席吊唁,人人都得遵守纪律,有哪个犯了纪律,给咱月亮滩队丢了人,回来就没他的好日子过!一切行动都要听指挥,到公社人家都安排好了,叫咱咋样咱咋样。咱去几个人,回来几个人,一个不准多,一个不准少!"

良元说完,一队的人都上路了。马车拉了那些老头和老婆子在前头走,马脖子上都扎了白花,还由冬梅和腊梅架了一朵大白花坐在车前头。后头一个庄的人都跟着。

二十七

队伍走到前庄时,看见前庄黑压压的一庄人,也都集中在队屋跟前了。春梅正站在人堆外边,她脚上穿着白鞋,手里拿着白花。看见我们这队人过来了,春梅转过头看了看,又把头低下去了。

前庄队大,人多,队屋跟前的人也都是黑衣白鞋。走到前庄的小学校时,小学校的旗杆上降了半旗,旗杆顶上是一朵白花,苍白苍白。过了前庄,就走到野地里了。走到拐弯的地方,看见前庄的队伍跟了上来,也是领头的一朵大白花,由两个女青年架着,后头黑压压地跟了一二百口子。再往前走,离公社近时,各条路上都能望见人了。都是一队一队的,黑衣白鞋,队伍前架着大白花,打各条路上往公社汇。

快到公社时,看见公社那里已是人山人海了。各条路上都走的是人,漫天遍野的。正走着,公社有个民兵,持着枪,过来问是哪个队的。学东说:"俺们是月亮滩的。"持枪民兵讲:"月亮滩的停下来。你们原地待命,公社都有安排,按秩序进公社。"

月亮滩的停下来后,后头跟着的前庄的队伍也停了下来。路上来的吊唁队伍越汇越多。公社大,有一二十万人口,劳动力少说也得有四五万,都汇了来,就显得不得了的多。

等了老大一气,没啥动静。良元说:"叫大伙都坐下吧,歇一时。"大伙都在路上坐下了。这天天也阴阴的,不热,也没下雨。来的都是贫下中农,地富反坏都集中起来学习了。等到十点多钟,忽然前面的队伍站起来了,刚才那个持枪民兵跑过来喊:"都起来,跟上,一个挨一个走,不准说话,要严肃,安静!"大伙慌忙都站起来,车上年岁大的也都下了车,排在队伍前头。队伍往前走了,大伙一个挨一个跟上。平常到公社小礼堂,这段路也就一分、半分钟事,现在慢慢往前挪,直挪了半个多小时,才看见礼堂的墙和门。

一到这地方,气氛完全不一样了。礼堂是一个门进,一个门出。进去时虽然也是高矮胖瘦不齐,也不像城里人那种模样,但都还正正规规的。出来时就完全不一样了。出来时都鼻子一把泪一把的,都东倒西歪跌跌撞撞的,号天叫地。年岁大些的老头和老婆子,都哭得死去活来,得由人架着走。还有些老头和老婆子,在进出门之间的空地上,坐着哭、号,有的哭得气都短了,有直向灵堂磕头,半响都起不来的。几个背着枪的民兵,拉了他们半天都拉不走。

二十八

一队一队地往里进。轮到我们这个队了。有个公社干部拿着一张纸,声音低沉地宣布灵堂纪律:"进门后不准大声喧哗,不准乱走乱跑,听从工作人员的指挥。现在脱帽。"

戴帽子的都把帽子摘下来在手里拿着,然后过来一个公社民兵,把我们这一队人带了进去。

这时,人心里已经很难过了,也有点紧张。大家排着队进去。里面的气氛非常肃穆。公社的干部都是轮流守灵的。灵堂正中放着加了黑边的毛主席像,四面摆着冬青、盆松、松枝、仙人掌、仙人鞭、仙人球、花圈、挽联、白花等物。上面挂着一个横幅,横幅上用黑体大字写着:伟大的领袖和导师毛主席永垂不朽!守灵的公社干部眼眶都通红,说起话来都是哭音。大家进了灵堂,一抬眼看见毛主席微笑的面容,这个人大伙都太熟悉了,几十年来如一日,天天"见面",现在突然加了黑框,不在了,想到这一点,大家鼻子一酸,哇啦就哭出来了。大伙哇哇地都哭,都直抹眼泪。

这时哀乐响起来了,大伙都受不住这样的哀乐,不管男女老少,哇啦哇啦都号啕大哭起来。守灵的干部面对着毛主席微笑的遗像,哭着说:"一鞠躬!"大伙哇哇地哭着,鞠了一躬。灵堂里的哀乐撕心裂肺地响着,前头一排的老头、老婆子,哗啦一声坐倒一大片,都捶胸顿足地手拍着地哭得死去活来,公社干部哭得话都讲不出来了,主席像旁边的持枪民兵都哭得哇哇的。"二鞠躬!"大伙又鞠了一躬。灵堂里都哭得透不过气来。"三鞠躬!"又都大哭着鞠了一躬。前头哭倒的老头老太婆听见三鞠躬了,翻身起来,对着毛主席像就跪下磕头,头都磕破了。旁边跟着的儿、女、儿媳妇或者队里指派的人,一边痛哭,一边去拉,拉不起来自个也坐倒了,都哭成一团。三分钟后好不容易才架着拉着都出来了。老山元、老兴元几个上年岁的,死活都不愿走,直往灵堂里扑,手脚乱抓乱蹬。"毛主席,您不能走哇,不能走哇,您不能扔下俺们不管呀!"都哭得换不上气来。良元抹着眼泪说:"俺们先回,学东你几个留下,一定要把人平安带回庄。"学东哭着点了点头。

回庄的路上,我对良元讲:"俺想明个回速州一趟,参加地区的追悼会,也看看家里的地震情况,天把就回来。"良元说:"你去吧。"

二十九

回到庄里,大家都各回各家了。我也没有人讲话,心里憋闷得很,进屋倒头就睡,晚上饭也没吃。

一觉睡醒,天还没亮。我爬起来,拾掇好黄书包,趁着夜色,出门往新汴河边去了。

下了河滩,我敲开老头的门,跟老头说了一大堆好话,又甩了半包烟给他,老头才啰啰嗦嗦地上船渡我。船走在河心里。

老头迷迷糊糊地说:"往后天慢慢就冷啦。"其实从季节上讲,现在还正在秋日好时光里。我"嗯"了一声。船渐渐就渡过了河。

三十

打磬城里出来天也才麻麻亮。到速州有一百一十四里路。我臂上佩着黑纱,胸前别了白花,又在自行车把上扎了一朵白花。

出了城,大公路上人车都还少,路上光堂堂的。我心里火急,憋住劲往西骑。骑到界家沟,望见路边有人出摊子卖油条了,就下了车,把车扎在摊子边,去摊子上买几根油条啃。

油条个大形泡,三分钱,一两粮票买一根。吃着时,听见卖油条那个半老的妇女对人讲:"今早上打速州过来的司机讲,速州地震了,可死了不少人啦。"我一听,血都不淌了,赶忙问她:"可知道是啥时候震的?"半老的妇女又讲:"听讲是夜里头震的,一个都没跑出来。"我二话没说,三两口塞了油条,上车就骑。路上人车渐多了,我也不管,只是把车蹬得风快。我骑的这辆车是邮电局送信的车,结实,又好骑。我舍了命地骑,眼都骑红了。

路上那些骑车的、步行的,见我铃铛摇得不歇,骑疯了,都赶紧给我让路。我天天在队里干活,脸晒得又黑又红,身体也结实,骑起来气都不怎样喘。前头一辆大拖拉机,也叫我给超过去了。

三十一

那辆拖拉机的驾驶员,也是个年轻猴子,见我的自行车超了他,不服气,笛笛地按着喇叭,开足了马力,跟后头就撵。我扭头望望他,嘴里骂一句道:"俺K你娘!"上身伏下,脚底猛蹬,在路上直蹿了去。

一个猛骑,一个穷追,路边干活的人,或是小摊小店里的人,都直着眼望。年轻些的都站起来喝彩:"噢,噢,加油!加油!"我得到鼓舞,心里又根本没把那孬种拖拉机放在眼里,猛蹬一气,就把拖拉机甩到后边去了。

我脚底下还不松劲。大店、卅铺、廿铺、十里铺都过去了。我一抬头,发现已经来到了沱河边。

过了沱河就快要进城了。眼里看见的人,都还跟平常一样,房屋也都齐齐整整的。我心里想:哪有地震?过了沱河,我东张西望地看,一切都跟原先没有两样,才知道界家沟那里的那个女人把话给传错了。要是汇报给公安局,公安局非得把她抓起来!造谣惑众,是何用心!

心一松下来,倒觉得有些累了,就下车在路边的小茶摊上坐下,一分钱喝一碗茶。歇了一大会,那辆拖拉机歪歪倒倒地开过来了。我也不拿正眼看它,心里也瞧不起它。拖拉机笛笛地对我叫了两声,一溜烟地过去了。灰尘扑了我一身。

我歇过劲来,就上车往城里骑去。

三十二

城里有些乱,人也都匆匆忙忙地,过来过去,没有闲人。满眼里尽是黑纱、白花。墙上都是白纸写了黑字的标语。我一路东张西望,觉得气氛比乡下、比县城里悲壮、紧张多了,胸中不禁严肃起来。

我没有直接回家,而是绕到了市中心。

过了地区革委会大院,正骑着,猛然听到有人喊我的名字:"陈军,陈军。"我四下里一看,原来是沈鹏飞站在路边,正向我摆手。我连忙下了车,把自行车往路边推,一边推,一边亲热地说:"鹏飞大哥,你咋站在这里?"

沈鹏飞还是老样子,瘦瘦弱弱的,只是脸上比原来更苍白,两只凹坑眼也显得更大了。沈鹏飞的身架本来很宽大,但身体不好,他的长相有点像欧洲人,讲一口慢条斯理却不太标准的北京话,在城里、在我的眼里,他都是不一般的人物。我走到路边,沈鹏飞握着我的手说:"你咋现在来啦?"我说:"俺是来参加伟大领袖毛主席的追悼大会的。"沈鹏飞说:"我叫刘新民给你带的信封和信纸,他带给你了吧?"我说:"他这些日子没上俺那去。"沈鹏飞说:"刘新民也才走了没有几天。"我说:"那俺回去就能见到他了。"

我俩边走边说,不知不觉就走到工人政治课堂的大门口了。沈鹏飞突然转脸问我:"你还没到家吗?"我说:"俺才刚进城,还没来得及往家里去。"沈鹏飞急急地说:"赶快回家,十点半就集合入场了。我正怕身体支持不了,咱俩一块去,也好互相帮助。"我说:"管,俺来找你!"沈鹏飞说:"现在九点半不到,你十点半以前准时到我住处来。我等着你。"我说:"好。"

跟沈鹏飞告了别,我飞身上车,往家里赶去。

三十三

没想到这么巧,我回来就碰到了沈鹏飞。而且我们还能一起去会场。

我认识沈鹏飞,是在上高中的时候,我记不清是高几了,反正是在上高中的时候。后来沈鹏飞零零碎碎地跟我说,说他那时候正在实施自己的培养、造就一批有思想、有理论、有行动的追随者的计划。沈鹏飞是搞理论的,三十多岁,以前在北京上过大学。他住在单位的办公室里。有一段时间单位里办公室紧张,单位就给他在军人接待站里租了一间房子,他一直住到现在。

他的方案规定,要从高中和初中学生里,寻找一些身体好、成绩好的男同学,逐渐和他们认识、熟悉,结成友谊,用自己的言论去影响他们,使他们形成和自己一样的世界观、宇宙观和价值观,日后成为中国社会的一种骨干力量。基于此种计划,他认识了一些中学老师,从中学老师那里了解到一些同学的情况。他经常在一些学校的操场出现,温文尔雅地,替同学们捡球,主持公道,许多同学对他印象都很好,都和他熟悉了。他就有选择地和一些同学谈论时事,谈马、恩、列、斯、毛的理论,并且邀请同学到他的住处去玩。我那时就是被邀请的同学之一。刘新民也被他邀请了。

沈鹏飞很吸引人。我第一次去他的住处,就立刻被他屋里的书、报、刊和他的言论、规划吸引住了。沈鹏飞的住处不大,在接待站的后边,要拐三四个弯才能到。沈鹏飞的房间里放了一张木床。床的里面拉着一块布帘。沈鹏飞说:"你到里面看看吧。"我到里面看了一下。里面地方不大,但有两只旧皮箱、成堆的报纸、杂志和书。当时我是第一次看到人家里有这么多书,所以非常敬佩。里面还有一个小书架,书架里整整齐齐地摆放着精装的、还有一些是老版本的马恩列斯毛著作,毛主席的著作单独放了一格;另外还有不少学习材料、时事讲话等新书。沈鹏飞的房间里没有桌子,不知道他写文章是在哪里写的。

三十四

那天,沈鹏飞正歪在床上看一本杂志。我到了之后,先前前后后参观了一遍,然后,沈鹏飞要求我坐在屋里靠门边的唯一的一个小圆凳上,开始讲理论和时事。沈鹏飞的北京话虽然不太标准,但非常好听,我坐在那里,不知不觉就被他的讲话吸引住了。

第二天放学我又去了。我还是坐在小圆凳上,沈鹏飞还是坐在床上。我非常有兴趣地看着他的一举一动,听着他说的每一句话,把他说的每一句话,都记到心里去。但是沈鹏飞说着说着,却突然搓起脚丫子来。他的脚有些地方发嫩发红,可能是脚气。他搓脚时就忘了说话,嘴里只是"哼哼啊啊"的。他搓了一会,突然龇牙咧嘴起来,嘴里发出呲呲的吸气声,可能是一种痛快的表现。沈鹏飞一边搓着脚,一边问我:"你在学校喜欢哪门课?"我说:"现在哪门课也不喜欢,就想投身到火热的斗争生活里去。"沈鹏飞说:"这就对了。就要有大无畏的革命斗争精神。但是理论也要掌握。没有一定的理论基础,斗争起来就减少了力量。理论是革命斗争的有力武器。"

我下乡前最后一次到沈鹏飞那里去。那时天马上就要黑了。沈鹏飞正在脚盆里洗脚。他用两只手同时搓着脚丫子,搓得龇牙咧嘴的。我说:"你脚咋弄的?"沈鹏飞说:"痒痒死了。"

我又在圆凳子上坐下了。我正想对他说我下乡的日期,沈鹏飞已经顺手从床上拿了一张报纸给我,说:"这上面登了一篇关于按劳分配、货币交换的文章,你看一看。"我借着门外的光亮很快就把文章看了一遍。沈鹏飞严肃地说:"这篇文章的立足点是完全错误的。毫无疑问,资本主义在中国复辟的危险随时存在着。"他的床上还放着另外许多书,看样子他正在查找资料。沈鹏飞又顺手从床上拿起一本书,翻到一个地方,说:"毛主席已经明确指出过,中国属于社会主义国家,解放前跟资本主义差不多。现在还实行八级工资制,按劳分配,货币交换,这些跟旧社会没有多少差别,所不同的是所有制变了。"沈鹏飞把书放回床上。天光微暗。沈鹏飞的双眼在这时候闪烁着炯炯的光亮。他说:"毛主席还说过,关于资产阶级法权,这只能在无产阶级专政下加以限制。马克思也说过,社会主义社会,是刚刚从资本主义社会中产生出来的,因此它在各方面,在经济、道德和精神方面,都还带着它脱胎出来的那个旧社会的痕迹。你看,如果林彪一类人上台,搞资本主义不是很容易吗?"

我点点头。我听他说到很晚。最后,我才告诉他我第二天就要下乡去了。沈鹏飞认真地说:"这是你走入活生生的火热生活的开始,你一定会在社会的大风大浪里成长起来的。"我听了他的话,心里非常激动,同时也有一种非常庄严的感觉。我站起来说:"那俺走了。"沈鹏飞说:"等一等。"说着他走到布帘子后面,拿出了一个硬红皮子的日记本,说:"我给你签个名。"

他坐到床上,把日记本摊到腿上,在第一页上写道:

小军同志:
　　希望你像雄鹰一样无所畏惧,展翅高飞!
　　　　　　　　　　　　　　　　鹏飞

我庄重地接过了日记本。下放以后,我就用它做了我的第一个日记本。在两年多的时间里,我每次从乡下回来,都要到沈鹏飞的住处坐很长时间,谈谈农村的情况,获得各方面的最新消息,汲取一些理论的营养。

三十五

我回到家时,家里一个人也没有,父母和姐姐他们可能都到单位去了。宿舍大院里盖满了防震庵棚。

我在邻居家放了包,把自行车锁在门口,然后跑步到了军人接待站。

沈鹏飞正在等我。他说:"你来得很快。"我说:"俺到家就来了。"沈鹏飞严肃地说:"咱们去吧。"

他认认真真地把黑纱戴在左臂上,把白花别在胸前。戴好、别好了,又叫我检查了一遍,然后才出门,往他的单位走去。

三十六

现在街上已经到处都是队伍了,一队一队的,有工人,有农民,有干部,有学生,有城市居民。每一个人都佩着黑纱,戴着白花。每一个队伍前面,都由两个人架着大白花。这些队伍都是往城北的人民广场去的。

沈鹏飞带我来到他单位的大院里。他单位正在排队。我跟着沈鹏飞在队伍里站好了。这时,有一个领导模样的人走过来问沈鹏飞:"他是跟你来的吧?"沈鹏飞说:"就是的。"那人说:"他是干啥的?"沈鹏飞说:"他叫陈军,是地区革委会陈广汉的儿子,在农村插队,今天特地回来参加毛主席追悼大会的。"那个人点点头,就不再问了。

队伍排好了,有一个人站在队前宣布了注意事项,然后就由一朵大白花带头,队伍出了院子,走上了大街。

大街上人山人海。现在差不多快到十一点了,人流都向城北的人民广场涌去。我们这支队伍开始还走得比较快,但走着走着就走不动了,到处都是人,不是白就是黑。跟昨天在公社时不一样,气氛比昨天还悲壮。今天天气也比较阴,总像是要下雨的样子。

这时,从队伍的前头传过话来,说沈鹏飞单位这个口的,都到齐了,现在原地待命,听候统一指挥。大家都站在队伍里,不敢乱跑乱动,怕队伍突然走了,就再也找不到、跟不上了。我们这个队伍旁边的路边,有一个厕所,许多人都来解手。沈鹏飞单位的领导看到这种情况,就叫队伍统统往前压缩,以免被解手的人冲成两段。

又等了一大会,有几个穿白衣、戴黑纱的人,手里拿着铁皮做的喇叭,来指挥人群。他们又动手,又动口,叫人群、队伍都靠边站,街中间留出通道来。大家都很听指挥,通道很快留出来了,后面的队伍一队接一队地从通道中间走过去。靠边的队伍也都没有半句怨言,都静静地站着,等待统一安排。

三十七

沈鹏飞等得也很有耐心,但他不时地看看手表。他的脸色有点发白,一句话都没说。

大概等到十一点五十多分,我们这支队伍移动了,开始进场了。大家都集中注意力,一个挨着一个往前走。

这时从前头又传过话来,叫一个接一个往后传:不准说话,不准随便跑动,不准拉开距离,不准陌生人进入队伍,严防阶级敌人趁机破坏。传过话以后,大家都紧紧地挤到一起,并排走的都互相紧挽着胳膊。任何人都走不过去,也加不进来,也冲不散。

前头的道路很畅通,道路两边还有很多队伍在原地待命,中间留出一条通道来。走了一会,走到青年桥上了。到了这个地方,秩序更好。这里没有原地待命的队伍。从桥的南端开始,一直到进入会场的这一段道路,大约有二三百米,两边齐刷刷各站了两排中学生。中学生都是身穿白褂,臂佩黑纱,胸戴白花。他们列队肃立,一动不动,庄严得很。

我和沈鹏飞走成一排。我们走过了中学生夹成的道路,走进了广场。

广场的地上,用白石灰划成了许多方形和长方形的框框,框框里用白石灰写着字,政工口、宣传口、生产口,还有哪个哪个学校、哪个哪个工厂、哪个哪个农场。广场里有人带队,进来一队,就由指挥的人带到指定的地点去。广场里已经坐了不少人了,都坐成一块一块的,很整齐,衣服也一律是白的。广场的四周,每隔三五步,就立正站着一个持枪民兵。民兵有男的也有女的,也都是白褂子,臂佩黑纱,胸前别着白花。他们庄严地挺立着,一动都不动,宛若雕像。会场南北两头的拐角里,还搭着几顶白色的帐篷,看样子像是救护站。会场的四周摆满了花圈,形成了花圈的围墙。

广场周围,每隔二三十米,就有一个高音喇叭,高音喇叭不断地播送注意事项:不准随便走动,不准大声喧哗,要听从会场工作人员的指挥,已经进入会场的人可以坐下来休息。会场正北的主席台上,中央是伟大领袖毛主席的遗像,两边摆满了松枝和鲜花,主席台上方的黑色挽幛上,排列着三个用黑布做成的花。沈鹏飞小声对我说:"当中的那朵花,用了一千五百尺布。"

偌大的会场上没有一个人吸烟,也没有一个人说话。太阳出来了,很快又被云层盖住。会场里的人越进越多,但秩序井然,一点都不乱。我轻声问沈鹏飞:"这个会场进满了能进多少人?"沈鹏飞说:"能进十万多人。"我们都席地而坐,等着下午的追悼会开始。

三十八

到下午两点二十分左右,会场全都坐满了,黑压压的都是人。广播里说,为了保持会场秩序,民兵不再准许人员进出会场。我们在会场里已经坐了两个小时了,离我们排队集合,已经有三个多小时了。我看见沈鹏飞脸色有点不太好,比在路上时更苍白了,就问他:"鹏飞大哥,你不要紧吧?"沈鹏飞说:"你放心吧,我能坚持住,一定要坚持!"听他的口气,他的决心是很大的。沈鹏飞随身带了一小包人丹,他拿出几粒给我,说:"你吃几粒吧。"我一点都不需要。沈鹏飞就自己含了几粒在嘴里。

将近下午两点四十分,人们都紧张起来,十多万人的会场鸦雀无声,人们都在等待着一个最不能接受的时刻的到来。这时整个城市,整个天地间都安静了,没有半点声响。

两点五十分,广播里传来大会指挥人员的命令:全体起立,脱帽。十多万人唰的一声都站起来了,起来之后都笔挺挺地直立着,没有人再发出半点声音,非常庄严!只有广播里中央人民广播电台的男播音员的声音在响。下午三点整,笛,笛,笛……当最后一声鸣笛刚落音,东边火车站里所有的机车,都同时拉响了汽笛,汽笛声尖锐又震耳。城里的所有汽车和拖拉机,也都同时鸣响了汽笛。北关电厂的大汽笛也尖锐地拉响了。几十只高音大喇叭里响着悲壮的哀乐,哀乐重重地撞击着人们的心脏。我还从来没有经历过这样的万民一心的巨大的悲痛时刻,心里难受得简直受不住。十多万人的会场里迸发出揪心揪肝的啜泣和痛哭声。

沈鹏飞突然猛地抓住了我的胳膊,他靠在我的胳膊上,然后又滑坐到地上去。我想用手去拉他,他咬紧嘴唇,使劲摆了摆手。这时在前面的人群中,突然有一个人咕咚一声重重地摔倒在地上。哀乐在天空、大地上滚滚地震动着。会场上不时有人咕咚一声摔倒在地上,但谁也顾不上他们,十多万人都在号啕大哭,会场边的民兵哭得枪都拿不住。

追悼大会进行了一个小时,北京半小时,地区半小时。在这一个小时里,人们始终垂手肃立,泣声不断。

哀乐过后,穿白大褂的医务人员开始往外抬昏倒的人,他们穿来穿去地把倒在地上的人抬出去。在追悼大会进行期间,会场里昏倒的人没有间断过,一会这边倒下一个,一会那边倒下一个。

到下午四点钟,追悼会结束了,人们开始有秩序地退场。历时一个多小时,会场上的人才走完。我们这支队伍差不多是最后才出场的。沈鹏飞站起来以后,就一直靠在我的胳膊上。他的脸色也一直苍白得怕人。

三十九

我陪着沈鹏飞回到军人接待站。我先打了点凉水给他洗脸。我说:"鹏飞大哥,你不要紧吧?"沈鹏飞说:"不要紧,过一会就好了。你回家吧。"沈鹏飞在床上躺了一会,我看他脸色转好了,就离开他回家去了。

我回到家里,父母和姐姐都回来了,他们的眼睛都哭得通红。大家见了面也没多说话,母亲到厨房去烧饭,他们各自默默地干着自己的事情。父亲说:"你打算什么时候回去?"我说:"明天一大早就回去。"母亲从厨房里出来,看看我说:"既然回来了,就多住几天,不要急着回去。"我觉得留在城里已经没有多少意义了,这里的生活好像也不是属于我的,不是我自己的生活。我说:"俺只跟队里请了两天假。"

四十

晚饭时,天上突然下起了大雨,还夹带着雷鸣电闪。我看着门外想,今年秋天雨真多,进入秋天以来,已经下过好几场雨了。

大雨一直下个不停。我躺在床上睡不着。想吸烟又不敢吸,因为父亲不准我吸烟的。外面漆黑一片,只有哗哗的大雨直落而下的声音和院中大柳树枝条抖动的声音。这时,我特别渴望着能马上到农村去,到我独立生活和工作的地方去。我已经长大成人了,我的年轻有力的心激动而敏感地跳动着,社会好像就要发生什么大的变动了,我要投身到火热的激荡的生活中去!

大雨下了一夜。到第二天早晨,雨仍然没有减弱的趋势。母亲说:"今天走不掉就不要走了,在家里多住一天。"我没说话,只是心里烦躁得很。从早晨起来,我就一直站在门口看外面的雨势。

父母和姐姐都上班去了。我什么事都干不成,在屋里这转转,那站站,心里非常烦躁。

中午母亲回来时,雨开始减小了,但天气凉意很重。母亲又说:"今天就别走了,在家多住两天。"我觉得母亲是真心希望我能在家里多住几天的,但我一点也不能等了。我说:"不住了,雨一停俺就走。"我觉得母亲有点失望,就补充一句说:"俺在队里只请了两天假,队里忙。"这时,母亲的眼眶有点发红,她扎上围裙,进了厨房。

吃午饭的时候,父亲问:"你在那干得怎么样?"我说:"一般。"母亲说:"军儿还用说,他一直能吃苦,又肯干。"

四十一

吃过饭,雨真停了。虽然天还阴得很,但我决定立刻就走。

母亲打算给我带点东西,带来带去不好带。这时来了几个人向父亲汇报事情。我说:"俺妈,你别忙啦,俺啥也不带。"母亲说:"东西也都不好带。"出门时母亲塞了十块钱给我,说:"军儿,经常写信家来。"我说:"知道了。"我骑上车出了大院。

出了大院,我没有急着回去。我先骑车在城里转了一圈,看看有什么变化。城里到处都是地震庵子,大街小巷门前空地都是,连环城河下边的绿化带也都搭了庵子。我从球场巷那里走过,我走过东方红旅社,东方红旅社还是老样子,一点都没变。一路上我都没下车。骑了一圈以后,我打算离开了,就骑车去沈鹏飞住的军人接待站,跟他道个别。

到了接待站,我直接就拐到后院去了。

后院静得很,听沈鹏飞说,接待站经常住不满,所以人很少。过了小花池,像往常一样,我到了沈鹏飞的房门口,就伸出手去敲门。

我的手才抬起来,就止住了,原来房门锁着。我有点遗憾,想了想,觉得还是留个条子给沈鹏飞好些,应该跟他道个别。于是我从黄书包里掏出纸和笔,坐到花池上,简短地写了两句话:

鹏飞大哥：

　　您好！

　　我回乡下去了。毛主席逝世了，我心里非常悲痛！但我决心化悲痛为力量，继承毛主席的遗志，永远捍卫毛主席的无产阶级革命路线！

　　您的身体好了吧？身体是革命的本钱，您要注意锻炼身体，把身体锻炼得健健康康，向着共产主义的远大理想飞奔！

　　此致

　　革命敬礼！

小弟：陈军上
1976 年 9 月 19 日

　　信写好了，我站起来走到门边，把信折叠起来，插在门缝里。

　　我正想离开，忽然觉得这样不太安全，要是别人走过，顺手就能取走，也能顺手打开来看，况且还不知道沈鹏飞什么时候才能回来。我又回到门边。我想，干脆把信塞到门里去吧，这样，沈鹏飞回来一开门就能看见。

四十二

　　事情办完，我就推车离开了。下午还有一百多里路要骑，回到月亮滩，天可能也快要黑了。

　　军人接待站里仍然安安静静的。我走到接待站的门口。院门口站着三个女服务员,正一边打毛线衣,一边说话。我从她们的屁股后头走过去。她们看见我走过去了,就抬起头来看我。其中一个女服务员忽然对我说:"你找哪个?看起来面熟。你可是找二十七号的?"沈鹏飞住的就是二十七号。我说:"就是找二十七号的。他上哪去了?"那个女服务员接口就讲:"走了。"我说:"噢。"我向她笑了一下,就推车出了接待站的门。

快到上班的时间了,街上的人逐渐多了起来。来来去去的人大多都是步行的。骑车子的不多。

我出了门,正想上车走,忽然觉得刚才服务员的话和服务员的态度有点不对头。我掉转车头又回到接待站门前。那几个服务员都还在。我说:"麻烦你几位一声,刚才俺没问清楚,二十七号上哪去了?"刚才跟我说话的那个服务员,白了我一眼,加重了语气讲:"走了。"我说:"上哪去了?他没讲啥时候回来呗?"那三个女服务员都张着眼看我。其中一个说:"走了就是死了,回不来了。"我结结巴巴地说:"咋……咋……死……了……的?"我一下子还没明白过来。第一个跟我说话的女服务员又说:"二十七号昨晚上喝了半瓶农药。早上隔壁旅客来换房,说农药味呛人,不愿住那里了,俺们旅社主任去了一看,才知道出事了。公安局都来过了。"说到这里,她特别又看了我一眼,说:"你是他的什么人?看你以前经常来的。"我这时候差不多都蒙了,张嘴结舌地一句话都说不出来了。我张了张嘴就赶紧走了。

四十三

我骑上车子,蹬了就走。我也不知道自己是怎么出城的。就觉得街上的人都看我,也都让我。

我出了城,到了公路上。这时我有点明白了。但我还是一点都不清醒。我弓着腰,死命地往前蹬,什么车我都不让,倒是它们都让我。我当时就是一个劲地想:K他娘的,谁敢惹老子!一直到骑过了大店,我的速度才慢下来,我也清醒过来了。我一边骑,一边想:这是不可能的,这是不可能的。实际上我一点都不怀疑事情是真的。但我一个劲地对自己说:这是不可能的,这是不可能的!慢慢安静下来以后,我的心里就开始充满了悲壮。

雨后的秋野凉爽而清新。经过前一段路程的猛骑,我有点累了。我也完全清醒了。我觉得我心里完全空了,一点撑持的东西都没有了。我骑到界家沟,下车买了一碗茶喝,又坐在茶摊上吸了一支烟。路上有两个人拉着一架子车刚起出来的红芋走过去。我呆呆地看着他们,半天都回不过神来。

四十四

到县城送车子时,大哥说:"这样快就回来了。家里都好呗?"我说:"家里都好。"大哥说:"速州那边地震情况咋样?都传得邪乎。"我说:"跟俺们这边差不多,街上到处都是地震庵子。"大哥说:"你下乡可需要啥东西?需要就打这拿。"我说:"俺啥也不需要,俺那都有。"说完话,我站起来就要走了。我说:"大哥,俺走啦。"大哥说:"急啥子急,晚黑在这吃饭,明个早上再回去。"我说:"不啦。俺就请了两天假。队里的活忙。"

四十五

离开县城,我一路踩着烂泥,叭叽叭叽地上了新汴河河堤。

昨天下了一夜大雨,再加上今天上午下了一上午,雨水使新汴河水猛涨起来。整个河滩都灌满了。黄浊的河水挟带着泥沙,带着秋天的枯叶,卷起阵阵水沫,腾起滚滚浊浪,直往东边流去。河滩里的庄稼,不用说都淹了,河滩里的树也都淹了有小半米深。

我在河堤上张望了一会。船不在这边,肯定还在对岸。但也看不见在对岸的什么地方。现在两岸离开得很远了。

我影影绰绰能看见对岸堤埂上有几个人站着,或坐着。我把手卷在嘴上喊道:"哎——哎——过河喽——过河喽——"对岸那几个人一点动静也没有,不知是没听见,还是听见了装没听见,不愿意撑船过来。天也不早了,有五六点钟了吧。按理讲,在这岸喊,在那岸能听见的。

喊了一时,对岸那几个人还是没有动静。我不喊了。我知道再喊也是白喊。我脱了鞋子,脱了长褂和长裤,把它们卷起来,用书包带扎紧。我身上只剩下一个裤头,呱唧呱唧走进水里去。

秋水透骨凉。我打了个寒噤,继续往水里走。走着走着就好一点了。河滩上的水并不深,只齐小腿肚子。走到原先的河床边上,河水就不一样了。浊浪滚滚,波浪也更大些。我顶着水流往上流头走,这样要是游过去的话,大概正好能被冲到对岸的小屋附近。

我走得差不多了,再抬头看对岸堤上的那几个人——现在看得清楚多了——那几个人还是没有动静,但都在往河里看我。在乡下,哪个也没有这样的胆子,这样的水性,一个人在这种时候凫过去。我把衣物举起来,举在头上,慢慢下到深水里去。脚一踩空,我就游了起来。我游得很有力,浊水直把我往下冲。游到河中间,水势更大了,但我也觉得更畅快了。这些天使不出来的劲,都使出来了;这些天憋在心里的东西,也都被水给带走了。

四十六

我被急流冲下去几十米,正好在小屋附近踩到了滩地。小屋的地基打得高,水只淹到墙根底下。我半秒钟也没停,站起来就蹚着水往堤岸上走去。

堤岸上的那几个人现在都看得清楚了。他们仍旧坐在地上,或靠树站着不动,但眼睛却一直盯着河里看我。他们大概都是这西南庄的。

我开始往河堤上走了。他们的眼神里有点怕。渡口上的老头也不知上哪去了。船也不知上哪去了。我上了河堤,铁青着脸打他们跟前过去了。这时我有点气。这时我非常想他们里头能有个人突然讲一句废话,那样的话,我真能不分青红皂白,就把说废话的人揍一顿。

那几个人半句话也没讲。只是目迎着我上了堤,又目送着我下了堤。

四十七

我下了堤,才走了三四十步,就看见良元和队里的一些社员,正坐在红芋地头歇歇子。

良元看见我,忙打招呼说:"小陈,回来啦。"我咧嘴笑笑说:"回来啦。"良元说:"管秘书正派人找你,叫你下月跟水山一块,上公社参加学习班哩。"我说:"啥学习班?"良元说:"俺也讲不清。"胜元看见我这样,惊乍乍地说:"咋?凫过来的?"我说:"船不知弄哪去了。"

我掏出一包烟散给几个男汉子。这时,一阵秋风吹过,我起了一身鸡皮疙瘩。良元说:"涑州的形势咋样?"我说:"昨天下午,开了伟大领袖毛主席的追悼大会,中央半小时,地区半小时。"说着,我就在地头坐下了。风吹透了,身上也不觉得太凉了。我说:"天不早啦,咋还不收工?"良元说:"等宁元马车来,把起过的红芋拉家去。"

正说着,那边马车就过来了。马蹄嗒嗒的。

卷五　云梅

一

局势有点平静了。我在庄里干了几天活,云梅一直没有回来,曲霞也没有回来,院子里空空落落的。

这时秋天已经完全来到了。天气都有点凉了,虽然中午还有点热,还能穿短袖衫,但早上上工和晚上收工,都得穿一两件厚点的褂子了。

在田野里更能感觉到秋天的气息。田地里的高秆庄稼已经收砍得一干二净了,剩下的只有花生、麦茬、红芋等少数几种。田野现在看起来非常广阔,像看不到边的样子。收获过的地方,有一些田地里的土已经耕翻了过来,在太阳底下晾晒着,有些地块上,牛拉着耙一趟一趟来回地走着。送肥的马车也一趟一趟地往离庄很远的田野里去。

这一阵子也正是起红芋的忙季。红芋是秋季的大头。在地里起出来,当场就得在地里分掉,按人头分给各家,各家除小部分拉回家里以外,大部分都得连天加夜在地里切成红芋干,撒开来在地里叫太阳晒干,晒干后再一片一片拾起来,拉回家里去。

一整个冬天和春天,人、猪,还有狗,都靠吃这个过活。

秋天的好天气也到来了。差不多每天的云彩都很少,太阳都照在村庄、道路、树林、土丘和田野上。河里的水下去了不少。河边到处飞的牛虻和糠蝇几乎都看不见了。

二

中午我下工回庄,走到村口时,冬江正从大队部拿报纸和信回来,他顺手就把一封信递给了我。

我站在村头看看信封。信封上印的寄信人地址是磐城城关镇革命委员会,信封上的字体我一点都不熟悉。我觉得有点奇怪。我想可能又是抽我去写材料的事。我站在村头就把信拆开来看了。

看了信我又惊又喜。原来信是云梅写的。我一点都没想到我会站在村头这个地方看到云梅写给我的信,如果我知道信是云梅写的话,我肯定得拿回家再看的。这时候,下工的社员正在不断地从我旁边走过去,冬梅、学家、胜元他们几个还跟我说话,冬梅说:"小陈,你看的啥信,看得眼珠子都不转。"我赶忙把信和信封叠起来,握在手心里,说:"俺同学来的信。"说完,我快步往家走去。进到屋里,我定定神,把信拿出来仔仔细细重看了一遍。云梅的信是这样写的:

陈军同志：

你好！

你现在已经回到月亮滩生产队了吗？

我在这里参加了悼念毛主席的活动。伟大领袖毛主席的逝世，对我党我军和我国人民，是一个无法挽回的损失！同学们在一起举行追悼活动的时候，我们女生已经哭过好几次了。经过一段时间的思想斗争，我的革命理想更坚定了。我决定十月二号回月亮滩生产队，回到贫下中农中间去，接受贫下中农再教育，改造小资产阶级世界观，做一名毛主席的好战士！

在回生产队之前，我要先到张晶晶家去，从她家里借那本书。如果你有时间，就于十月二号下午，到我们上次说的地方去，在那里等我……

此致

共产主义的敬礼！

云梅

9 月 24 日于青阳县

三

我把云梅的信反复读了几遍。然后就开始做饭。

我一边做饭，一边又把云梅的信拿出来反复阅读。灶里的火光照在信纸上，我兴奋得嘴都合不上。是真的合不上。我觉

得这件事情真有意思,真吸引人。我觉得云梅对我真是太好了

在一个中午的时间里,我看云梅的信已经看了十几遍了。每看一次都会有不同的收获和感想。在村头看第一遍的时候,我匆匆忙忙什么也没看明白,只看出了个大概。看第二遍时,我想,云梅今天要回来了。看第三遍时,我想起了九月初那天晚上我俩约定去借书的事。看第四遍时,我觉得云梅的省略号用得真好,非常新鲜,非常新奇,我还从来没见到有人这样用过,里面包含了很多东西,我就用不出来。看第五遍时,我吸了一口气,因为公社送信经常耽误事,这封信要是再晚到半天,云梅就已经回来了。

四

下午我没去上工。我也没请假。永山吹上工哨子喊人的时候,我出去露了一下脸,跟冬江说了几句闲话,然后我就从村西到村东,拖拖拉拉地穿过一整个村子,到牛屋那里转了一圈。

实际上我到牛屋什么事也没有。转一圈再回来时,社员都已经下地了。村里几乎连一个劳力半个劳力都没有了。

我回到屋里,在屋里逛了一会。我的手心直出汗。本来我是想四点整收音机里鸣笛时再去城里的,但我实在等不下去了。我锁了门就往新汴河河堤上去了。我一边走,一边想,要是时间太早,我就过了河以后,在树林里吸几根烟再说。反正不管早晚,如果云梅真是今天从青阳回来,那我一定会在城里或者路上见到她的。我想,云梅一个人肯定不敢走小路。

我顺顺当当地过了河。过河之后,我走进堤上的树林里。但我一点也不想坐下来吸烟,只好站在树林里东张西望了一会。

老远的地方有一些人。他们可能是起花生的。因为他们既没带牛,也没带犁。而牛和犁都比较大,我不会看不见的,离多远都应该能看见。我想,干脆我现在就到汽车站旁边的土产门市部等着去。也许云梅会提前去那里的。再说我在树林里也实在等不住了。

想到这里,我就走出树林,快步如飞地往城里走去。太阳有些往西偏了,可能有三点来钟。不过秋天天黑得有点快,到五点多钟,太阳可能就要落下去了。

五

我到汽车站旁边的土产门市部时,那里已经有点冷清了,因为在这种时候,长途客车该过去的差不多都过去了,坐车的人也几乎都已经走完了,乡下来买东西的也都回去了。我在门市部门旁找了个地方站着,然后就一直往城里的方向望。这时可能有四点来钟,如果我知道张晶晶的家在哪里,我一定会去找的,云梅肯定在张晶晶家。

我等的时候,有一个男的进了土产门市部。土产门市部里只有一个年轻的女售货员,她看见男的进来了,就笑着说:"你咋又来啦?"男的说:"下班啦。"男的趴到柜台上,和女的说起话来。后来他们又说起了笑话。我一直看着通往城中心的城河桥的方向,这时我开始胡思乱想了。我想,云梅也许只是写着玩玩的,她不会来的,要不,就是她自己把时间给记错了,再说,她也不知道我能不能收到这封信。

正胡思乱想着,我身后突然有人嘿了一声,吓了我一跳。

我回头一看,正是云梅。她手里拎了个长带子的花布包,头发往后梳扎得又紧又干净。她比在庄里时白多了,都有点细皮嫩肉的了。我惊奇地叫了起来:"哎,云梅,你真来啦!"云梅兴高采烈地说:"俺还会不来呀?俺的信你收到了呗?"我说:"收到啦,要是不收到,俺咋能来。"云梅说:"啥时候收到的?"我说:"晌午才收到,差点就晚啦。"云梅伸伸舌头说:"俺还提前一个星期寄的哪。"

云梅说着,用手拉了拉我。我回头一看,门市部里的一男一女正看着我们。云梅小声对我说:"俺们走吧。"我说:"走。"我们马上就离开了门市部。我说:"哎,你咋从西边过来啦?俺还以为你得打桥上过来哪。"云梅说:"俺没事在城里转了一圈,就从西边过来了。哎,你跟队里的人讲了呗?"我说:"俺跟谁都没讲。俺自个就来了。"

一见面,我俩的话好像讲不完。我们说着走着,不知不觉来到了一条往南去的路口。我说:"哎,云梅,俺俩咋走?"云梅脸上红扑扑的,她向四面看了一眼,说:"你讲咋走?俺怕走大路叫人看见。"我说:"那俺们就打这条路走。这条路有点远,直南直北,能走到新汴河堤,上了堤再往正东走,就到渡口了。"这条路就是夏天我跟张新华、蔡家生走过的那条路。云梅干脆利落地说:"管。"

我俩上了路。我说:"云梅,俺替你背着包吧,里头可有啥好东西?"云梅脸一粉,但她马上就把包递给我了。她说:"啥好东西也没有。不过,俺给你带了一样东西,不知道你要不要?"我心里激动得要死,但我使劲控制着自己。我说:"俺哪能不要。是啥东西?"云梅眼看着前方说:"到家俺再拿给你。"我想了想说:"那也管。"

六

我们走到了田地里。

快傍晚了,麻雀从头顶上扑噜一声飞了过去。太阳有点想往下落了。我站住说:"俺们不走这条路了,这条路有点往西南偏。俺们打沟边走,一直就到新汴河堤了。"云梅说:"管。你知道路,俺跟你走就是了。"我们下了路,顺着路往南走了。

沟直直地往南通。云梅神秘地说:"哎,陈军,俺跟你说一件事,俺家里要给俺买个东西,你猜是啥东西?"我说:"俺猜不出来。"云梅也没把秘密保留多长时间。才走了几步,她就说:"俺家里要给俺买一块手表哎!"我听了一下子跳了起来。我说:"真的?你家这样有钱!"云梅高兴得脸发红。她说:"俺爸跟俺妈攒钱都攒了好几年啦。不过现在还没买到,等买到了马上就寄给俺。"我真羡慕云梅!我由衷地说:"云梅,你家里人对你真好!"云梅说:"俺家里就俺一个女孩子,俺爸俺妈都疼俺疼得跟啥子样。原先俺在家啥活都没干过。"我说:"那你咋下放啦?"云梅说:"俺两个哥哥,两个弟弟,都在青阳,俺哪能不下放?再说俺也愿意下乡锻炼锻炼。"我说:"你一点都不像娇的样子。"云梅说:"虽然俺家里人都疼俺,不过俺也没养成娇的习惯。俺在家不干事,俺在学校啥事都干,天天不沾家。"我说:"你们学校大不大?"云梅说:"大,是俺县里最大的中学了,光老师就有几百人。听那些老老师讲,俺们学校在以前,年年都能考上几十个大学生。"我说:"那都是资产阶级的东西。"云梅说:"就是的。后来那个校长叫批斗了,现在也没叫他上班。"

我鼓了几声掌。云梅转头问我:"你啥时候回来的?"我说:"俺十九号就回来了。俺回来以后,院里就俺一个人,有点冷清。"云梅说:"队里现在忙呗?"我说:"都忙着割豆子、起红芋、切红芋干子、拔花生,再过些日子,又得耕地种麦啦。"

我们走过一个隆起来的小土包。小土包肯定是挖沟的时候堆成的。我想起了一件事,我连忙问云梅:"哎,云梅,你借到书了呗?"云梅一脸遗憾地说:"没有哎。张晶晶家里就这一本。这一本还是张晶晶打她大姐那拿的。"我说:"唉,看不成了。"

七

这时我们来到了新汴河河堤下。这里的河堤有点陡,也没有正式的路,到处都长着树和灌木,显得有点荒凉。太阳也往下掉了不少,都快要掉完了。

我一马当先地登上了大堤,然后我就伸手来拉云梅。云梅把她的手给了我。她的小手又绵又软,热乎乎的。我把她拉上来之后,立刻又松开了她的手。我一点都不敢再握着她的手了。

我们都走得有点热了。云梅说:"俺们坐下歇一会呗。"我说:"管。"我们走到了面向河滩的那一面河堤。这边堤坡上的草长得又厚又软。我说:"俺们就在这歇吧。"

我俩在堤坡的草地上坐下来。往远处看着。

河对面的河滩上,有许多人正在起红芋。大概有五六十个人,显得热气腾腾的。他们总共有三头牛。三头牛拉着三架犁,犁后头分别跟着三群人,都拾的拾,运的运,伸腰弯腰,忙个不停。空气里到处都张扬着一股生鲜的植物从土里起出来的味道。云梅说:"那不是俺庄的呗?"我说:"不是的。俺庄的地离这有好几里呢。再说俺庄在河滩上也没有地。"云梅说:"那那是哪庄的地?"我想,从这个方向看,那可能是巩庄的地。我说:"那可能是巩庄的。巩庄就在这西南不远。"云梅说:"巩庄人还不少呢。"我说:"巩庄也是个大庄,庄子拖拖拉拉有一里多路长,庄里的塘上还有桥呢。"云梅新奇地说:"庄里的塘上还有桥?那巩庄的塘有多大?"我说:"巩庄的塘不大,就是长。塘里尽是水草。庄里人家门口都有大柳树。"云梅说:"那巩庄还真不赖呢。"我说:"跟俺庄差不多。"

说到太阳落下去了,我俩才往渡口走。堤上林子里暗得快。河滩上还亮亮的,林子里就有点发迷糊了。远近都没有多少声响了。脚踩着树叶的声音都能听见。一群麻雀在老远的地方,发出一阵一阵像马蜂窝里那样的吵闹声。

快到渡口时,云梅站住了。她说:"俺俩别一块走了。别叫人家看见了。"我说:"管,你先过河吧。等你过去了,走得看不见影子了,俺再过去。"云梅说:"你把包给俺吧。"我把包递给她。云梅说:"你一个人在这里怕不怕?"我说:"那怕啥?深更半夜俺一个人还走过这样的路咪。"云梅用盛满深情的大眼睛看了看我,然后就挎着花布包往前走去。

我走进了树林里。从我站的这个地方,可以看见河滩,但河滩和别的地方的人却看不见我。过了一会,我看见云梅从东边的河堤上下去了。她走得既不快,也不慢。她下到了河滩上。从我站的这里看她,能看见她的腰身又软又有力。她的右胳膊弯着,右手攥着包带,左胳膊一前一后,协调地摆动着。

我一直目送她过了河,上了对岸的河堤,我才从堤上撒丫子跑下去。

我过了河。这时云梅早已走得没有影子了,恐怕已经进庄了。我上了堤,绕了一段路,绕到庄东的路上,从庄东进了庄。

八

晚上到八点钟左右,云梅和毛丫一块回屋了。我知道云梅会再跟我说话的,因为我俩下午的话还没说完哪。

我想马上就去找她,但我又想,还是等一会吧。我不想叫毛丫看见我去找云梅了。毛丫要是回家告诉她家人,那就不太好了。

我把房门大敞着,灯也捻得很亮。

过了一二十分钟,云梅过来了。云梅过来的时候,调皮地用手在敞开的门上敲了敲。我正坐在床上看书,等着她。我抬起头来说:"云梅!"云梅手里拿着一个东西站在门口。我说:"毛丫哪?"云梅轻声说:"她睡觉啦。"说着她就进屋来了。我说:"云梅,你手里拿的啥?"云梅有点不好意思,但她又很大方,她把那个东西递给我说:"俺给你带了一双袜子,不知你管不管穿。"说着云梅的脸就粉得看不见别的颜色了。我心里高兴得不得了。我赶忙接过袜子一看,原来是一双草绿色的线袜子,看上去很结实。这时云梅已经在小冯的床上坐下来了,我高兴地说:"这双袜子怪好的,在街上肯定买不到!"这时云梅已经恢复自然了。她带着神秘的口气说:"俺是专门问俺大哥要的。他问俺要袜子给谁的?俺说:你别管!他说:俺对俺妈讲。俺说:你要对俺妈讲,俺一辈子都不理你了!俺大哥不会对俺妈讲的,他啥事都让着俺。"我点点头,我相信云梅的话。我的心里热热乎乎的。我说:"那俺送啥东西给你?"云梅说:"你啥都不要送给俺。"我说:"俺送个日记本给你管不管?"云梅高兴地说:"管!"

九

日记本就在我的柳条箱里。

我把煤油灯端起来说:"云梅,你帮俺端着煤油灯。"云梅立刻站起来把煤油灯端起来了。我把箱子开开。云梅很有兴趣地说:"俺看看你箱子里有啥好东西。你给人看呗?"我说:"咋不给人看?"但是箱盖一开,云梅正好被挡在那边,啥也看不见了。我说:"你到这边来。"云梅端着灯到我这边来了。我把箱子里的东西拿给她看。她吃惊地说:"都是书啊!"我自豪地说:"都是理论书。"

除了书以外,我的箱子里还有一些零碎东西。云梅一件一件很感兴趣地看了一遍。最后我把日记本拿了出来。我说:"这还是俺下放时,俺县知青办送的哩。"云梅说:"你一直保存到现在呀?"我说:"俺一直没用它。俺用的都是别的日记本。"我把日记本拿出来,把箱盖盖上。云梅说:"那你可给俺写几个字了?"我说:"你叫俺写俺就写。"云梅说:"俺叫你写。哪有不写字的。"我说:"那俺就写。"

我把钢笔从枕头底下拿出来,云梅就站在旁边看。我想叫云梅坐在我旁边,但我又怕她不坐。我说:"你在这坐下呗。"云梅粉着脸说:"俺不想坐。"她摇摇小辫,还是在离我不远的地方坐下了。

我的心一下子全乱了,我赶忙翻开日记本的第一页。我说:"写啥?"云梅好像有点紧张,她说:"你想想。"我昂着头想了想。这时外面的清凉气正在往屋里进。夜气像白天一样,有一股土地里头的生鲜气味。我的屋门大开着,小窗户也开着。我们庄的房子差不多都没有北边的窗户,窗户都是开在南墙上的。在秋夜的安静里,我还能感觉出云梅坐在我身边的味道。我心里乱得不行。我说:"俺想不出啥好词来。"云梅说:"要不就写上你的姓名。这样可管?"我说:"管。"

决定了之后,我就认真地在日记本上写道:

赠给云梅同志。

战友陈军

云梅很高兴。云梅说:"俺怪喜欢这个本子的。"
我觉得她说的是实话。

十

我俩说话一直说到半夜,云梅才轻手轻脚地回屋。

出门的时候,云梅调皮地对我笑笑,然后用手扶着墙壁,一步一步,蹑手蹑脚地回到自己的屋里。我等她关上门以后,才回屋把门关上。我的门吱呀一响,在秋夜里响得特别刺耳。我伸伸舌头,慢慢把门关上。我心里又舒坦又安稳,上床我就睡着了。

十一

第二天,队里决定起西湖高滩地的红芋。高滩地是队里最大的一块地,光麦茬、红芋,就栽了有好几十亩。

全队的劳力、半劳力,差不多都去了高滩地,一二百口子都集中在一块地里了。打早上起来,队里的十几头牛和十几架犁就在地里犁起来了,还有四五个抓钩子刨。磅秤也叫马车带到地里了。

我到地里的时候,永山过来对我说:"小陈,你来掌秤记账吧。今天恐怕得分一天,两台秤都不够。"我干脆地说:"管。"

上午一边起一边就分了。云梅是背红芋的,不过她很少把红芋背到我的秤跟前来。我心里想,云梅咋跟俺远啦?但我又觉得,她可能是不大好意思。

快到晌午时,冬江说:"晌午得留几个人在地里分,不然下午分不完。"良元说:"小陈,你别回家了,一来一去十几里地,俺叫毛丫娘带两块饼给你吃。"我说:"管,也省得俺一个人做饭了。"毛丫娘说:"小陈,你可吃蒜头?"我说:"俺吃。"

下午上工的时候,云梅拿白毛巾裹了两大块饼给我,饼里还夹着茄子菜,香喷喷的,另外还有一个蒜头。云梅大着声说:"俺表婶叫俺带给你的。"说完她就干活去了。我点点头,三口两下就吃完了,吃完以后,我又到地头的水桶边灌了一气凉水。

下午接着上午的活干。

大伙干着活说着话。永山说:"哎,曲霞咋到现在还没回来?她回城的事不知可弄好了。"小产娘接着说:"曲霞再一走,俺队学生就走得不剩啥了。"冬江跟她抬杠说:"咋叫不剩啥了?人家小陈、云梅,不都在这好好的。"小产娘讲:"俺讲早几同来的几个。"冬梅说:"人家小陈、云梅,不也是说走就走,还能在俺庄扎根落户?"永山接着话茬又说:"哎,对啦,俺们庄下放学生,

235

还没有一个扎根落户的呢。听讲西边巩庄、南边马圩子、东边小洪家那几个大队,都有安家落户的了。还找的是俺们当地人。"冬江说:"那俺们队,现时也就小陈一个有条件扎根落户啦。云梅人家来了,过两年,还不得回城里结婚成家去。"云梅听得脸通红。冬梅怪冬江说:"你望你讲的啥话!人家云梅大闺女脸皮薄,你看叫你讲得脸通红。"

地里的人都笑了起来。冬江接着讲:"要不,俺们就给小陈介绍一个,叫他在俺队生根,落户,开花,结果。"永山一本正经地讲:"哎,俺还真有一个。"胜元家里的急火火地问:"哪庄的?离俺庄可远?"永山讲:"远点怕啥,县北浍沟的。"春梅娘讲:"人长得咋样?人不能丑,丑了对不住人家小陈。"永山想了想说:"好看,白皮嫩肉,人见了人喜欢的。"宁元笑了起来,讲:"先问问小陈要不要,小陈要是不要,长得再好,又有啥用?"宁元说:"小陈,你可要?你要是要,俺就往县北跑一趟,给你说去。"我张口就说:"要。"

一地的人都笑。小产娘低着头,小心地问:"饭量可大?俺队穷,饭量大了养不起。"冬江脸一绷,说:"饭量大点怕啥?能吃就能干。"冬梅讲:"个头长得咋样?"永山哑哑嘴说:"就是个子矮点。"毛丫娘追着问:"有多矮?人家小陈个子高。"永山讲:"跟你家屋后圈里的差不多矮。"胜元站起来大叫一声:"老母猪哇!"

一地人笑得腰都直不起来了。

十二

下午天都黑了还没分完。宁元打庄里带了两盏大汽灯来,挂在锹把上。

汽灯一亮,红芋堆附近明晃晃的。这时大部分社员都回家了,地里显得清静了不少,天上的星星一眨一眨的,夜风一阵一阵地吹溜过去。我们一二十个人,话也少了,抓紧时间分,干到快半夜了才分完。

我一路哼着歌回到院里。本来我以为云梅肯定早已睡了,但是一进院子,我看见她屋里的灯还微微亮着,她的门也没关。我一时冲动,直接就往她屋里去了。进门时我用不大的声音喊了一声:"云梅。"喊的时候,我已经进去了。原来云梅点着灯,歪在床上的蚊帐里睡着了,她的蚊帐半开着。毛丫也在曲霞的床上睡着了。但我喊的那一声把云梅喊醒了。她揉揉眼坐起来,看见是我,就说:"你们才回来呀?"我说:"才忙完。"云梅说:"俺困死啦!"我故意说:"你睡觉也不关门,不吹灯,来了坏人咋办?"云梅差不多立刻就清醒了。她有点不好意思。她说:"俺不知不觉就睡着啦。"说着,她看看毛丫,把右手的食指竖在嘴上,轻轻吹了一下:"嘘——,别把毛丫吵醒啦。"

我点点头。我觉得云梅这样的姿势非常新鲜,也非常吸引人。不过我觉得毛丫永远也不会醒的。她看样子睡得太死了,好像打雷都不能把她打醒的样子。云梅站起来,眼睛看着毛丫,手拉了我的胳膊一下,轻声说:"上你那屋说话去吧。"我点点头。我说:"你把灯吹灭吧。"云梅转过身去,噗的一声把灯吹灭了。眼前一黑,我的手碰到了云梅的手,我连忙抓紧了她的手。黑暗里我一点也看不见云梅的反应。但是她没有把手抽回去。她用胳膊轻轻推了我一下说:"走吧。"

这时眼前很快又能看清了。秋夜本来就不是太黑,再加上天上有不少星星,光线就更亮一点。出了云梅的门,我怕叫人看见,赶忙又把云梅的手松开了。云梅跟在我的脚后边,用手拉着我的衣服,走得有点磕磕绊绊的。我们蹑手蹑脚从星光下走过,走到了我的门前。

我开了门,进屋把灯点亮了。云梅说:"你这屋门真响,半夜三更的,一庄人都能听见。"我说:"就是的,门咋这样响。"我看了看门。云梅看着我说:"你可能想个法子叫它不响?"我使劲想了想。忽然我想起了电影《苦菜花》里的一个镜头。我连忙说:"哎,云梅,你看过《苦菜花》呗?"云梅说:"俺咋没看过。俺记得还怪深呢。"我说:"那咱也给门轴上点油,门不就不响啦?"云梅马上就说:"这个办法肯定管!"可是她紧接着又有点担心地说:"加了油,明天要是有人来,一眼不就看见啦?"我说:"对了。"云梅又说:"再说,你也没有多少油往里加。"我说:"俺这还有半瓶豆油咪。"云梅干脆地说:"不管不管,你不吃啦?"我俩笑得直不起腰来。不过我也知道云梅的话说得很对。我有点泄气。我说:"那真不好办了。"云梅站在我的旁边,手拉着我的袖子。她出点子说:"加点水管不管?"我高兴极了。我马上说:"有门!"

"有门"这个词,是我在速州时听沈鹏飞讲话时讲到的,我不知不觉就用上它了。我对云梅说:"云梅,你在屋里等俺一下,俺舀水去。"但是云梅不愿意在屋里坐着,她跟到门口看着我。

我踮着脚出了门,轻轻来到了锅屋。锅屋里黑漆漆的,现在肯定早过半夜了,我从地里回来时都已经快到半夜了,庄里静得好像连一根针响都没有。我舀了一瓢水回到屋里,轻轻把水浇在门的上下轴上。水浇完了。云梅说:"俺试试。"她慢慢地把一扇门关上,又拉开。成功了!一点声音都没有。我俩高兴得简直要跳起来了!

十三

我们又在柳条箱子边坐下了,一点都不觉得困。

云梅说:"你该讲故事给俺听了吧?你今天该想起来了吧?"我故意对她说:"俺一个都没想起来。"云梅马上就生气了,她说:"俺不想理你了。"说完,她立刻就把脸伏到箱子上的胳膊上,一句话也不说了。我用手指碰碰她的脸。我说:"云梅,云梅。"云梅好像已经睡着了。她一动不动地伏着。这时我的心"怦怦怦怦"地猛跳起来。我又用手指碰了碰云梅的脸。她的脸又热又软。我把脸贴近她的脸。我小声地喊她,我说:"云梅,云梅。生气啦?"云梅还是不说话。我把脸贴到她的脸上。

她一点都没反对。她的呼吸有点发粗。我用脸在她的脸上摩了摩。云梅的脸像一团火样的。我整个身上都像在发烧了。我对着云梅的嘴说:"云梅,云梅,你真生气啦?"

十四

我觉得云梅不会真生气的。她可能是假睡着的。

在煤油灯的灯光下,云梅的脸和她的通红的嘴唇我能看得清清楚楚。我忍不住很想亲亲云梅的嘴唇,但我又非常害怕,一点也不敢。我定了定神,说:"云梅,云梅,俺想起来两个故事,你听不听?"云梅马上说:"听。"她睁开眼,抬起了头。我俩立刻都笑起来。我想跟她离得近点,就说:"那你得坐到俺这边,俺才讲哝。"云梅看了我一眼,她脸上粉红粉红的。她把小辫往后弄了弄。这时我觉得云梅肯定会答应的。云梅想了一下,点点头说:"管。不过——"她用手指在我的鼻子上点了一下,"不过你不准欺负俺的。"我说:"俺哪能欺负你?"云梅又用手弄了弄头发。她好像很不好意思。我也觉得有点难为情。但我这时的勇气好像有点大了,我说:"俺们可要把门关上?"云梅说:"不要关吧。要是有人来了,看见俺们关着门,那又该传了。"我认为云梅说得很对。可是云梅接着又说:"俺们把灯捻小点吧。"

我把灯捻小了点。屋里有些昏黄。云梅起身坐到了我的身边。

云梅差不多就是挨着我坐下的。我立刻就感觉到和她的身体接触到一块了。云梅坐下的时候,就像犯了什么错误一样,把头低着,我大胆地伸出胳膊,箍住她的腰。云梅一点都不反对,她只是把头低得更低,像是又犯了什么更大的错误一样。她的腰真软。我俩紧靠在一起。云梅用蚊子一样的声音说:"你该给俺讲故事了吧?"我对着她的耳朵说:"俺的故事就是那天等你时听来的。"云梅说:"在哪听的?"我说:"就在土产门市部。里头有一男一女讲笑话,俺听得一清二楚。"云梅说:"那你讲给俺听。"我说:"管。"

我说:"第一个故事是那个男的讲的。"云梅说:"讲的啥?"我说:"你听俺讲。那个男的讲,城里照相馆有个人,叫刘三。有一天,刘三到人民饭店吃饭,吃完饭正要走,饭店主任来了,说:刘三,你还没给钱呢。刘三说:俺的钱你找不开,俺下回再来,吃过了一块给你。饭店主任说:俺这是国营饭店,你有多少钱,俺都能找开,找不开俺就不问你要钱了,俺这饭店也不开了,空手送给你刘三了。刘三讲:你这话可是真的?主任讲:是真的,不是真的你抠俺眼,俺打小就没说过瞎话。刘三讲:好!他拿出一分钱,往桌上当啷一扔,说:你给俺找开。饭店主任一看,一分钱哪能找开,一下子就傻了眼。"

云梅听得都迷了。我一讲完,她马上就真心地说:"你讲得真好听!还有一个呢?"我说:"第二个故事,是那个女的讲的,有点不好听。"云梅马上就有点不自然了。但她很想听。她说:"你讲给俺听听。"我说:"管,你要愿意听,俺就讲给你听。"云梅说:"你快点讲吧,俺都等急啦。"我说:"那个女的讲:商业局有个钱股长,叫钱啥子她没讲。钱股长底下有个办事员,女的,叫小宋。小宋就喜欢拍钱股长的马屁,讲好听的给钱股长听,钱股长听得顺耳,对她也怪对咪。"云梅说:"这样的人不好呗?"我说:"那是的了,一点都不好。"云梅说:"你再接着往下讲。"我说:"后来,有一天,小宋怀孕了,钱股长听说后,就对小宋讲:恭喜恭喜。小宋赶忙讲:多谢钱股长,这都是你栽培的结果。"

云梅听得脸粉红粉红。她说:"这个故事不太好听。不过俺也不太懂。啥叫栽培?"我说:"俺也不太懂。栽培就是哺育成长吧。是你非叫俺讲的。"云梅说:"俺又没怪你。"我说:"俺的故事都讲完了,该你讲一个了吧。"云梅说:"俺一个故事都想不起来。"我说:"那你再想一会。"云梅歪歪头说:"管,俺再想半分钟。俺要是真想不起来,俺就不讲了。"我说:"随你。"云梅昂起脸看看我说:"你别催俺。"

说着,云梅就把头低下去了。

十五

我的右手还搂在云梅的腰上。我看看云梅的脸。心里燥火火的,但是我什么也不敢做,也不知道该做什么才好。

院外的庄里好像有一个人的声音响起来了。那是一个社员的声音。那个社员吆喝道:男女劳力都下西湖啦! 一眨眼,春天经过夏天,就到了秋里。

我突然发现我是睡着了,现在又醒了。我也不知道已经过了多长时间了,云梅还是把头低着,一句话都不说,好像也睡着了。我用右手的手指轻轻压了一下云梅的腰眼,压低了声说:

"云梅,云梅。"云梅的身体动了动,然后又不动了。我把云梅的身体往我身边搂了搂,云梅还是不说话。

云梅肯定睡着了。这时她的嘴唇离我的脸很近,我也看得最清楚。我说:"云梅,云梅,你睡着啦?"云梅没有回答我。我小心翼翼地把嘴唇接到了云梅的嘴唇上。我身上的热血好像一下子都贯通了,浑身热得不得了。云梅嗯了一声,她往后缩缩。但她还是低着头闭着眼。我的嘴唇贴在她的耳边说:"云梅,云梅,你睡着啦?"云梅用撒娇的声音小声嗯了一声。但是我这时不敢再亲她了,我怕她真生气了,刚才那一次她可能没注意。

我用右手使劲搂着云梅的腰,又坐了很长时间。我们什么话也没说,就是这样低着头坐着。后来云梅抬起头来说:"天不早啦,俺去睡觉了。"

十六

我一点都不想让云梅走。但是天可能真不早了。也许鸡都叫过了。我只好不情愿地松开了搂着云梅腰的右手。

云梅站起来,弄弄头发。她说:"俺走啦。你也睡觉吧。"我点点头。云梅轻轻地往门口走去。我站起来送云梅到门口。我又拉拉她的手。云梅突然停住了,她反过身来,靠在我的胸脯上,迷迷糊糊地说:"俺一点都不想走。"我一下子把她搂住了。我们又回到了床边。我搂着她的腰在床沿上坐下。我使劲搂着她的腰。使劲搂着。我的嘴唇正好凑在云梅的脖子里。不知道为什么,云梅把脸向上昂得越来越高。她的下巴有点尖,又有点圆,皮肤又细,又柔。

云梅的胸脯也好像一下子胀起来了,我觉得我好像一下子都搂不过来了。她的胸脯顶在我脸上,又鼓又胀,跟刚才一点都不一样了。云梅低下头,把嘴对着我的脸,轻声说:"俺热死了。"我说:"俺也是的。"云梅说:"咋这样热呢?"我说:"恐怕是天想下雨了。"云梅说:"哪能。天刚才还好好的。"我说:"恐怕天想变了。也有不短的时间没下过雨了。"云梅说:"也是的。"

说着说着,云梅不由自主就倒在床上了。我也被她带倒了。我半倒在她身上。云梅直挺挺地躺在床上。她一动不动地躺着。我这时简直不知道干什么好了。我手忙脚乱的,一会用手摸摸她的头发,一会用脸蹭蹭她的胸脯和脸。我说:"要热你就把衣裳解开吧。"但是云梅使劲抓住衣裳不让我解。她说:"俺怕叫人看见。俺妈叫俺不要跟男的在一块。"我说:"那俺把门关上吧。"云梅连忙说:"关门叫人看见,俺们就讲不清了。"她又说:"要不你先解吧。"我点点头,把衬褂的扣子解开了。云梅用手摸摸我的胸脯说:"你身上肌肉真多。"我说:"俺想把胸脯压在你身上。"云梅想了想,同意了,她说:"管。"她把身上的衣服拉严实,紧张地说:"俺叫你起来,你就起来噢。"我点点头。我把胸脯慢慢地压在她的胸脯上。我俩一下子搂在一起了。我忍不住使劲地搂住她。云梅的胸脯又软又胀,她气喘得又快又碎。我说:"你可叫俺摸你的胸脯。"云梅迷迷昏昏地说:"管。"我一下子摸到了云梅的胸脯。云梅的胸脯跟发面馍样,又热又软,我拿手使劲捂着它。云梅直挺挺地睡着,胸脯使劲地一起一落,话都说不出来了。她说:"俺叫你松手,你就松手。"我说:"俺身上都湿了。"云梅说:"咋湿了?"我说:"俺也不知道。"她用手在我身上摸摸。我说:"俺在下头湿的。"云梅说:"在哪下头?"我说:"在肚子下头。"云梅还是不知道在哪下头。我把云梅的手拿到下头……她像触电一样把手缩了回去。但是她马上又搂住我的头说:"陈军。俺害怕。"我不知道怎么说才好。我使劲按着云梅的胸脯。云梅想了一会,她又把手伸到下边,隔着衣服,小心翼翼地摸了一下。我一下子把身体都压到她身上去了。云梅说:"你压得俺都不能喘气了。"我说:"云梅,憋死俺了。"云梅有点着急。她着急地说:"那咋办?"我说:"俺也不知道咋办。"我使劲搂在她身上,她也使劲搂住我。我俩使劲搂了很长时间。但是身上还是憋得难受,也不知道再咋样办才好。云梅说:"俺身上也湿了,湿了一大会了。"我说:"你在哪湿的?"云梅说:"俺也在下头湿的。"说着,她就把我的手拉到下头去了。我说:"俺啥也摸不到。"云梅轻声说:"笨蛋。"她把裤带解开。她的裤带是红布条裤带。她又把我的手拉进去,叫我摸摸她的裤头。她的裤头下面已经全部湿了。我说:"你叫俺摸摸里头吧。"云梅说:"俺怕死了。"我说:"那怕啥子。"云梅说:"俺怕你欺负俺。"我说:"俺咋样才叫欺负你?"云梅说:"俺也不知道。"云梅想了一会,说:"你摸吧。"说完她就把脸转向一边去了,好像是不想问事了的样子。我把手伸进去摸了一下。云梅的裤头里跟水洗的一样。我才刚摸到,云梅就用手把裤头揪紧了。她说:"俺怕死了。"

十七

这时,外头的鸡打鸣了。也不知道是打第几遍鸣了。灯也忽闪了一下,可能是没有油了。

云梅一惊,她赶忙歪着头看了看窗外,说:"天快亮了呗?"我说:"俺也不知道几点了。"云梅有点醒了,她一下子坐了起来,说:"俺得走了,别早起来人看见了。"我一点都不想叫她走,我说:"晚上你还来呗?"云梅脸上粉得烫人。她一边系上裤腰带,一边红着脸站起来。她点点头说:"俺来。"我说:"那俺过了九点去喊你。"云梅说:"俺叫毛丫老早睡觉。俺也不插门了,你看可管?"我说:"管。"

十八

早上我还在呼呼大睡,云梅就压低了声,在窗外喊我了:"哎,还不起来呀,大懒虫!"

我抬起头来一看,云梅的脸镶在窗户里,清晨的亮光打东边照射过来,照射在她的半边脸上,描了一个很好看的形状。我心里有一种幸福感。我说:"俺还没睡醒呢。"云梅轻柔地对着我说:"那你睡吧。可要俺替你请个假?"我说:"俺起来啦。"

我起床下地,打开房门。但是云梅已经不在院里了。

十九

晚上,我一直在牛屋里瞎坐到九点多才回家。

村里又静了。进了院,我直接就往云梅的屋里去了。

我一推门,门真没插,一下子就推开了。我轻声说:"云梅。"云梅没理我。屋里有点发黑。我慢慢地走到云梅的床头。原来云梅又睡着了。我想再喊她一声,但是我怕把毛丫喊醒了,就没喊。

我轻轻在云梅身边坐下,看了看她的脸。云梅的睡相非常好看。她的脸上又安稳,又好看。她在蚊帐里就像一篇童话里的公主一样。我用手碰碰云梅的胳膊。云梅还在睡。我又用手摸摸她的胸脯。云梅一下子就惊醒了。她惊醒的时候,先是一愣,但她马上就明白过来了。她脸上非常好看地一笑,然后猛地一下用胳膊搂住了我。

我说:"云梅。"我被她搂得倒在她身上。云梅在我耳边小声说:"你上哪去啦?"我说:"俺搁牛屋瞎拉呱咦。"云梅说:"你也不想俺?"我说:"俺怕来早了有人找俺说话,俺又不好撵人家走。"云梅点点头,说:"你把鞋脱掉吧。"我说:"你不上俺那屋去啦?"云梅说:"俺们等一会再去。"我轻轻把鞋脱掉,上了云梅的床。

床咯吱一响。云梅抿着嘴摆了摆手,我俩赶忙都不动了,都往毛丫的床上看。毛丫一点动静都没有。云梅说:"还是上你那屋去吧。"我点点头。云梅从床上坐了起来,她的胸脯碰到我的手上。我俩好像一下子就受不住了。我俩使劲搂在一起。云梅说:"俺把长裤子脱掉吧。"我说:"管。"云梅把长裤子脱掉了,她的腿在黑影里白亮亮的,跟月亮底下的一摊水样。她脱掉长裤子以后,就直直地躺在床上了。我一点都不知道该怎么办。我就一个劲地用手在她的胸脯上摸。云梅好像快晕过去了,她把头偏向一边,用右手捂着眼。我说:"云梅,俺受不住了。"云梅说:"你赶快压在俺身上。你也把长裤子脱掉吧。"我脱掉长裤,一下子就压在云梅的身上了。我使劲搂着她。我说:"云梅,你帮俺拿出来。"云梅说:"俺不敢。"但她还是轻轻地把它拿出来了。我说:"云梅,俺真憋不住了。"云梅犹豫了半天,她说:"要不,你就放在俺那外头。"我说:"管。"云梅想了想,又说:"那你不许欺负俺的。"我说:"俺哪能欺负你。"

有一会,我好像什么都不知道了。云梅也好像什么都不知道了。我们就这样一动不动地搂着,在床上躺了很长时间。

二十

起红芋最忙的那一天,曲霞回来了。

二十一

曲霞回来的消息,是宁元带到地里的,他说拉红芋回庄的时候,正好看见曲霞铃着一个大包,从庄外进来。

云梅说:"真的? 你没诓俺呗?"宁元说:"俺诓你弄啥。"云梅急急地说:"那俺赶紧回家看看曲霞去。"宁元说:"你回家弄啥,人家又上公社啦。"永山插上话说:"上公社就差不多啦。"胜元问:"啥差不多了?"永山说:"还有啥差不多,回城呗。他们这些来得早的,不就落下她一个啦?"宁元讲:"俺也没问她。她回来就上公社了。"胜元不懂,又问:"咋上公社就差不多了?"冬江讲:"不差不多,她上公社弄啥!疯啦?"胜元叫冬江冲得一愣,嘴上嗷嗷叫:"哟,哟,你懂,你望你能的。"

冬梅问宁元说:"曲霞还是那样,没咋变呗?"宁元说:"哎哟,曲霞在家几天就吃胖啦,脸吃得跟盘子样。"小产娘说:"脸大了眼小了呗?"胜元跟上说:"这是啥话?"小产娘讲:"啥话?好话。挨冲的料。"毛丫娘讲:"一般常人都是这样子,脸大了眼小。"宁元讲:"曲霞原先眼也不小。"冬江抬杠说:"也不大。"冬江家里的冲冬江说:"你眼大!你眼大可有牛眼大!"地里的娘们都幸灾乐祸,七嘴八舌地说:"叫你尿能!挨熊了吧!"

笑声过去了,毛丫娘接了说:"人家曲霞眼不大,长的是地方,不上不下的,好看。"冬江说:"咱别讲人家眼大眼小,曲霞干活是一把手,啥活都干过。"胜元又来劲了,他咋咋呼呼地说:"要叫俺评个座次,前前后后下到俺队的学生,最能吃苦的就是小陈了。跟俺庄的人没有两样,赤巴着脚,光着膀子,浑身上下晒得乌黑。"永山讲:"你讲的是哪个小陈?"胜元说:"俺还能讲哪个小陈。"永山说:"就是的,俺就得叫你讲清楚了。原先那个小陈鸡摸狗拔蒜苗,哪干过几天正活。"冬江说:"这倒是实话。"胜元接着又说:"第二个能吃苦的是小邹,小邹也能干,就是好哭,动不动就哭了。"学东说:"小邹小,小邹来俺庄那会,才十四五岁。"冬梅说:"十五岁,跟春梅般大的,比俺大两岁。"学东说:"你讲的是虚岁呗?"冬梅说:"你别管虚岁、实岁,小邹就是十五岁,她亲口跟俺讲的。"学东说:"哟哟哟,你看你能的,杠都叫你抬断了。"冬梅一句都不让他:"你不抬,俺一个人也抬不起来。"学东把手里的红芋一扬,说:"你说俺可敢砸你?"学家激他说:"你不敢砸!"冬梅也把手里的红芋一扬,说:"你说俺可敢砸你?"冬江板着脸说:"俺看你哪个敢砸,你哪个把队里的红芋砸毁了,你哪个赔!"

一地的人都笑岔气了。

二十二

下午曲霞从公社一回来,就坐宁元的马车到地里来了。

曲霞穿了一件花褂子,看起来像的确良的,显眼得很。宁元把车赶得咣咣当当的。地里的人老远就看见车上有个女的了,毛丫娘说:"那是曲霞呗?"地里的人都停了手里的活看。小产娘用肯定的口气说:"那不是曲霞是哪个。跑不掉是她!"

真是曲霞。

马车在地里一停,曲霞就打车上下来了。曲霞都胖得快叫人认不出来了,脸比原来大了小半圈,肉嘟嘟的,她手里还拎着个绿书包。她下车也下得不如原先利索了,她一下车,就跟云梅互相拍了一巴掌,云梅怨她说:"你咋到现在才来,俺都想死你了。"曲霞说:"俺在家里也天天念叨你。"地里的人都热热火火地跟她打招呼,说:"曲霞,回来啦。"曲霞说:"回来啦。"冬梅说:"曲霞还真长胖了呢,也白了。"冬江说:"要不咋叫又白又胖呢?白了就胖,胖了就白。"毛丫娘跟上说:"一点都不错。"

女人们都热闹过了,良元插空问:"公社那头都弄好啦?"曲霞点点头,说:"都办好啦!"胜元讲:"要回城了呗?"曲霞说:"就是的。"说着说着就说不出来了,赶紧闭了嘴,低下头,一声不吭,把包盖拿开,从里头抓出糖果,撒给地里的人吃。

小产娘不识好歹,跟上偏又重说了一句:"唉,说走就走了。"小产娘话音才落,曲霞哇的一声蹲下来就哭了。云梅赶紧过去抱住她。地里的妇女眼圈都有点红,还有不少跟着淌眼泪的。良元直着脖梗讲:"哭啥哩,哭啥哩,这是好事,笑还笑不够呢。"胜元也接上讲:"就是的。人家回城跟家里人住在一块,还不尽等着享福。你看你这些妇女哭的。都使劲哭!都使劲哭!俺正好多吃几块小糖。"说着就上书包里抓了一大把。冬梅一把夺过去了,又把书包也抢在怀里,板着脸冲胜元说:"你想趁乱多吃多占呀!"地里的妇女又都破涕为笑了,地里乱糟糟地闹成了一团。

良元把我拉到一边说:"小陈,俺叫毛丫娘和云梅跟你早走一时,上地里摘几颗瓜豆,再上俺家逮只公鸡,晚黑送送曲霞。你几个先走,天也不早了。"我说:"管,俺们这就跟马车家去。还弄别的呗?"良元说:"也不知前庄可杀猪了?"我说:"俺去望望。"

二十三

前庄没杀猪,倒是老兴元家来人,早上割了一斤肉。我上老兴元家借了一块半肥半瘦的猪肉来,毛丫娘和云梅上菜地摘了一篮子青菜,有丝瓜,四季梅,还有韭菜。毛丫娘说:"小陈,你上代销店打几斤酒吧?"我说:"那是了。"

我上大队代销店打了一盆红芋干子酒。回到院里,东西都备齐了。我说:"俺还干啥事?"云梅说:"挑两桶水去。"说完她扑哧一声笑了。我赶忙说:"俺去俺去。"

我又去挑了满满两桶水来,然后就替了云梅,坐在锅门前烧锅。毛丫娘炒菜,贴饼,云梅拾掇碗盘筷子。正忙活着,永山又送来小半碗干毛刀鱼。毛丫娘惊奇地讲:"你家哪来的鱼?"永山说:"东庄俺小孩外奶家送的。"毛丫娘讲:"噢,她那庄就在汴河沿上。"

永山放下毛刀鱼就走了。

天临黑时,曲霞跟良元一块回来了。菜已经做出来四样了,一样烩猪肉,一样炒丝瓜,一样炒四季梅,还有一样辣椒炒鸡蛋。毛丫娘讲:"桌子摆搁哪吃?"良元说:"就摆搁院里呗。天又不冷。"毛丫娘、云梅和曲霞就齐动手把桌子摆在院里了。小板凳也摆放好了。我跟良元坐下吸了根烟,等人来。曲霞、云梅和毛丫娘都在前头锅屋里说话。

等了一时,没有人来。良元说:"毛丫她娘,你去喊永山,冬江,还有学东,叫他几个早些来。"毛丫娘说:"都收工了呗?"良元说:"现在还不收工?"毛丫娘答应了一声,就起身往外走。良元又说:"看永山可去喊赵书记了。"毛丫娘答应着就出去了。

二十四

永山、赵书记他们不到半小时就来齐了。这时天也黑了,云梅点了个煤油灯在桌上,桌子附近显得亮亮堂堂的,桌上的菜也看得一清二楚。

赵书记往桌上看了看,惊奇地说:"哎,这还有毛刀鱼呢。"毛丫娘讲:"是永山拿来的。"永山说:"是俺小孩外奶家给的。她那庄就搁新汴河沿上。"大伙一边说着,一边眼看着,嘴里都馋得不行。冬江讲:"人可来齐了?俺们喝吧。"良元讲:"来齐了。俺们喝吧。"

都是眼面前的几个人,酒喝起来随意简便。喝了几盅,良元摇摇头讲:"上回小冯走,俺想留他多住一天,他偏要走,俺也没能留住。"冬江讲:"小冯现时上班了呗?"曲霞说:"在澡堂子里上班了。"永山说:"做啥?当服务员?"曲霞说:"就是当服务员的。"

良元和永山各跟曲霞喝了一盅酒。赵书记说:"咱大队学生都走差不多了。"良元说:"现时就小陈跟云梅俩了。"曲霞像是突然想起来什么了,对着我和云梅说:"哎,俺听人家讲,快给考大学了,你两个可听说了?"这是一个新消息。云梅说:"俺一点都没听说哎。"我说:"俺也没听说。那不可能的呗。"永山讲:

"往年都是推荐的,得公社下指标。"曲霞说:"俺也讲不清,都是听人传的。"赵书记说:"可是小道消息?"冬江说:"恐怕就是小道消息。"良元说:"人家传是咋考的?"曲霞说:"具体咋考也没讲,就都讲要给考大学了。"

二十五

这天晚上酒喝得平平的。话倒讲得不少。我跟云梅也静静和和地喝了一盅。我们两个没多说话,都是跟别人说的。

喝过酒,曲霞上庄里转了一圈,回来又跟云梅讲了半夜话。天一亮,她就坐宁元赶的马车走了。

马车出庄的时候,良元对宁元和学东说:"你两个把曲霞送到五河再回来。塑料薄膜就在五河买吧。"宁元说:"管。"学东说:"那俺们就不走大路了。走大路远。"宁元说:"那是的。"

曲霞的东西比小冯的少。她只有一个箱子,一个小人造革包,还有零零星星几件家用的东西。倒是队里给她拉了半车七八百斤鲜红芋。良元、永山、冬江几个都讲:"带着带着,城里还得花钱买。"

马车掉头往东南的土路上去了。走土路能近好几十里。

二十六

送走曲霞后,回到院里,云梅就对我讲:"今个恐怕有啥事,俺眼皮直跳。"我说："能有啥事？"云梅好像有点紧张,她说："俺也不知道。"我说："就是曲霞这件事呗？"云梅说："俺讲不准,俺听人家说,眼皮跳不好。"我说："是哪个眼皮跳？俺听人家说,左眼皮跳不好,右眼皮跳好。"云梅说："俺两个眼皮都跳。"我说："恐怕昨晚你没睡好觉。"云梅说："俺陪曲霞讲了大半夜话。"我说："俺在这屋都能听见,你俩说话声音真大。"

过了一会,云梅小声说："今晚你来呗？"我看着她的眼睛说："俺一天没跟你在一起,就觉得像过了好几个月了。"云梅红着脸,轻声说："俺晚上给你留着门。"

二十七

到中午时,云梅收到了一个包裹单。

包裹单是良元送来的。我正在锅屋里烧锅做饭,良元嘴合不拢地进来了。他一进锅屋就问："小陈,可见到云梅啦？"我说："云梅刚才出去。"良元扬扬手里的纸,憋不住喜庆地大声说："她家里给寄的包裹。"我马上就想到是什么了。我赶紧问："寄的啥？"良元说："你过来看看。"我跑过去一看,真是寄的手表。包裹单上的"名称"一栏里写着两个字："手表",在价值那一栏里,写着："98元"。

良元指指点点的,嘴都合不上。我说："俺跑去喊云梅去。她得快活死啦！"良元说："俺们一个大队,也没见过一块手表。"

我灭了锅腔子里的火,拔腿就出门找云梅去了。我想赶快把这个最好的消息告诉她,这件事一点都不要遮遮掩掩的。我差不多跑了一个庄,问了十几家子,最后才在冬梅家找到云梅。

云梅正坐在冬梅家的堂屋里,跟冬梅学纳鞋底。我还没进屋就叫喊起来:"云梅,云梅。"云梅抬头一看是我,立刻就显得有点不太自然了,她可能以为我是没事找她的。我一脚就进了屋子,气喘吁吁地大声说:"云梅,队长叫俺来喊你,你家给你寄包裹啦!"云梅听了,一下子就站了起来。她性急地问:"可知道给俺寄的啥?"我好像比云梅还高兴,我咋咋呼呼地说:"寄的手表!"冬梅也一下子站起来了:"啥?手表?"她惊奇地看着我。我说:"上头还写:价值98元哪!"冬梅说:"哎哟,俺的娘呢!你家真有钱!"

云梅拔腿就跑出去了。我也赶忙跟着跑出去了。等我跑到村路上时,云梅已经跑出去很远了。

二十八

云梅没吃饭就拿着包裹单上公社了。

下午干活的时候,全庄人都知道了这件事。

冬梅说了几十遍:"俺的娘呢!俺的娘呢!"胜元讲:"俺还没一家伙见过这样多钱呢!给俺俺都不知咋样花。"胜元家里的跟着他的话说:"够俺吃一辈子的!"胜元掉头就冲她说:"你嘘乎个熊你嘘乎。够你吃十年八年的差不多,也不够你吃一辈子的。"胜元家里的被胜元一冲,面子上过不去,她脸红脖子粗地跟胜元争辩：“俺要是光买红芋,就够俺吃一辈子的!”胜元说：“吃一辈子能把你毛都饿白!”

地里的男人哈哈哈哈都笑得脸上开花,娘们也都跟着笑。大闺女却都装着听不见,一声不吭。

胜元家里的脸通红,气得拿个大红芋就砸胜元,骂他："死不要脸的!"永山赶紧接上她的话茬说："哎,他不要脸,你咋知道的?"冬江说："她咋不知道？她哪天晚黑不知道？她哪天晚黑都躲不过去。"地里的男人都笑得没命了,大闺女"呸呸"地往地上吐口水,娘们都笑骂道："这个死冬江!"胜元家里的转身又拿红芋砸冬江。胜元讲："死劲砸!"冬江一边躲,一边说："俺可讲错了？俺可讲错了？你两个晚黑可干那种事？你讲实话。"胜元家里的说："不要你管!"说完就笑了。地里的人都笑栽倒了。

二十九

晚上,云梅的屋里热闹死了,队里的男男女女都来看云梅的手表。

一般妇女唻,都是先到云梅屋里,临走前再往我的屋里伸个头。男的唻,也是先上云梅屋里,看一眼手表,然后就到我屋里坐下。

永山进来了就说："小陈,广播你听了呗？"我说："啥事？"永山说："叫俺俩后天上公社,参加学习班哩。"我有点不想去,觉得一点都不想跟云梅分开,但又不知道公社那边是咋回事,就说:"去就去呗。"

一屋子人说话、吸烟、听收音机,一直到八九点钟,才一个个站起来回家睡觉。等人一走尽,我马上就吹灭灯,跑到云梅那屋里。

云梅正在屋里等我。她知道我要来的,她没插门,我轻轻一推就进去了。

云梅靠在床上,手里正拿着手表看。我说:"云梅,你还在看哪?"云梅连忙摆摆手,又用手指指毛丫,指指煤油灯。我明白了她的意思。我轻轻把门关上,又轻轻把灯吹灭,然后钻进蚊帐里,抱住了云梅。

云梅说:"这两天急了吧?"我说:"一天不跟你在一块,俺就急了。"云梅说:"俺俩还那样吧。"我说:"管。"我把身上的衣服都脱掉了,云梅脱得只剩下一个裤头,然后我就压在了她的身上。云梅使劲抱住我,一连声地说:"陈军。陈军。陈军。"我说:"云梅,俺后天跟永山一块上公社参加学习班。后天早上就去。"云梅赶忙问:"那你们啥时候才能回来呀?"我说:"可能得三四天。"云梅不说话了,只是更使劲地搂住我。我说:"俺把手指头放进去吧。"云梅说:"你慢慢放,俺怕疼。"我说:"俺不使劲。"

我慢慢把手指头放到云梅的大腿里去。云梅"哎哟哎哟"地说:"陈军,管了,别再往里头去了。"我觉着云梅的肉直抽,直夹我的手指头。我的手指就跟放在热水里的一样。云梅昂着脸说:"俺的娘呢!"我的手指动了一下,云梅身子一挺,她好像全身都酥了,她像叫马蜂蜇了一样,哎哟叫了一声。我赶忙捂住她的嘴。我说:"云梅,你咋啦?"云梅说:"俺痛快的。"我说:"那……"云梅差不多都愿意了,但她想了想,然后搂了搂我说:"俺太害怕了……"我说:"管。"后来云梅贴在我耳边说:"陈军,俺想骂你一句。"我说:"你骂吧。"云梅说:"孬种。"骂完以后她赶忙就搂住我了,她说:"俺不是真骂你的,俺是太喜欢你了。"我说:"俺知道。"云梅有点发愁地说:"俺的大闺女身子叫你破了,俺以后咋办呢?"我贴在她脸上说:"你早就是俺的人了。"云梅说:"俺就是你的人!"她又说:"俺怕死了,要是叫俺家人知道,俺家人非打俺一顿不可!"我说:"俺们都先别讲出去。"

三十

我话音才落,锅屋那里哗啷响起了一阵自行车的链条声。

我和云梅一下子都惊醒了。云梅说:"赶快起来!"我赶快从云梅身上下来,我俩手忙脚乱地穿上了衣服,坐在床边听外头的动静。云梅说:"你那屋门可关了?"我后悔地说:"俺忘了关了。"

这时,院里又是一阵自行车链条的颠响,有个男的在院里喊了两声:"陈军。陈军。"是刘新民的声音。我吃惊地小声说:"是刘新民。"云梅说:"哪个刘新民?"我说:"是俺中学同学,在泗州旗杆庄下放的。"我和云梅手拉着手,两个人的手心里都出了一层冷汗。但是我们一点办法都没有,只能坐在床上听动静。云梅说:"俺这屋门可插了?"我说:"也没插。俺去插上吧。"云梅摇摇手,然后站起来小心翼翼地去插了门,她回到我身边,轻声说:"俺怕他进来看见你。"我说:"他哪能往这屋来,深更半夜的。"外头也安静了。从南墙的小窗户里,能看见手电筒光在院里乱晃。我和云梅手拉着手坐在黑暗里,一点都不敢动,更不敢发出一点声响。

但是刘新民只喊了两声,就没有再喊。他哗啷一声把自行车支上,然后就没有声音了。

云梅趴在我的肩膀上说:"他走了呗?"我觉得刘新民不会这样就走了的,大老远半夜三更来一趟,他肯定有什么事情,不会马上就走的。我说:"他还能来了就走?他肯定得见到俺,再说俺的门又开着。"云梅说:"那院里咋没响动啦?"我也不知道。我说:"他可能正蹲在院里吸烟等俺。"云梅点点头。我俩不说话了,继续听外面的动静。云梅悄悄把手伸进我的衣服里。我说:"俺想你。"云梅摇摇头,用手在我额头上点了一下。我搂着她。过了很大一会,院外还是没有一点响动。我说:"咋办?他要是不走,俺还能在你屋里一夜?那俺明个早上一定得叫旁人发现!"云梅突然说:"哎,陈军,他恐怕已经进你屋里去啦!"我恍然大悟地说:"对呀,他可能已经进屋了。"云梅说:"俺开门看看。"我说:"不行,你一开门门就响了,俺再一出去,他马上就知道俺是打你这出去的了。再说,俺们也讲不准他是在屋里,还是在院里。"云梅说:"要不你伸头打窗户这往外看看。"我说:"这个点子管!"

我和云梅都慢慢站起来,一点声音都不出。然后我俩又都转身上了床。云梅轻轻把蚊帐掀起来,我站在床上,从小窗洞里慢慢伸头往外一看,院里黑乎乎的,但景物都还能看见。有一辆自行车支在院子里,但刘新民不在,他肯定在我屋里,因为我屋里亮着灯光。

我把身体收回来,对着云梅的耳朵说:"他在俺屋里。"云梅点点头。我说:"俺打窗户爬出去,不响。"云梅说:"不管不管。你一爬出去,他不就知道你在俺屋里了?那俺就丑死了。"我说:"那咋办?"我突然想出了一个办法。我说:"那俺爬出去以后,先上锅屋去,然后俺再回来,俺就说俺在胜元家拉呱来,他又不能去调查俺。"云梅捂着嘴笑,说:"这样管。这样管。"我俩都觉得这件事有意思极了。我轻声说:"俺先不穿鞋,穿鞋响,等俺出去了,你再递给俺。"云梅点点头。我赶紧又搂搂她。云梅的胸脯顶得我心里难受。然后我轻手轻脚地从窗户里爬了出去。我双脚落地时一点声音都没有。院里也一切正常。我站稳以后,云梅从里面把鞋递给我,她手腕上的手表一亮。我接过鞋,但是我不敢穿。我像鸟一样,踮着脚尖,一步一步穿过院子,走进锅屋。

三十一

到了锅屋里,我的一颗心放下来了。我穿上鞋,定定神,然后吹起了口哨,大摇大摆地往屋里走去。

一进院子,我有意突然把口哨声停了下来。我觉得一般的人都会这样的,突然看到自己的屋里亮着灯光,都会有点意外的。我顿了一下。我觉得云梅这时肯定正在窗户后面看我,并且捂着嘴笑呢。我把左手的小拇指插在嘴里,对着云梅的窗户吹了一声很细的口哨,然后我又恢复了吹《阿佤人民唱新歌》,直往我自己的屋里走去。

三十二

果然是刘新民来了。他正歪在我的床上看书。

一进门,我故意装成吃惊的样子,说:"哎,新民,你咋现在来啦?"刘新民笑了一下说:"俺来给你送信封信纸的。"我说:"七月份俺还上你庄找过你一回哪。"刘新民说:"俺不在家呗?"我说:"你上速州了。"

我走到他跟前,我俩抬起手来拍了一个响。刘新民半坐起来,说:"沈鹏飞的事你知道了呗?"我说:"知道了。俺一点都没想到。"刘新民说:"就是的。俺也没想到,沈鹏飞哪能这样。"我说:"他的意志太不坚强了。他别的方面都能做俺的老师,这方面俺觉得他做得太不对了,他是个逃兵。"刘新民说:"俺跟你的看法差不多。"

刘新民从床上我的烟盒里,抽出一根烟甩给我,我站着把烟点着了。他换了个话题说:"你上哪去啦?叫俺等半天。"他一点都没有怀疑我刚才是怎么来的。再说他可能也不知道云梅的事。我说:"俺搁庄南头闲拉呱咪。"

我在小冯的床上坐下来。我说:"你庄都忙清啦?"刘新民说:"忙清啦。过两天就该种小麦了。"说着,他一骨碌坐了起来,说:"哎,陈军,你可听讲考大学的事了?"我说:"听讲了,听俺庄曲霞讲的,是小道消息,她说城里都传这回事,她听见的也不多,也没讲出啥咏,你那有啥消息呗?"刘新民说:"俺也听讲了,都传得有鼻子有眼的。"我说:"那你是听谁讲的?"刘新民说:"俺是那天在泗州城里,听俺爸原先的一个同事讲的。"我说:"他在哪个单位工作?"刘新民说:"在县政工组工作。"我有点惊奇。我说:"政工组的人也这样讲？那可是小道消息了?"刘新民说:"他也没讲是大道还是小道,他叫俺回家问俺爸去。"我说:"这事咋弄的？有点糊里糊涂的。"刘新民说:"你信不信?"我说:"俺又信又不信。"刘新民说:"咋叫又信又不信?"我说:"要叫俺自个讲,俺就不大信,又不是正式传达的,都是小道消息。不过政工组的人要是都传,俺就弄不清了。"刘新民说:"俺跟你想的一样,开头,俺还跟人家辩过一回,后来听人家都讲,俺就拿不准了。"我说:"你打算咋办呢?"刘新民说:"俺打算家去一趟,问问俺爸。"我说:"对了,问问你爸就知道了。"刘新民说:"问你爸问俺爸都能知道。"我说:"就是的。"

三十三

不知怎么的,刘新民好像有点激动。他一根接一根地吸烟,烟头都扔了一地了。他说:"哎,陈军,俺觉得,毛主席逝世后,'四人帮'再一打倒,形势可能会有变化。"我说:"会咋样变化?"刘新民说:"俺也讲不准。"我说:"俺们得密切注意着。"刘新民一拍箱子说:"一点不假!"

我觉得像是突然又跟外界接触上了一样。我说:"你打算啥时候回家?"刘新民说俺明个就回去。你走不走?俺俩一块走。"我这时心里只装了云梅。我摇了摇头说:"俺暂时还回不去。俺庄活还没完。"刘新民说:"你庄还有啥活?"我说:"俺庄红芋还没起完呢。"刘新民闷着头想了一会,说:"那管,要有啥事俺给你写信来。"我说:"管。俺等你的信就是了。"

我俩说了有个把小时的话。

吸完了十几根烟,刘新民扔掉烟头说:"俺走了。"我说:"你走吧,到家也不早了,有啥事别忘了通知俺一声。"刘新民说:"俺哪能忘。"

说完话,刘新民站起来就往外走,上院里推了车子。他手里还拿了个手电筒,把子比一般的都长。我有点羡慕地说:"你这手电筒还是强光的呢。"刘新民按亮手电筒,拿到眼前晃了几晃,自豪地说:"俺都买有一个月了。"我说:"搁哪买的?"刘新民说:"就搁泗州城里买的。"

我一直把刘新民送到庄东的大路上。路上黑乎乎的。出了庄子以后,凉气就重了。人身上都觉得起鸡皮疙瘩了。刘新民拍拍车座,说:"俺走了。"骑上车子就往黑里去了。刘新民还有意把车铃铛摇得哗啷哗啷响。

我一直候刘新民走得看不见影子毛了,才返身往庄里去。

三十四

我轻轻松松地走在庄子里。秋天这样的晚上就好像是过不完的,天气不热也不冷,略微有点凉意。人觉得非常舒服。我一边走,一边扬起手臂扩展胸膛,呼吸着秋夜的气味。

我穿过村庄回到屋里。

天已经很不早了,但我却一点都不困,精神还振奋得很。我进屋吹了灯,跑到云梅的窗户边,用手当当敲了两下窗玻璃。云梅一下就醒了。她坐起来,隔着蚊帐趴到窗口说:"俺睡着啦。你同学走啦?"我说:"刚走。"云梅说:"你还进来呗?"我说:"俺进去看看几点了。"

云梅给我开了门。我在门口就把云梅抱住了。云梅用手刮刮我的鼻子,她说:"你装得真像呢,俺在屋里直笑。"我说:"你眼皮跳得还真准呢,又有好事,又有不太好的事。"云梅揉揉我的胸脯说:"吓死俺了。他来弄啥的?"我说:"他来跟俺讲考大学的事的。"云梅关心地问:"他咋讲的?"我说:"他也是听人都传,连县里政工组的人都传。"云梅昂头看着我说:"传得这样邪乎,也许是真的呢。"我说:"要不俺明个上城里问问去,看到底咋弄的。"云梅说:"俺想跟你一块去,俺又怕叫旁人看见。"我说:"俺自个去得快,俺去了就来了,你在家等俺。"

三十五

早上起来开始种麦了。天气好得不能讲,万里无云的,人,还有牲口啥的,都精精神神的。

早一天的晚上,麦种、耩子什么的都备得好好的了。牛也歇了一天。耩的第一块地是西北湖地。天才一放亮,我跟胜元、学有,就赶着牛,拉着耩子和麦种,往地里去了。

牛是队里的大红牤子,它个子大,身板好,长得毛光皮亮的,也不用人吆喝,走起路来有劲得很,三个人跟着它走,走得又省心又快当,有时还得带着点小跑,胜元想起来便喝喊一声:"红牤子,慢些!"

天又高又亮,地里的大庄稼都收尽了,耕耙得又平又细,地里没有遮拦,地宽得像望不见边的样子。路边的秋草有一点湿,胸脯吸起气来顺顺畅畅的,太阳也照得暖暖和和,我望着天说:"现时种麦可还有点早?"胜元说:"要是别的地,就早了,咱西北湖地就得早两天,不早两天,小麦就结不饱。"学有说:"时候也差不多了,今年天候不赖。"

到了地头,我们三个把麦种卸下来,又把麦种倒到耩子里。学有讲:"哪个先走?"我说:"俺先走一趟。"胜元说:"那你赶牛。"我说:"管。"

赶牛也有讲究,得走得直,不能扭来歪去的。如果扭来歪去,明年出的麦就都扭来歪去了,叫旁庄人看见,就笑话死了。

我们三个轮换着扶耧子、倒麦种或者赶牛,来回走了好几趟子。这块地大得没边,来回一趟得不短时间。

学有赶着牛,胜元扶着耧子,顺趟子走了。我躺在地头的小干沟里,头枕在装麦种的麻袋上,看着他俩越走越远,越走越小。

我看看天,跟早上一样,天上还是干净得很。

三十六

晌午我从地里就直接进城了。

本来,我是想到知青办去问问的,但是没想到今天是星期天,知青办的门都锁得紧紧的。我赶忙又走到大哥家。大哥家也锁着门,一个人也没有,邻家也不知大哥家人上哪去了。我只好站在门口等着。

才吸了一根烟,大哥骑着自行车回来了。我迎上去喊了一声:"大哥。"大哥一看是我,忙下了车子,说:"陈军呀。啥时候来的?"我说:"来了一会了。"大哥说:"赶快进屋坐。"

进了屋,我说:"俺不坐了,地里还等俺耩麦,俺舀碗凉水喝就走。"大哥说:"喝啥凉水,喝茶。"我说:"喝凉水下得快。大嫂哪?"大哥说:"上速州出差去了。"我上厨房喝过凉水,出来说:"大哥,人家都传要给考大学了,不知可是真的?"大哥说:"俺也听人讲了,也不知是真是假。城里也有学生复习的。少数。"我说:"没听讲有文件呗?"大哥说:"哪有文件?要有文件,俺还能不知道?"

我心里觉得实在了不少。临走时,我对大哥说:"大哥,要是有文件了,你跟俺讲一声。"大哥说:"那还用说。"

我匆匆又回了月亮滩庄。

三十七

夜里我刚跟云梅在一起,云梅就说:"俺还没问你上城里去的事哩,可问到人啦?"我说:"今个是星期天,单位里都没有人。就见到了邮电局的大哥。"云梅说:"大哥咋讲的?"我说:"大哥也是听人都传,又没有正式文件。"云梅停了一下,又说:"大学咋考呀?"我说:"俺一点都不知道。"云梅说:"要真叫考了,你可去考?"我说:"俺不想去考。俺俩在一块,改造农村,最能锻炼自己了。"云梅说:"俺也不去考。俺就跟你在一块。"

过了一会,云梅偷偷在我耳边说:"俺可能跟你结婚?"云梅的脸上滚热。我肯定地说:"咋不能?能!"我又说:"俺们这不就结婚啦?"云梅哼的一声搂住我。云梅说:"俺们得对家里讲一声呗?"我说:"讲一声也行。反正家里也拦不住俺。"

我俩一起说话说到快天亮,我才回屋睡觉。眼皮刚耷拉上,永山就来喊我上公社了。

三十八

永山胳肢窝下夹着一床小被。我说:"咋还得带被?"永山说:"不带被,盖啥?"我说:"俺们在公社能住几天?"永山说:"俺也讲不准。叫俺们住几天,俺们就住几天呗。"

外头的空气凉凉的。路上人也不多。进了公社大院,大院里都是人,都是各生产队来参加学习班的,乱哄哄,没有个头绪,公社办公室里也没有人招呼、登记。永山说:"俺俩找哪个去?"我说:"俺看看管秘书可在,管秘书要是在,俺们就找他问问。"永山说:"那管。俺在这等你。"说完,永山就在大院的北墙根蹲下了。北墙根正好能晒到太阳,人都快蹲满了。

我把小棉被扔给永山,就跑去找管秘书。

管秘书住在公社最南一排房子的最东头,他屋里坐了、站了不少人,但是他自己却不在。我问靠门站着的一个人说:"管秘书上哪去了?"那个人说:"俺也不知道,俺来他就不在屋里。"我在屋门口站了一会,管秘书没回来,正在这时,大院里有人吆喝起来:"大伙都往井沿靠靠,大伙都往井沿靠靠。"屋里的人赶忙都出来了,院里的人也都赶忙往井沿处靠。井沿那里是个水泥台子,地势高,上头站着人,大伙都能看见。

三十九

井沿上站着一个人,穿一身不戴领章帽徽的旧军装。旁边的人说:"这是蒯组长。"我插上话问:"哪个蒯组长?"旁边的人说:"公社政工组的蒯组长。"蒯组长我以前从来没见过,我说:"他是刚来的呗?"旁边的人说:"就是的。刚打部队里下来的。"

蒯组长在井沿上站得笔直。他看大伙都围在井沿附近了,就开口说:"喂,同志们,大家注意啦,今天上午是报到时间,大家先上粮站住下,房子都分好啦,两个大队一间房子。各大队的领队都注意啦,你要负责好你那个大队,要做好上传下达的工作,有什么事,我不找你那个大队的,我找你。散会。"

蒯组长讲话干脆利落,他讲的是本地话,但又不像本地话。他一说"散会",院里的人都哗哗地往外挤。我赶紧在人堆里找到了永山。我说:"俺们先上粮站住下吧。"永山说:"先住下再说。"说着话,脚被人挤得停不下来,就跟着人流往前走。一直走到粮站大院,各路人才分开了。

四十

我们是跟官桥大队住在一间屋里的。住好了就有人来通知吃晌午饭了。

大伙都饿了,都急急慌慌地往外走。走到水泥场上,永山问赵书记说:"赵书记,俺们这回是来学啥的?"赵书记说:"来学中央新精神的,公社不叫随便问,到时候就知道了。"我跟着又说:"可知道学几天?"赵书记说:"小队的三天,大队的五天。"永山说:"可给请假?"赵书记眼一瞪,说:"请假弄啥?你来还不把老婆侍弄好!"永山笑着说:"哪是的?俺想上马圩子看俺亲戚,俺晚黑能去呗?"赵书记说:"下午去,下午没事。"

吃过饭,永山就上马圩子走亲戚去了。

我蒙头睡了一觉。睡醒了,靠在床上吃烟,屋里二三十口子都半钻在被窝里,有靠着的,有吃烟的,也有还蒙头睡的。前庄的一个队干说:"一季里也没捞到这样睡啦。"另一个不认识的讲:"在家哪有这闲工夫?"睡到小傍晚,有个人拎了个大包进来说:"公社照顾每人半封子火柴。"大伙赶紧都挤挤搡搡地买了。我替永山也买了。

买过火柴,又在被窝里靠,一直靠到吃晚饭。吃过了晚饭,天都黑了,永山还没回来,我就一个人慢腾腾往公社去。我不拐弯地到了管秘书屋门口,他的门锁得梆梆的。我只好又出了公社大院,回屋在被窝里靠下了。

四十一

屋里还有一半人,别的人都不知上哪去了。也许是下午睡够了,这时一点都不困。

我有点心神不定的,一点都不想在公社参加学习班,倒想马上就回到云梅身边去。我四面转头看了看,赵书记也不在屋里,就跟没有人管的一样。我起身走出了屋子,也没跟哪个留话,一股劲就走出了公社。

我一直往月亮滩的方向走去,我一边走,一边想,云梅肯定会大吃一惊的。走到离庄还有两三里地的时候,我想,晚些进庄吧,别叫人碰见了。我就下到路边的小干沟里,歪在沟里吸起烟来。吸了不短一阵子,又看了一会天,身上都觉得有点发凉了,我才爬起来往庄里去。

进庄时,除了狗乱咬了几声外,庄里也没啥动静了。我紧赶进了院子。院里黑蒙蒙的,云梅肯定已经睡觉了。我先回屋里把火柴放下,然后轻手轻脚到了云梅窗边,敲了敲窗户,小声喊了两声:"云梅,云梅。"

云梅肯定吃了一惊,她一下子从床上坐了起来,趴在窗户里说:"你咋现在回来啦?"我说:"俺想你啦。"云梅说:"俺给你开门去。"

我到了门边,云梅慢慢把门拉开,我一下子搂住了她。云梅在我怀里说:"俺真想不到哎。"云梅的话才落音,我还没来得及回她,院子外头突然传来一片杂乱的吁吁吁的声音,还有宁元刹车骂马的声音。我说:"宁元咋把车赶到俺们门口来啦?"云梅说:"俺也不知道哎!咋这样巧?"说着时,宁元就在锅屋外头咋呼着了:"喊小陈来帮个忙,先放东边屋里去。"我和云梅一听都慌了。这时我如果往自己的屋里走,肯定能被宁元他们看见。云梅说:"赶快进来。"她一拉我,我赶快进了屋。云梅就手把门轻轻插上了。我俩站在门后,搂在一起。云梅说:"俺们这次肯定得丑了。"我说:"不要紧的。"云梅听了我的这句话,就安静多了。

四十二

这时宁元和学东都进院了。一进来,宁元就高门大嗓地喊:"小陈,小陈,起来,起来,帮俺们把塑料薄膜抬进来。"他们的声音,在屋里听得一清二楚,连他们走路的扑嗒声都听得一清二楚的。我贴在云梅的耳朵边说:"这下真毁了。俺看你咋办。"云梅哼的一声,在我肩膀上捶了一拳,又用嘴咬了我的脖子一下。她说:"你咋办俺就咋办!"

听声音,这时他们已经进了我的屋了。

学东说:"哎,小陈睡觉咋不关门呢?"宁元说:"床上哪有人?"云梅憋不住,又用手点点我的鼻子。我们赶忙又竖起耳朵听。宁元说:"不早了呗?"学东说:"那可是不早了,恐怕鸡都快叫头遍了。"说着,他们就出了门到了院里。宁元说:"俺来看看云梅的门。"云梅都吓死了。我俩紧紧搂着,心都跳得不成样子了。听着宁元的声音来到了门前,又听见宁元用手推门的声音。宁元对学东说:"小陈肯定叫俺们堵在里头了。"学东说:"他俩还真想在俺庄插队落户来。"云梅身上有点发抖,但她还在门后直刮我的鼻子。宁元说:"俺俩在这吸烟等着,看他出来不出来。"宁元的脚步声叭叭地离了门。他两人哧地点着火吸起烟来了。

我和云梅一动都不敢动。外头一时没啥动静了。我们搂站得都累了。云梅贴着我的脸说:"俺累了。"我说:"那俺们上床上坐着去。反正俺们也出不去。"我俩轻轻挪到床边坐下。云梅说:"俺想歪倒了。"我说:"歪倒了床响。"云梅点点头。

大概有吸半根烟的工夫,外头宁元说话了。宁元说:"俺在这不走,他一辈子也不出来。"学东说:"那俺们自个卸吧。"宁元说:"那也管。"我和云梅都松了一口气,卸完他俩就该走了。忽然宁元又说:"俺敲云梅门去,叫她把小陈放出来,俺们也能多个帮手。"学东笑着说:"管,还能促进促进,叫他俩在俺庄扎根落户。"宁元说:"对,这又不是啥坏事。"他俩说完就在外头笑了,一边笑,一边宁元的脚步声就过来了。

我这时觉得完蛋了。云梅肯定也是这样想的。宁元已经走到门口了。我们还没明白过来是怎么一回事，门突然咣咣咣咣被擂得山响，宁元一边擂，还一边大声咋呼道："小陈，小陈，出来帮俺一把。"擂了几声，他又喊："云梅，云梅。开门。"

宁元这样一擂一喊，毛丫就在床上一动。我和云梅吓得魂都没有了。云梅把我一搂，我俩一下子倒进了蚊帐里，我睡在里头，云梅睡在外头。云梅把被子在我俩身上盖得严严的。

这时毛丫一下子坐起来了。她对着云梅的床说："俺云梅姐，俺云梅姐。"云梅不说话。毛丫又喊："俺云梅姐，俺云梅姐。"云梅还是不说话。我贴在云梅的耳朵根上说："你理她吧，不然她起来就看见俺们了。"云梅装成刚醒的样子，突然说："毛丫，你喊俺啦？"毛丫说："俺宁元叔砸门呢。"云梅说："俺们别理他，他想叫俺们起来帮他扛东西呢。"停了一下，云梅又说："毛丫，你骂学东，骂他不叫俺们睡觉。"毛丫张口就骂："死学东，你找死呢？不叫俺们睡觉，看俺不出去砸你！"

毛丫一顿骂，外头马上哑了，宁元踢踏踢踏地赶紧走了，一边走，一边嘿嘿地笑说："哎，这个死小陈上哪去了！"学东高门大嗓地说："这个死毛丫，俺又没敲你门，你骂俺弄啥？"云梅小声说："毛丫，别理他了，你睡呗。"毛丫嗯了一声，倒头翻身又睡了。

四十三

我跟云梅都松了一口气。学东在外头说:"俺们自个扛吧,也不早了。"宁元说:"小陈这可有烟?俺们吸两根。"我和云梅又都慢慢松了一口气。云梅转过脸来,对我说:"你那可有烟了?"我说:"俺床上还有半包烟咪。"云梅说:"叫他两个吸去。"说着就拿嘴亲亲我的脸。我俩这时都放松了。我说:"俺还在你身上吧。"……我压在云梅身上,用手捂着她的胸脯。我和云梅一边玩,一边听外头的动静。

外头宁元和学东都不说话了。他们吧嗒吧嗒地忙着干活。一会进来了,一会又出去了,往返了好多趟。

干了不短的时间,他俩才赶着马车走了。

四十四

这一夜我差不多就没有回屋。可能是太困了的原因,我压在云梅身上,不知不觉就睡着了。云梅也睡着了。

鸡叫头遍的时候,云梅醒了,我也醒了。

云梅说:"累死俺啦,下来歇歇呗。"我从云梅身上滚下来。我俩的精神都有点好。云梅说:"你还不走呀,还得赶七八里路哪。"我说:"那怕啥?一会就到了。"说着说着,我又睡着了。

鸡再叫的时候,庄里都有点响动了。我和云梅好像是一下子被什么东西惊醒了的。窗外都有点发亮了。云梅说:"陈军,陈军,赶紧走吧,天都亮了。"我抬头看看毛丫,毛丫还正睡得人事不知。我轻轻下了床,穿上了裤头。云梅说:"回屋再穿吧。"我点点头,用手抱了衣服往门口走。云梅也下了床。她伏在我耳边说:"俺先出去解个手,要是没有人,你再出去。"我说:"管。"云梅慢慢慢慢开了门,她先伸头看看,然后向我摆一下手,就出去了。

原来外头有些雾气了。天已经有点亮了。

我踮着脚尖出了门,看见云梅正蹲在泡桐树底下。我弯下腰往她那里看看,又对她做了个怪脸,就蹑手蹑脚地回了屋。

四十五

早饭前我赶回了公社。

永山到得比我还晚,都快吃过饭了,他才回来。我说:"永山,你咋过这样长时间?"永山说:"去了就不叫走了,就这俺还是硬跑来的呢。"

在公社学了两天,学习班就散了,蒯组长说:"秋忙过了再学,这一阵子,中央可能要有新精神,大家在这住一晚上,明早回家抓生产。"

我早就学急了。吃过晚饭,我对永山说:"俺们不在这住了,带晚家走吧。"永山说:"急啥哩! 明早吃过饭再走。"我说:"俺不想在这吃了,稀饭里都是老鼠屎。"永山说:"就是的,稀饭里咋都是老鼠屎咪? 粮站粮食也不看好。"我和永山带晚就回了家。走在路上,永山说:"你们考学的事咋弄的? 上头可有新精神了？"我说："哪有新精神？都是小道消息，乱传。"

四十六

回庄的第三天，我收到了家里寄来的一封信。

拆开信一看，我就觉得心里一沉。因为信的口气有点严肃，也好像有点紧急。我想，这件事得马上告诉云梅，我要和她商量一下才行。

晚上收工，我从良元家门口走过的时候，我对云梅说："俺晌午看见一只大老鼠跑你屋去了，你可打死了？"说话时我向云梅眨眨眼，说完我就走了。云梅马上就懂了。云梅说："俺没看见哎。俺看看去，别把俺衣裳咬烂了。"

我前脚进屋，云梅后脚就跟进来了。她笑着说："你跟俺使啥眼色？"我说："俺又想你啦。"云梅说："你晚上还不累呀？"这时院里没有旁人，我赶快说："俺跟你讲一件事。"云梅说："啥事？"我说："俺家里给俺来了封信，讲考大学的事。"

云梅的脸色一下子就不一样了。她刚才还笑嘻嘻的，现在已经完全收住了笑。云梅有点紧张地说："是真的啦？"我说："有点像真的。"我把信拿给她看。她看了一遍，说："你家也没讲一定是这回事呀？"我说："但是俺觉着这件事有点像真的了，要不俺妈哪能给俺写这样的信？"云梅有点紧张地点了点头，她嘴唇都有点发白了。我说："云梅，你咋弄的？"云梅一下子贴在我身上说："俺怕离开你了。"我说："那不可能。"云梅站直了拢拢头发，说："俺先吃饭去，吃过饭俺就来。"我说："你赶忙吃，吃过了就来。"云梅点点头走了。

四十七

晚上我刚吃过饭,云梅就来了。

云梅说:"你再把信给俺看看。"这时天才刚黑。我把灯点亮,把门敞得开开的,这样来人也不怕了。我把信拿出来,我们怀着紧张的心情,又仔细看了一遍。信上说:

军儿:

见字如面。这一段时间,社会上都在传说考大学的事情,你想必也已经听说了。遽州城里的应届高中毕业生和许多工人、青年、下乡知青,都在搜集学习资料,复习高中课程。据你爸了解的情况,恢复高考一直到现在都没有正式文件传达。省里没有明确证实,也没有否定。但今年年底大学招生的办法,可能会有改变。你是一个有志青年,你在农村,应做好思想准备,除了劳动锻炼,改造思想以外,一切都还要以学习为主,不可荒废,学习更不可丢掉,要时刻准备听从党召唤。如果那里学习条件不理想,就回来过一阵子。有新的情况,我们会马上告诉你的。

母字

我们反复又看了几遍。

云梅有点心神不定的,云梅看着我说:"要是真考试了,你怕不怕？"我说："俺一点都不怕。"我问她："你怕不怕？"云梅说："俺又怕又不怕。"我有点不明白,我说："咋叫又怕又不怕？"云梅说："考试俺不怕,俺就怕跟你不在一块了。"我倒不怕这个,我说："那怕啥？俺情愿不考试,俺也得跟你在一块。"云梅相信地点点头,她又说："那你回去不回去？"我说："俺不回去。俺在这也没少看书。"

四十八

整个一晚上,云梅都有点心神不定的样子。我说："云梅,你咋弄的？你不舒服呗？"云梅说："俺就是有点累了。可俺又不太想睡。"我说："那咋弄咪？"云梅钻在我的肚子底下说："俺就是怕你离开俺。"我说："你看你说的,俺哪能离开你！"

云梅在我床上一直睡到天快亮。

天快亮的时候,云梅突然醒了。她一亲我,我也醒了。

云梅使劲搂住我,她突然哭了。开头我只觉得脖子上有点潮,我还没太在意,后来她抱着我就哭,她又不敢大声哭,她只敢小声哭。我慌忙搂紧她,把她搂在怀里,一口一声地喊她："云梅,云梅,你咋弄的？你哭啥子？"云梅抹着眼泪说："俺做噩梦了。"我说："做啥噩梦了？"云梅说："俺梦里找不见你了。"我笑着,刮刮她的鼻子说："你多大啦？"云梅很不好意思。往我怀里直拱。我替她抹抹眼泪。云梅说："你永远都不会离开俺呗？"我说："那是的。"云梅说："俺不想叫你去复习。"我说："俺哪都不去。俺就跟你在一块。"云梅安心了。过一会她又说："要不俺俩一块去复习,去考试吧。"我说："俺一点都不想考。"云梅疑疑惑惑地说："要是人家都考,那俺们咋办?"我想了想说："那俺俩就一块考,考在一个学校里。"云梅认真地点点头。

过了一会,云梅有点高兴了,她突然说："哎,陈军,俺正学纳鞋底,给你做鞋哝。"我说："做啥鞋?"云梅说："做布鞋。你要不要?"我说："俺咋能不要?俺就想要你做的鞋。"云梅有点得意地说："俺大后天差不多就能做好啦,做好了俺给你试试。"她又说："你别嫌俺做得孬噢。"我说："俺咋能嫌你咦!你跟谁学的?"云梅说："俺跟冬梅学的。俺现在针眼子都纳得稠了。"我说："你学啥还真快呢。"

天亮前,我们又睡了一阵子。后来我们就搂着说话,一直说到天蒙蒙亮,云梅才回屋。

四十九

一上午我都直打瞌睡。

胜元和学有赶牛扶犁地走了,我倒头就歪在地头睡着了。他俩回来了喊我。胜元讲："你咋困成这样?昨晚没睡呗?"我使劲揉着眼说："俺昨晚黑来个同学,讲话讲晚了。"学有说："那俺就不换了,叫你睡一气呗。"我歪头就睡了。麦种都是他们自己倒的。

一觉睡到晌午收工,我才跌跌撞撞地跟着牛回庄。

五十

秋种又进行了几天,不少地块都种上了小麦。天晴得没有边的好。

良元站在庄里的路当中讲:"照这样晴,再过十天,地就种得差不多了,今年天时还真不孬呢。"

这天我还是干下地耩小麦的活。

早上出门,良元和永山,正站在路当中讲话。良元看见我,就喊了一声:"小陈。"我说:"啥事?"就走过去了。良元说:"咱队今晚上请电影队来放电影,放过了就搁你屋里睡了。"我说:"管。放啥片子?"永山说:"听讲是《洪湖赤卫队》跟《朝阳沟》。"我说:"哟,都是老片子,俺还都没看过哩。"良元说:"俺们也都没看过。"永山说:"俺都有一年没看过电影了。"

在庄里碰见云梅,我赶紧又把这个好消息告诉了她。云梅高兴得直笑,她说:"俺都忘了电影是啥样的了。"我说:"俺也是的。"

五十一

晌午下了工,我才进院门,云梅已经在屋里等我了。她一看见我,慌忙拿着一沓东西迎着我,又紧张又兴奋地说:"哎,陈军,有你的电报还有信哎!俺家也来信了。"我赶忙问:"你家说啥了?"云梅说:"俺家叫俺回去复习,讲城里都在复习。"我说:"俺的电报咋说?"云梅说:"你家有事。"

我心里一惊。云梅把电报递给我。我心里怦怦直跳。我把电报展开一看,电报上写着几个字:

家有急事速回母亲

我一下子还不明白是怎么回事。我拿着电报走进屋里。云梅也跟进来了。我俩分别坐在两张床上。我说:"家里头有啥急事叫俺回去?"云梅说:"可能是你妈生病了。"我说:"要真是俺妈生病了,俺妈还能跑到邮局给俺打电报?"云梅说:"就是的。"我说:"要不就是俺姐结婚了。"云梅说:"你姐结婚也不是急事呗?"我说:"那哪能算急事?"

我俩瞎猜了半天也没猜出个头绪来。云梅突然想起来了。她说:"你这还有一封信呢。"我赶快接过了信,拆开来看。

原来是刘新民写来的信。

刘新民的信写得又快又短。他以前写信从来都不是这样的。我看了以后,心情马上就被鼓荡起来了。我说:"俺知道了,俺妈肯定叫俺回家复习的!"云梅一看我的表情发生了这样大的变化,赶紧站起来问:"信里写的啥?"我说:"你过来看看。"云梅立刻走到了我的身边。我说:"你坐下就是了。"云梅抬起头看看院里,她连连摆着手说:"不管不管,来人就看见了。"她又着急地说:"赶快看信吧。"

刘新民的字不太好认。我一边指着,一边念给云梅听。

陈军同学:

　　你赶快回来吧!咱们城里的同学都开始复习了。乡下的同学也回来了一大部分。这次考试可能不正式通知,但城里有的学校已经办起了考试复习班。咱们学校的老师也在集中辅导同学。张小军、秦勇、王言林、孙福纯、赵东风、钱大宁、吴永丰、李金兰、杨秀梅、程咏梅、单文侠、李淑侠还有许多同学,都在这里复习了。这几天大家都在议论,许多同学都议论到你了,希望你也能早点回来,我明天上你家去,跟你妈讲讲,我打算先替你报上名。同学们都盼望着能再次相聚,重回校园。你赶快回来吧!
　　切!切!!切!!!
　　此致
　　革命敬礼!

　　　　　　　　　　　　　　　刘新民

五十二

　　云梅说:"俺知道了,肯定是刘新民叫你妈给你打的电报。"我说:"肯定是的。"云梅犹豫不定地说:"你说咋办?"我说:"你心里可想回去?"云梅说:"俺现在又有点想回去了哎。"我说:"俺也有点想回去了。俺就想回去看看是咋回事。"云梅说:"俺也是的。"我说:"你妈的信你能给俺看看呗?"云梅说:"你看就是了。"

我俩又把她妈写给她的信看了两遍。云梅看着我说:"俺们到底咋办?"我说:"就是不知道城里是咋回事了。"云梅小声地说:"俺也想看看城里是咋回事了。俺有点怕哎。"我说:"那怕啥?"云梅说:"俺就怕离开你。"我说:"俺也是的。"

五十三

我俩商量了半天,也没商量出个结果来。云梅说:"俺先吃饭去了,不然毛丫又来喊。"

吃过饭云梅一抹嘴就过来了。她也不怕三怕四的了,直接就到我屋里来了。

云梅说:"要不俺们就回家看看吧,要真给考试了,俺俩就一块考。"我说:"管。你想好啦?"云梅说:"你咋想的?"我说:"俺想先回去看看再讲。要真给考了,俺们还能不考?"云梅说:"就是的。人家要是都考,俺们也得考。"我说:"俺到家就给你写信。一天写一封信,把情况告诉你。有啥事,俺俩就都知道了。"云梅说:"那俺一天给你写两封信。你把你家的地址给俺。"我说:"你也把你家的地址给俺。"

我把家里的地址写给云梅,云梅也把她家的地址写给我。云梅伏在箱子上,一边写,一边说:"俺就是心里害怕。"

说着说着,云梅就有点想哭了。我看看院里没有人来,赶紧一把把云梅搂在怀里。云梅在我怀里屈巴巴地哭起来。我使劲搂着她。云梅哭了好长时间。院里一直也没有人来。

后来云梅不哭了。我亲亲她的脸说:"你真好哭。"云梅不好意思地笑了。云梅说:"俺是女的,当然好哭了。"

五十四

我和云梅商量好,第二天上午走。因为今天下午到青阳和速州都不一定有车了。另外我俩也想晚上好好在一起说说话,玩玩。

一决定走,我俩又都有点急着要走了。云梅说:"不知道俺同学可都回去复习了。"我说:"那还能不回去,在乡下复习,条件有点差。"云梅说:"不知道张晶晶可回去了。"

临上工前,云梅红着脸,对我说:"晚上俺叫你进俺这里头吧,俺也不穿裤头了。"我突然想起来了,我拍拍腿说:"哎呀,倒霉,良元对俺说,晚上电影队来放电影,就住俺这屋。"云梅也着急了,她说:"真倒霉。今晚上俺就想跟你在一块,咋这样倒霉?俺们想个办法吧。"我说:"想啥办法?"云梅期待地看着我,焦急地说:"那咋办?你再想想。"

我使劲想了想说:"要不俺俩上新汴河堤吧,正好今晚人乱。"云梅说:"新汴河堤怕人呗?"我说:"新汴河堤一点都不怕人,俺经常晚上一个人走。"云梅说:"那俺就跟你去。俺们咋样走?"我说:"要不这样,吃过晚饭,俺打你表叔家门口过,俺要是吹《阿佤人民唱新歌》，你就知道了，俺先上新汴河堤等你，你过一会就去，俺在前头等你。"说着，我就撮起嘴，吹了个开头给她听。云梅有点激动。她说："俺们今晚黑说啥也得在一起！"我说："那是的！"说着，我使劲搂了云梅一下。

这时，外头有人的脚步走过来了。我赶紧又把云梅松开了。

五十五

下午，我和云梅像往常一样出工干活。我跟胜元、学有一块，赶着牛往西南湖地去了。

西南湖的地也大。地的西头和南头都叫月亮河抱住了。月亮河的滩地到这里有些宽，也有些缓。

我在心里一直想着晚上的事，同时又想着速州同学在一起复习的事，心里一点都不能安静下来。胜元在后头扶耩子，我在前头赶牛，胜元一路走，一路跟我讲的话，我一句都没有听进去。

耩到河滩边。胜元讲："俺们搁这头歇一气呗。叫学有搁那头歇去。"我说："管。"

我给大红牯子卸了套，叫它在河滩上躺着去。胜元往水边去洗脸，我在地头坐下来。我回头看看地那头，学有歪在那边，只能望见他的蓝褂子的颜色了。我睡倒在干河滩上望着天，这块天我现在都望得熟了。我的手有点发凉。我盼着天赶快到晚黑。

胜元在水边说："你望这河瘦的！"

我挺起上半身看看河水。月亮河现在真是有点瘦了,都有小半个月不怎样下雨了。我没搭他的腔。胜元撩着水搓了把脸,回头望望我,又说了一句:"你望这河瘦的!"

我还是没搭他的腔,一句话都不想说。

(本书背景及地物名称略有真实,但故事情节尽属虚构)

1995年1月二稿完成于合肥

淮　　北(代后记)

　　这是我稿成书出的第一部长篇小说。像第一次发表文学作品,像第一次获奖,像第一次出作品集一样……这对我是有难忘的特殊意义的。所以,我想借这个机会,由衷地感谢安徽文艺出版社的各位朋友,并且特别感谢鼓励和催促我的安徽文艺出版社的徐海燕女士,没有她的热情、认真、高效率和周到细致的工作,这本书的面世,将会是一如既往和无味的。

　　从族谱上看,我们家"自徽迁泗",终于定居于泗洪县(原泗县境)梅花乡朱集村;后来父亲出来"闹革命",辗转江淮,终于也定居下来,定居于淮(皖)北的一个重镇——宿州。我从少年到青年都是在淮北长大的。高中毕业后,我就像那时几乎所有的年轻人一样,下放到了同样也在淮北的灵璧县农村,并且在那里度过了三年难忘的岁月,直到考入大学。

　　所谓"淮北",顾名思义,就是淮河以北。因为淮河及其他许多河流(包括现在已经消失的河流,例如泗水、汴水等)的冲积,淮北成了土地肥沃的平原,即淮北平原;假如它再与河南、山东、江苏的一些地方连系起来,在自然地理的意义上,它又成了大平原,叫黄淮平原。这也许就是地理的最简单,也是最基本而又准确有效的组合方式。于是每一个人,就都被涵盖在这种大同小异的组合之中了。我觉得,这正是生命(和其他)发展的全部奥秘。

当然,淮北又是独到的。就像另外一个人体会他自己的地域一样,没有在淮北长期生活的经验,是不可能细微地体验或占有它的独特的。淮河是一条深奥的河,它同秦岭等连接起来,就成为我国南北地理的一条分界线。所谓分界线,并非无力亲受的人所理解的那样,是地理学为了方便而大致框定的一条试题答案,它有着非常实际的意义,那就是当我们由南而北跨越淮河时,我们马上就进入了北方——温度的差别和(因地理因素而形成的)习俚的差别,立刻就会提示我们的身体和感觉,非常明显,泾渭分明:橘生淮北为枳,就是这种差别的实践及佐证。

我们已经无法考查所有这些概念形成和固定的源头及支流了,但我们每一个人都正在延续着它而又受囿于它,这也是没有疑问的。——当然,我说的绝不仅仅是实在的淮北;因为淮北的雨天已经到来了,现在,(在雨雾的笼罩下,)谁也看不清它了。

从七十年代末开始,我就越来越远地离开了淮北的土地。但我不可能彻底离开它。我每年都"毫无缘由"地数度回到那里去。还有很多次,我悄无声息地回到了我插过队的地方:我坐客车从那片土地上穿过,或者,我在小镇住上一夜,第二天一早,再步行穿越我耕耘过的田野和曾经熟得不能再熟的村庄(现在它们已经改变,并且有点陌生了)。

——这,也许就是这本书的遥远而实在的起因。当然,我一直遵循着我自己的准则:故事是别人的,感情是自己的。对这本书来说,它的优劣显然也是纠结不清的:我往淮北去的次数越多,我的感情也就越真挚深厚,而我的相关的小说呢,可能也就越多地失去了它文学意义上的生命。——这真是好为难的一道现实。

感谢所有读这本书的朋友,以及所有下个世纪还能遭遇这本书(以及我的其他作品)的朋友:是你们,使这本书存在。
感谢一块土地、滩涂平原、所有的人、感情和青春!

许辉
1995.3.20 于合肥